吳鎮「雙松圖」。吳鎮（1280-1354），浙江嘉興人，博學多聞，藐薄榮利，以村居教讀及卜卦自娛，作畫筆墨豪邁，爛漫慘淡。此圖遠近分明，近者大而遠者小，與西方透視畫理相合，中國古代畫家稱為「平遠法」。原畫藏台北故宮博物院。

元順宗后塔濟像：眉毛畫作一字，頭戴高帽，元朝歷代皇后畫像均如此。

王冕「南枝春早圖」(部分)——王冕(1335-1407),浙江諸暨人,與張無忌同時。曾為朱元璋部將胡大海獻攻紹興方略。《儒林外史》中有描寫朱元璋訪王冕的情節。本圖作於丁酉年(一三五七),其時張無忌初任明教教主。

明太祖坐像：傳說中朱元璋相貌醜陋，這是美化了的官方畫像。

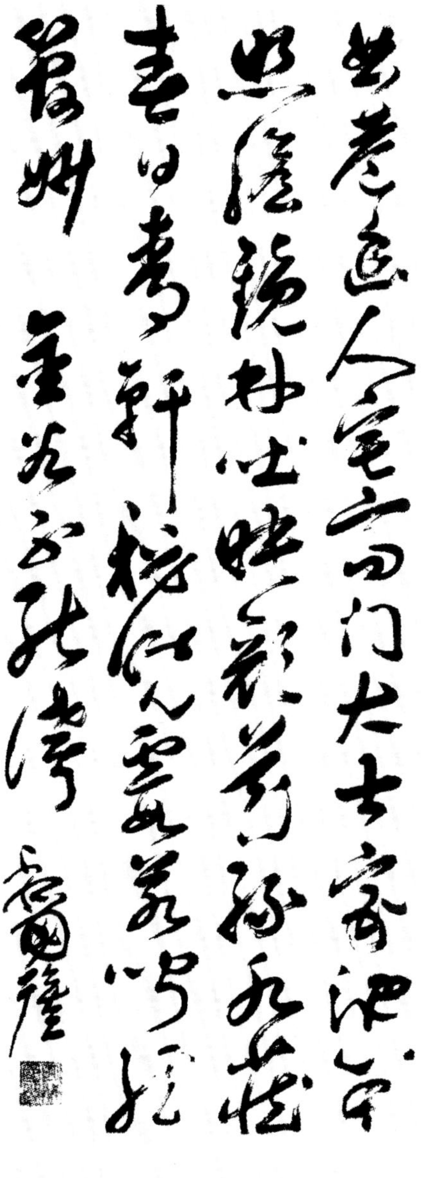

徐達行書：下有「明開國公」印。或疑為徐達後裔所書。原件現為夏威夷美國人私家所藏。

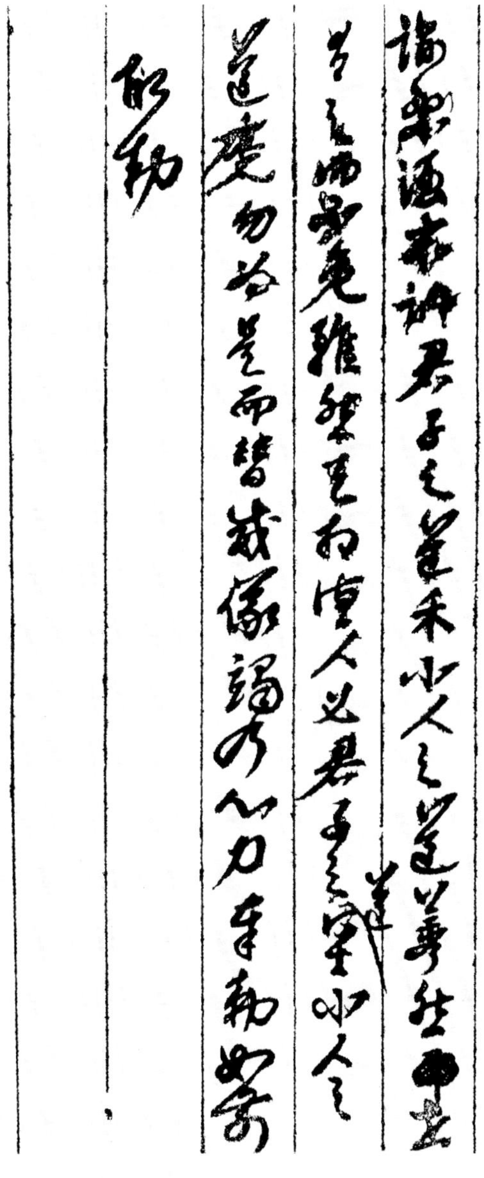

朱元璋書敕：討論君子之道與小人之道。

明太祖后馬皇后

明孝陵——明太祖的陵墓，在南京。

明孝陵的石獸

明太祖像——醜化了的明太祖，臉有七十二黑子，此圖原來亦藏故宮。

朱元璋題岳飛書「諸葛亮後出師表」。朱元璋在岳飛書「前出師表」前題「純正不曲」四字，題字上有「洪武御書」印。

陳寧刊

元刊佛經扉圖：蘇州磧砂藏佛經扉圖，陳昇是元代人。本圖為元代版畫佳作。

大字版

倚天屠龍記

⑦撲朔迷離

金庸

大字版金庸作品集㊲

倚天屠龍記 (7)撲朔迷離 「公元2005年金庸新修版」

The Heavenly Sword and the Dragon Sabre, Vol. 7

作　　者／金　庸

封面設計／唐壽南　內頁插畫／姜雲行

發 行 人／王 榮 文
出版・發行／遠流出版事業股份有限公司
臺北市中山北路一段11號13樓
電話／2571-0297　傳真／2571-0197　郵撥／0189456-1

□2005年 3 月16日　初版一刷
□2022年 3 月16日　二版六刷

大字版　每冊 *380* 元（本作品全八冊，共3040元）

〔另有典藏版共36冊（不分售），平裝版共36冊，新修版共36冊，新修文庫版共72冊〕

ISBN　978-957-32-8103-0（套：大字版）
ISBN　978-957-32-8101-6（第七冊：大字版）
Printed in Taiwan

YLib 遠流博識網
http://www.ylib.com　E-mail:ylib@ylib.com

目錄

周芷若道：「要是我做錯了甚麼事，得罪了你，你會打我、罵我、殺我嗎？」張無忌在她左頰上輕輕一吻，說道：「似你這等溫柔斯文、端莊賢淑的賢妻，那會做錯甚麼事？」

三十一　刀劍齊失人云亡

殷離敷了波斯人的治傷藥膏之後，仍發燒不退，囈語不止。她在海上數日，病中受了風寒，那傷藥只能醫治金創外傷，卻治不得體內風邪。張無忌心中焦急，第三日上遙遙望見東首海上有一小島，便吩咐舵工向島駛去。

衆人上得島來，精神爲之一振。那島方圓不過數里，長滿了矮樹花草。張無忌請周芷若看護殷離、趙敏，自己分花拂草，尋覓草藥。但島上花草與中土大異，多半不識，張無忌越尋越遠，直到昏黑，仍只找到一味，只得回來將那草藥搗爛了，餵殷離服下。

他見趙敏在旁一直昏睡不醒，不禁躭心起來，搭她脈搏，振搏平穩均勻，並無異狀，想是受傷之後，海行疲累，到了島上就此大睡。過了好一會，她終於醒來，見張無忌目不轉睛的瞧著她，微微一笑，說道：「你瞧我甚麼？不認識了嗎？」張無忌笑道：

「你睡得眞沉，我就心了好一會呢，怕你的傷勢有反覆，覺得怎樣？」趙敏道：「不覺得甚麼不舒服，只是睡不醒，頭有點兒沉。」張無忌道：「你受傷之後，身子還沒恢復。偏生這島上找不到草藥，再睡得一兩天就好了。肚子餓嗎？想不想吃飯？」

趙敏道：「好啊，我幫周姊姊做飯。」周芷若道：「你身子還沒好，再睡一忽兒吧。飯做好就叫你，船上搬下來有鷄有火腿，咱們今晚能飽餐一頓，喝一碗好湯。」

五人圍著火堆，用過了飲食。四下裏花香浮動，草木清新，比之船艙中的氣悶局促，另有一番光景。殷離精神也好了些，說道：「阿牛哥哥，今晚咱們睡這兒，不回船去了。」此議人人讚妙。眼見小島上山溫水淸，料無兇禽猛獸，各人放心安睡。

次晨醒轉，張無忌起身，只跨出一步，一個踉蹌，險些摔倒，只覺雙腳虛軟無力，那是從所未有之事，揉了揉眼睛，見那艘波斯船已不在原處。他心下更驚，奔到海灘縱目遠眺，不見船隻蹤影。

向右奔出幾步，只見一個女子俯臥在海灘旁的沙中，搶過去扳過她身子，卻是殷離，但見她滿臉是血，忙抱起一探鼻息，呼吸微弱之極，若有若無，張無忌大驚，叫道：「蛛兒，蛛兒，你怎麼了？」殷離雙目緊閉不答，再一細看，見她臉頰上給利刃劃出了十來條細細的傷痕，橫七豎八，模樣可怖。殷離自爲金花婆婆打傷之後，流血甚多，體內蘊積的千蛛毒質隨血而散，臉上浮腫已退了一大半，幼時俏麗的容顏這幾日來本已略復舊觀，此時臉蛋上多了十幾道傷痕，雖劃傷處甚細，但條條是血，面目又變醜惡。

張無忌見她肚腹脹起，顯是給人投入海中，喝飽了海水，幸好清晨潮退，她俯伏處露出海沙，否則此時多半已遭淹斃，忙倒轉她身子，抱住她雙腿，縱身跳躍。跳得幾下，殷離嘴裏流出海水，張無忌大喜，繼續跳躍，直到她嘴裏再無海水流出。張無忌將她扶正，搭她脈搏，仍時跳時停，甚爲微弱。

他記掛義父與周趙二女，橫抱殷離，往來路奔回，叫道：「義父，你安好麼？」卻不聽謝遜回答，忙奔到謝遜睡臥處，見他好端端的睡得正沉，呼吸脈搏如常，先放了一大半心。一看身周，屠龍刀和倚天劍卻皆已不見。

趙敏、周芷若、殷離三女昨晚睡在遠處一塊大石之後。他奔過去看時，見周芷若側身而臥，趙敏卻不在該處。看周芷若時，見她滿頭秀髮給削去了一大塊，左耳也被削去一片，鮮血未曾全凝，可是她臉含微笑，兀自做著好夢，晨曦照射下如海棠春睡，嬌麗無限。

他心中連珠價不住叫苦，叫道：「周姑娘，醒來！周姑娘，醒來！」周芷若只是不醒，探她鼻息，幸好呼吸無變。張無忌伸手搖她肩頭，周芷若打了個呵欠，側了頭仍然沉睡。張無忌知她定是中了迷藥，昨晚出了這許多怪事，自己渾然不覺，此刻又全身乏力，自也必中毒無疑。

這時心中只掛念趙敏，四下裏奔跑尋找，全無蹤影，再沿海灘奔跑一周，時時刻刻只怕突然見到她的屍體給海水沖上沙灘，又或是在海中載浮載沉，幸好這可怕的情景並未出現，本來的躭心慢慢一步步地轉成傷心：「這些事難道都是趙姑娘幹的？她昨晚下了毒把我們全迷倒了，自己上了那艘波斯船，逼迫水手駛船離去，把我們都留在島上。那爲甚麼？爲甚麼？她放逐了我，好去對付明教，便把屠龍刀和倚天劍都拿去了？」

又想：「她受傷之後，身子尚未大好，未必能逼迫波斯水手駛船離去。嘿，她有屠龍刀與倚天劍兩大利器在手，儘可嚇得波斯水手聽從號令。趙敏啊趙敏，天下的榮華富貴，有何足道？你竟把我對你的一番深情恩義，盡數置之腦後。唉，番邦女子，當眞信不過，非我族類，其心必異。媽媽臨死時叮囑過我的，越美麗的女人，越會騙人！」自思一生受人辜負欺騙，從未有如今日這般厲害，望著茫茫大海，想起小昭，眞想跳入其中，從此不再起來了。

隨即想到義父失明，屠龍刀又失，周殷兩位姑娘在這島上孤苦無助，全仗自己救護，便又奔到謝遜身旁，叫道：「義父，義父！」謝遜迷迷糊糊的坐起，問道：「怎麼啊？」張無忌道：「糟糕！咱們中了奸計。」將波斯船駛走、殷離及周芷若受傷之事簡略說了。謝遜驚問：「趙姑娘呢？」張無忌黯然道：「不見她啊。」吸一口氣，略運內息，只覺四肢虛浮，使不出半分勁來，衝口便道：「義父，咱們給人下了『十香軟筋散』。」

六派高手給趙敏以「十香軟筋散」困倒、一齊擄到大都萬安寺中之事，謝遜早已聽張無忌說過，他站起身來，腳下也虛飄飄的全無力道，定了定神，問道：「那屠龍刀和倚天劍呢？也都給她帶走了？」張無忌黯然點頭，道：「都不見了。」心中又氣惱，又失望，他在義父身邊，便如孩子一般，顧不得是甚麼教主之尊，就此放聲大哭。他這般大哭，一半是心傷小昭離去，一半是心傷趙敏欺騙背叛自己。

他哭了一陣，掛念殷離的傷勢，忙又奔到殷周二女身旁，推了推周芷若，她仍沉睡不醒，心想：「我內力最深，是以醒得最早，義父其次。周姑娘內力跟我們二人差得遠了，看來一時難醒。」他眼淚未乾，尋思：「趙姑娘不顧郡主的名位，隨我這草莽匹夫浪蕩江湖，該當不致於這般無情無義。莫非波斯船夫中混有好手，夜中忽施毒藥，迷倒了我們一干人，將趙姑娘劫持了去？」一摸懷中，那六枚聖火令卻又尚在，心想：「若是波斯明教的好手迷倒我們，他們要取的首先必是聖火令，豈有不拿聖火令而只取刀劍之理？他們要與中土明教作對，必定先殺我與義父，擄了趙姑娘去有甚麼用？眞要指揮中土明教，必是擄了我去。」但覺不論如何想爲趙敏開脫，總不能自圓其說。

再去查看殷離，見她氣息更加弱了，腹中積水亦不再流出，張無忌甚是焦急，找了一條小樹尖枝爲她針灸，亦無效驗，只得到山邊採了些止血草藥，嚼爛了敷在殷離臉上，又去敷在周芷若的頭皮和耳上。

忽然周芷若打了個呵欠，睜開眼來，見他伸手在自己頭上摸索，羞得滿臉通紅，伸手推開他手臂，嗔道：「你……你幹甚麼……」一句話沒說完，想是覺得耳上痛楚，伸手摸去，「啊」的一聲驚呼，跳起身來，問道：「怎麼啦？哎喲！」突然雙膝酸軟，撲入張無忌懷裏。

張無忌伸手扶住，安慰道：「周姑娘，你別怕。」周芷若看到殷離臉上可怖的模樣，忙伸手撫摸自己的臉，驚道：「我……我也是這樣了麼？」張無忌道：「不！你只受了些輕傷。」周芷若道：「是那些波斯惡徒幹的麼？我……我怎地一點兒也不知道？」張無忌嘆了口氣，幽幽的道：「只怕……只怕是趙姑娘幹的。昨晚飲食之中，恐怕給她下了毒。」周芷若呆了半晌，摸著半邊耳朵，哭出聲來。

張無忌慰道：「幸好你所傷不重，耳朵受了些損傷，將頭髮披下來蓋過了，旁人瞧不見。」周芷若道：「還說頭髮呢？我頭髮也沒有了。」張無忌道：「頂心上少了點兒頭皮，兩旁的頭髮可以攏過來掩住……」周芷若嗔道：「我為甚麼要把兩旁頭髮攏過來掩住？到這時候，你還在竭力迴護你的趙姑娘！」張無忌碰了個莫名其妙的釘子，訕訕的道：「我才不迴護她呢！她這般心狠手辣，將蛛兒傷成這般，我……我才不饒她呢。」眼見殷離臉上模樣，不禁又怔怔的掉下淚來。

身當此境，張無忌不由得徬徨失措，坐下一運功，察覺中毒著實不淺。本來「十香軟筋散」非趙敏的獨門解藥不能消解，但此時只能以內功與劇毒試相抗衡，於是運起內息，將散在四肢百骸的毒素慢慢搬入丹田，強行凝聚，然後再一點一滴的逼出體外。運功一個多時辰後，察覺見效，心中略慰，不過此法以九陽神功爲根基，沒法傳授謝遜和周芷若照行，惟有待自己驅毒淨盡之後，再助謝周二人驅毒。

這功夫說來簡捷，做起來卻極繁複，他到第七日上，也只驅除了體內三成毒素。好在這毒藥短期內只令人使不出內勁，於身子暫時尚無大害。

周芷若起初幾日極爲著惱，後來倒也漸漸慣了，陪著謝遜捕魚射鳥，燒水煮食。她晚間在島東一個山洞中獨居，和張無忌等離得遠遠地。

張無忌暗自慚愧，心想趙敏之禍，全由自己而起。這趙姑娘明明是蒙古的郡主，是明教的對頭死敵，武林中不知有多少高人曾栽在她手裏，自己對她居然不加防範，當眞愚不可及。謝遜和周芷若對他倒沒怨責，然他二人越是一句不提，他心中越加難過，有時見到周芷若的眼色，隱隱體會到她是在說：「你爲趙敏的美色所迷，釀成這等大禍！」

但殷離的病情卻越來越重。這小島地處南海，所生草木大半非胡青牛醫經所載，他空自醫術精湛，又明知殷離的傷勢可治，然手邊就是沒藥。偏生島上樹木又都矮小，僅能作柴薪之用，否則他早已紮成木筏，冒險內航。他若不明醫術，也不過是焦慮而已，此時卻如萬把尖刀日夜在心頭剜割。這一晚他嚼了些退熱的草藥，餵在殷離口中，眼見她難以下咽，心中酸痛，淚水一顆顆滴在她臉上。

殷離忽然睜開眼來，微微一笑，說道：「阿牛哥哥，你別難過。我要到陰世去見那個狠心短命的小鬼張無忌去了。我要跟他說，世上有一個阿牛哥哥，待我這樣好，可比你張無忌好上千倍萬倍。」張無忌喉頭哽咽，一時打不定主意，是否要向她吐露自己實在就是張無忌。

殷離握住了他手，說道：「阿牛哥哥，我始終沒答允嫁給你，你恨我麼？我猜你是爲了討我歡喜，說著騙騙我的。我相貌醜陋，脾氣古怪，你怎會要我？」

張無忌道：「不！我沒騙你。你是一位情深意眞的好姑娘，要是得能娶你爲妻，實是我生平之幸。等你身子大好了，咱們諸事料理停當，便即成婚，好不好？」

殷離伸手輕輕撫他面頰，搖頭道：「阿牛哥哥，我可不能嫁你啊！我的心，早就許給了那個兇惡狠心的張無忌了……阿牛哥哥，我有點兒害怕，到了陰世，能遇到他麼？他仍然會對我這麼狠霸霸的麼？」

張無忌見她說話神智清楚，臉頰潮紅，心下暗驚：「這是迴光反照之象，難道她便要畢命於今日嗎？」一時呆呆出神，沒聽見她的話。殷離抓住了他手腕，又問了一遍。

張無忌柔聲道：「他永遠會待你很好的，當你心肝寶貝兒一般。」殷離道：「能有你待我一半兒好麼？」張無忌道：「老天爺在上，張無忌誠心誠意的疼你愛你，他早就懊悔小時候待你這般兇狠了。他……他對你之心，跟我一般無異，沒半點分別。」

殷離嘆了口氣，嘴角上帶著一絲微笑，道：「那……那我就放心了……」握著他的手漸漸鬆開，雙目閉上，終於停了呼吸。張無忌探她呼吸心跳，已兩者皆無。

張無忌將她屍身抱在懷裏，心想她直到一瞑不視，仍不知自己便是張無忌。這些日來，她始終昏昏沉沉，沒法跟她說知真相。當她臨終前的片刻神智清明之際，卻又甚麼也來不及說了。其實，到了這個地步，說與不說，也沒甚麼分別。他心頭痛楚，竟哭不出聲來，只想：「若不是趙敏既傷她臉頰，又將她拋入大海，她的傷未必無救。若不是趙敏棄了咱們在這荒島之上，只要數日間趕回中原，我定有法子救得她性命。」恨恨的衝口而出：「趙敏，你這般心如蛇蠍，有朝一日落在我手中，張無忌決不饒你性命！」

忽聽背後一個冷冷的聲音說道：「待得你見到她如花似玉的容貌，可又下不了手啦。」轉過身來，只見周芷若俏立風中，臉上滿是鄙夷之色。他又傷心，又慚愧，說道：「我對著表妹的屍身發誓，若不手誅妖女，張無忌無顏立於天地之間！」

周芷若道：「那才是有志氣的好男兒。」搶上幾步，撫著殷離的屍身大哭起來。謝遜聽到哭聲，尋聲而至，得知殷離身亡，也不禁傷感。

張無忌到山岡之陰去挖墓，島上浮泥甚淺，挖得兩尺，便遇上堅硬的花崗石，手邊又無鋤鏟，只得將殷離的屍身放入淺穴，待要將泥土堆上，見到她臉上的腫脹與血痕，心想：「碎石泥塊堆在臉上，可要擦傷了她。」折了些樹枝架在她屍身上，再輕輕放上石塊，似乎她死後尚有知覺，生恐她給石塊壓痛了。折下一段樹幹，剝去樹皮，用殷離的匕首在樹幹上刻道：「愛妻蛛兒殷離之墓」，下面刻道：「張無忌謹立」。一切停當，這才伏墓痛哭。

周芷若勸道：「殷姑娘對你一往情深，你待她也算仁至義盡。只須你不負了今日所發的誓，殺了趙敏爲她報仇，殷家妹子在九泉之下也當含笑的了。」

張無忌一番傷心，本已凝聚在丹田之中的毒素復又散開，再多費了數日之功，才漸行凝聚，待得盡數驅出體外，又在十餘日之後了。

小島地氣炎熱，野果甚多，隨手採摘，即可充饑，日子倒也過得並不艱難。周芷若知他心傷殷離之死，惱恨趙敏之詐，復又難捨小昭之去，待他加意的溫柔體貼。

張無忌花了不少時日運功爲謝遜驅去體內毒性，本該再爲周芷若驅毒，但周芷若內力全失，無力吸取他的九陽眞氣，要爲她驅毒，須以一掌貼於後腰，一掌貼於臍上小腹，後推前引，將九陽眞氣送入對方體內，但青年男女，怎能如此肌膚相親？但若非這般運功，又不能將自身的九陽眞氣輸入她體內，一連數日，好生躊躇，難以決斷。

這日晚間，謝遜忽道：「無忌，咱們在此島上，你想要過多少日子？」張無忌一怔，道：「那就難說得很，只盼能有船隻經過，救咱們回歸中土。」謝遜道：「這一個多月來，你曾見到過船帆的影子麼？」張無忌道：「沒有。」謝遜道：「是了！說不定明天便有船隻來到，但說不定再過一百年也沒船經過。」張無忌嘆道：「這荒島孤懸海中，非海船航道所經，咱們是否能重回中土，原屬十分渺茫。」

謝遜道：「嗯，解藥是不易求的了。十香軟筋散的毒素留在體中，除了四肢乏力之外，可有其他害處？」張無忌道：「時候不長，也沒多大害處，但這劇毒侵肌蝕骨，日子久了，五臟六腑難免受損。」

謝遜道：「是啊。那你怎能不儘早設法給周姑娘驅毒？你說周姑娘和你從小相識，當年你身中玄冥寒毒之時，她曾有惠於你。這等溫柔有德的淑女，到那裏求去？難道你嫌她相貌不美麼？」張無忌道：「不，不，周姑娘倘若不美，天下那裏還有美人？」謝遜道：「那我為你作主，娶了她為妻。這男女授受不親的腐禮，就不必顧忌了。」

周芷若在旁聽著他二人說話，忽聽說到自己身上來了，羞得滿臉通紅，站起身來便走。謝遜躍起身來，張開雙手，攔在她身前，笑道：「別走，別走！今日我這媒人是做定的了。」周芷若嗔道：「謝老爺子，你為老不尊！咱們只盼想個法兒回歸中土，這當兒怎地說起這些不三不四的話來？」

謝遜哈哈大笑，說道：「男女好合，是終身大事，怎麼不三不四了？無忌，你父母也是在荒島上自行拜天地成婚。他們當日若非破除了這些世俗禮法，世上那裏有你這個小子？何況今日有義父爲你主婚。難道你不喜歡周姑娘麼？不想給她驅除體內毒質麼？」

周芷若掩了面只想要走，謝遜拉住她衣袖，笑道：「你走到那裏去？明日咱們不見面了麼？啊，我知道了，你是不肯叫我這老瞎子做公公？」周芷若道：「不，不，不是的。謝老爺子是當世豪傑……」謝遜道：「那你是答允了？」周芷若只說：「不，不！」謝遜道：「你是嫌我這義兒太過不成材麼？」

周芷若頓了一頓，說道：「張教主武功卓絕，名揚江湖。得……得婿如此，更有何求？只是……只是……」謝遜道：「怎麼？」周芷若向張無忌微微掠了一眼，說道：「他……他心中眞正喜歡的是殷姑娘、是趙姑娘、是小昭，我知道的。」謝遜道：「殷姑娘過世啦！小昭去了波斯，再也見不到了。趙敏這賤人害得咱們如此慘法，無忌豈能仍舊執迷不悟？無忌，你自己倒說說看。」

張無忌心中一片迷惘，想起趙敏盈盈笑語、種種動人之處，只覺若能娶趙敏爲妻，長自和她相伴，那才是生平至福，但一轉念間，立時憶起殷離臉上橫七豎八、血淋淋的劍傷來，忙道：「趙姑娘是我大仇，我要殺了她爲表妹報仇。」

謝遜道：「照啊，周姑娘，那你還有甚麼疑忌？」周芷若低聲道：「我不放心。除非……除非你要他……立下一個誓來。否則我寧可毒發身死，也不要他助我驅毒。」謝遜道：「無忌，快立誓！」

張無忌雙膝跪地，說道：「我張無忌倘若忘了表妹的血仇，天地不容。」周芷若道：「我要你說得清楚些，對那位趙姑娘怎樣？」謝遜道：「無忌，你就說得更清楚些。甚麼『天地不容』，太含糊了。」

張無忌朗聲道：「蒙古女子趙敏爲韃子皇室出力，苦我百姓，傷我武林義士，復又盜我義父寶刀，害我表妹殷離。張無忌有生之日，必當報此大仇，否則天厭之，地厭之。」周芷若嫣然一笑，道：「只怕到了那時候，你又不忍下手哩。」

謝遜道：「我說呢，揀日不如撞日，咱們江湖豪傑，還管他甚麼婆婆媽媽的繁文縟節，你小倆口不如今日便拜堂成親罷。這十香軟筋散早一日驅出好一日。」

張無忌道：「不！義父，芷若，你們聽我一言。表妹待我情意深重，她自幼便心中以我爲夫，我心中也已以她爲妻，雖無婚姻之事，卻有夫婦之義。她屍骨未寒，我何忍即行另結新歡？」

謝遜沉吟道：「這話倒也說得是，依你說那便如何？」張無忌道：「依孩兒之見，孩兒今日先和周姑娘訂立婚姻之約，助她療傷驅毒，這就方便得多。倘若天幸咱們得回中土，待孩兒殺了趙敏，奪回屠龍寶刀交回義父手中，那時再和周姑娘完婚，可說兩全其美。」謝遜笑道：「你倒想得挺美。要是十年八年，咱們也回不了中土呢？」張無忌道：「三年之後，不論咱們是否能離此島，就請義父主持孩兒的婚事便是。」

謝遜點了點頭，問周芷若道：「周姑娘，你說怎樣？」周芷若垂頭不答，隔了半晌，才道：「我是個孤苦伶仃的女孩兒家，自己能有甚麼主意？一切全憑老爺子作主。」

謝遜哈哈笑道：「很好，很好。咱三人一言爲定。你小倆口是未婚夫婦，不必再有甚麼顧忌。無忌，你給我的兒媳婦驅毒罷。」說著大踏步走向山後。

張無忌道：「芷若，我這番苦衷，你能見諒麼？」周芷若微笑道：「只因是我這個醜樣的，你才推三阻四，要是換了趙姑娘啊，只怕你今晚就……」說到這裏，轉過了頭，不好意思再說。張無忌怦然心動，尋思：「當大夥兒同在小船中飄浮之時，我曾痴心妄想，同娶四美。其實芷若的話不錯，我心中眞正所愛，竟是那個無惡不作、陰毒狡猾的小妖女。我枉稱英雄豪傑，心中卻如此不分善惡，迷戀美色。」

周芷若回過頭來，見他兀自怔怔的出神，站起身來，便要走開。張無忌伸手握住她手一拉。不料周芷若功力未復，腳下無力，身子一晃，便倒在他懷裏，掙扎不起來，嗔道：「我是一生一世受定你的欺侮啦。」

張無忌見她輕顰薄怒，楚楚動人，抱著她嬌柔的身子，低聲道：「芷若，咱倆幼時在漢水中一見，不意竟能得有今日。在光明頂我獨鬥崑崙、華山兩派四老之時，你指點關竅，救我性命。當時我也只感激你的關懷，卻不敢另有妄念。」周芷若倚在他懷裏，說道：「那日我刺你一劍，你難道不恨我麼？」張無忌道：「我知你是因師父嚴命，不得不然。你沒刺正我的心口，我便知你對我暗有情意了。」周芷若吁了一聲，臉頰暈紅，說道：「早知如此，當日我一劍刺正你心口，多少乾淨，也免得以後無窮歲月之中，給你欺侮，受你的氣。」張無忌抱著她的雙臂緊了一緊，說道：「我此後只有加倍疼你愛你。我二人夫婦一體，我怎會給你氣受？」

周芷若側過身子，望著他臉，說道：「要是我做錯了甚麼事，得罪了你，你會打我、罵我、殺我麼？」張無忌和她臉蛋相距不過數寸，只覺她吹氣如蘭，忍不住在她左頰上輕輕一吻，說道：「似你這等溫柔斯文、端莊賢淑的賢妻，那會做錯甚麼事？」周芷若輕輕撫摸他後頸，說道：「便是聖人，也有做錯事的時候。我從小沒爹娘教導，難保不會一時胡塗。」張無忌道：「當眞你做錯甚麼，我自會好好勸你。」

周芷若道：「你對我決不變心麼？決不會殺我麼？」張無忌在她臉頰上又輕吻一下，柔聲道：「你別胡思亂想了。那有此事？」周芷若顫聲道：「我要你親口答應我。」張無忌笑道：「好罷！我對你決不變心，決不會殺你，便連一拳一腳，也不會加於我愛妻周芷若身上。」

周芷若凝視他雙眼，說道：「我不許你嘻嘻哈哈，要你正正經經的說。」張無忌笑道：「你這個小小腦袋之中，不知在想些甚麼。」心想：「總是我對趙敏、對小昭、對表妹人人留情，令她難以放心。可是自今而後，怎會更有此事？」收起笑容，莊言道：「芷若，你是我的愛妻。我從前三心兩意，只望你既往不咎。我今後對你決不變心，就算你做錯了甚麼，我連重話也不捨得責備你一句。」

周芷若道：「無忌哥哥，你是男子漢大丈夫，可要記得今晚跟我說過的話。」指著初升的一勾明月，說道：「天上的月亮，是咱倆的證人。」

張無忌道：「對，你說得不錯。天上明月，是咱倆的證人。」他仍將周芷若摟在懷裏，望著天邊明月，說道：「芷若，我一生受過很多很多人的欺騙，從小為了太過輕信，不知吃過多少苦頭，到底有多少次，這時候也記不起來了。只有在冰火島上，和爹爹、媽媽、義父在一起的時候，那才沒人世間的奸詐機巧。我第一次回歸中原，便遇上一個叫化子弄蛇，他騙我探頭到布袋中去瞧瞧，不料他把布袋套在我頭上，將我擒住。我又那料得到，咱們同生死、共患難的來到這小島之上，趙姑娘竟會在第一晚的食物之中，便下了劇毒？」周芷若苦笑道：「你是不到黃河心不死，到得黃河悔已遲。」

張無忌突然覺得：「自今而後，再也沒人對我行奸使詐了，世上永遠如此，那可有多好！」心中不禁充滿了幸福之感，說道：「芷若，你才眞正是我永遠永遠的親人。你一直待我很好。日後咱們倘若得能回歸中原，你會幫我提防奸滑小人。有了你這個賢內助，我會少上很多當了。」

周芷若搖頭道：「我是個最不中用的女子，懦弱無能，人又生得蠢。別說和絕頂聰明的趙姑娘天差地遠，便是小昭，她這等深刻的心機，我又怎及得上萬一？你的周姑娘是個老老實實的笨丫頭，難道到今天你還不知道麼？」

張無忌道：「只有你這等忠厚賢慧的姑娘，才不會騙我。」周芷若轉過身來，將臉伏在他懷裏，柔聲道：「無忌哥哥，我能和你結爲夫婦，心裏快活得不得了，只盼你別因我愚笨無用，瞧我不起，欺侮我。我……我會盡我所能，好好的服侍你。將來你如發覺我做了甚麼事對你不住，那也是因爲愛你的緣故。」張無忌道：「你爲了愛我，不論做甚麼事，我決不會怪你。」

周芷若拉過他手，輕輕握著，撫摸他手背，說道：「無忌哥哥，我心中有件好大的爲難事，你給我拿個主意，到底怎麼辦才好？」張無忌道：「你是我愛妻，你的事就是我的事，天大的難事，咱們也一起來承擔。」周芷若道：「那日在大都萬安寺高塔上，我師父將掌門人的鐵指環傳給我，又吩咐我跟你親近……」張無忌一拍大腿，說道：「既然你師父有命，那就好極了！」周芷若道：「不是的，師父叫我跟你親近，卻不能對你心存愛慕，不能眞的當你是情郎，更加不能嫁給你做妻子。她……她逼我立下重誓：我若和你結成夫婦，我親生父母雖已死在地下，屍骨不得安穩；我師父滅絕師太死後必成厲鬼，令我一生日夜不安，我如和你生下兒女，男子代代爲奴，女子世世爲娼：

……」她說到後來，聲音已經打顫。

張無忌只聽得全身冷汗直冒，不禁毛髮皆豎，顫聲道：「那……那爲甚麼？」周芷若道：「師父逼我跟你親近，卻不能眞的對你好，不能當你是夫郎，爲的是……爲的是要我暗中害你……」張無忌立時醒悟，當日滅絕師太逼迫紀曉芙去害死楊逍，使的就是這一招，心下了然，便不再迷糊驚懼，說道：「那你是不肯發誓了？」

周芷若道：「師父跪在我面前，我如不答允，她便不起身，我無可奈何，只得依著她發了這誓。無忌哥哥，我是一心一意想嫁你的，我一心一意親你愛你，決不會害你半分。但我一想到師父叫我發的誓，心中就好生不安。」張無忌摟著她的雙臂緊了一緊，柔聲道：「你既對我這麼說了，自然不會害我，否則豈不是叫我多了提防？」

周芷若道：「那我發了這個毒誓，又怎麼辦？」張無忌道：「是你師父逼著你發的，自然算不得數。芷若，我跟你說，那日在萬安寺中，趙姑娘威脅著要用劍在你臉上劃幾下，毀了你的花容月貌，當時我著急得不得了，在心裏起了個誓，你猜猜是甚麼誓？」周芷若道：「你定是和韋蝠王一樣，決心要爲我報仇，在趙姑娘臉上也劃上幾劍。」張無忌搖頭道：「不是的，當時我心裏說：『此刻我如救這姑娘不得，她容貌給人毀了，就算變得醜八怪那樣，老天爺在上，我張無忌無論如何要娶這姑娘爲妻，愛她惜她，護她周全。那一位姑娘眞正對我好，我也眞正對她好，美麗醜陋，全不相干…

……』」

突然之間，山石之後飄來一個女子聲音：「咦，阿牛哥，眞的嗎？」張無忌一驚，聽聲音似是殷離，不禁跳起身來，叫道：「阿離表妹，是你嗎？」周芷若叫道：「鬼，鬼！」撲在張無忌懷裏，全身發抖。張無忌摟住了她，不及去查看說話的是誰，安慰她道：「別怕，別怕，不是阿離！」

月光下只見周芷若臉色慘白，全身簌簌顫抖，雙手握住他手臂，張無忌只覺她手掌冰冷，顯是驚得狠了，摟著她輕輕坐下。過了好一會，周芷若才慢慢寧定，顫聲道：「殷姑娘明明已經死了，咱們也給她葬了，怎麼又來說話？」張無忌道：「是我聽錯了，是風吹樹葉的聲音。我說到劃破了臉，容貌醜陋，便聯想到了表妹，可嚇怕了你！」

周芷若泣道：「我師父說，我如眞心愛你，她會變成厲鬼，令我一生日夜不安，莫非剛才是師父來嚇我？師父又說，我如和你生下孩子……」張無忌接口大聲道：「張無忌和周芷若他日成婚，生下的孩子，男的爲人仁義，武功高強，女的聰明美麗，得人喜愛，豈有爲奴做娼之理？」周芷若大喜，撲在他懷裏，說道：「無忌哥哥，但願如你所說，那我就放心啦！」

次日張無忌即運九陽神功助周芷若驅毒，竟出於意料之外的順利，想是她飲食不多，中毒不如他與謝遜之深。數日之後，周芷若說自覺內力全復，身體更無異狀，想來毒性已然驅盡。

如此忽忽過了數月，這一日島東幾株桃花開得甚美，張無忌折了幾枝桃花，去插在殷離墓前。只見那根刻著「愛妻蛛兒殷離之墓」的木條橫在地下，不知是讓甚麼野獸撞倒了的，於是拾了起來，重又插好，心想表妹一生困苦，恐怕連一天福也沒享過。

正自神傷，忽聽得海中鷗鳥大聲聒噪，抬起頭來，忽見遠處海上一艘帆船正鼓風駛來，這一下喜出望外，忙縱聲叫道：「義父，芷若，有船來啦，有船來啦！」

謝遜和周芷若聽到叫聲，先後奔到他身旁。周芷若顫聲道：「怎麼會有船隻到這荒島上來？」張無忌道：「當眞奇了，難道是海盜船麼？」

不到半個時辰，帆船已在島外下錨停泊，一艘小艇划向島來。張無忌等三人迎到海灘。只見小艇中的水手都穿蒙古水師軍裝，張無忌心中一動：「難道趙姑娘良心發現，又回到島上來？」斜目向周芷若瞥去，見她秀眉微蹙，胸口起伏，顯是也躭著極大的心事。

片刻間小艇划到，五名水手走上海灘，爲首的一名水師軍官躬身向張無忌道：「這位是張無忌張公子？」他說的是漢語。張無忌道：「正是。長官何人？」那人聽到張無忌自承，神色間極是欣慰，說道：「小人賤名拔速台，今日找到了公子，當眞幸運之至。小人奉命前來，迎接張公子、謝大俠回歸中土。」他只說張謝二人，卻不提周芷若和殷離。張無忌道：「長官遠來辛苦，卻不知是奉何人所遣？」拔速台道：「小人是駐防福建的達花赤魯水師提督麾下，奉勃爾都思將軍之命，前來迎接。勃爾都思將軍一共派出海船八艘，在這一帶閩浙粵海面尋找公子和謝大俠，想不到倒是小人立下首功。」言下之意，顯是他上司許下諾言，誰能找到張無忌的便有升賞。

張無忌聽他所說那些蒙古將軍均不相識，料想那些將軍也是輾轉奉了趙敏之命，問道：「你可知貴上司爲何派長官前來接我？」拔速台道：「勃爾都思將軍吩咐，張公子是大大的貴人，乃當世的英雄豪傑，命小人找到之後，用心侍候。至於何以迎接公子，小人職位低微，未蒙將軍示知。」

周芷若插口問道：「可是紹敏郡主之意麼？」拔速台一怔，道：「紹敏郡主？小人沒福見過。」周芷若冷冷的道：「甚麼福不福的？」拔速台道：「紹敏郡主乃我蒙古第一美人，不，不，乃天下第一美人，文武全才，是汝陽王爺的千金。小人怎有福氣一見郡主的金面？」周芷若哼了一聲，不再言語了。

張無忌向謝遜道：「義父，那麼咱們便上船罷。」謝遜道：「咱們到那邊山洞中取了隨身物品，便可上船，長官請在此稍候。」拔速台道：「讓小人和水手們替三位搬行李罷。」謝遜笑道：「咱們有甚麼行李？不敢勞動。」他攜了張無忌和周芷若的手，走到山後，說道：「趙敏忽然派船來接咱們回去，其中必有陰謀，你們想該當如何應付？」

張無忌道：「義父，你想趙……你想趙敏她……她會在船上麼？」謝遜道：「這小妖女若在船上，那倒好辦了。咱們只須留心飲食，免再著了她的道兒。」張無忌道：「不錯，咱們把這兒收藏著的鹹魚、乾果帶上船去，再帶上清水，決不去吃喝船上的物事。」謝遜道：「我料想趙敏決計不在船上。她是欲師那些波斯人的故智，將咱們騙上船去，待航到大海之中，便有蒙古水師船隻出現，開砲將咱們的座船轟沉。」

張無忌心中一陣酸痛，顫聲道：「難道她……她用心竟會如此毒辣？她將咱們放逐在這小島之上，讓咱們自生自滅，永世不得回歸中土，也就是了。咱三人又沒甚麼事對她不起。」謝遜冷笑道：「你將她囚在萬安寺中的六大派高手一齊放了出來，她焉有不記恨之理？再說，明教教主失蹤，此刻教中上下人等定在大舉訪尋，難保不尋到這荒島上來。只有令咱們葬身海底，那才斬草除根。」

張無忌道：「開砲轟船？豈不是連拔速台等這些蒙古官兵，一起都枉送了性命？」謝遜哈哈一笑，隨即嘆道：「無忌孩兒，這些執掌軍國重任之人，怎會愛惜人命？若如你這般心腸仁慈，蒙古人能橫絕四海、掃蕩百國麼？自古以來，那一個建立大功業的英雄不是當機立斷，要殺便殺？別說區區官兵，便自己父母子女，也顧不得呢！」

張無忌呆了半晌，黯然道：「義父說得是。」他向知蒙古人對待敵人殘忍暴虐，但想對自己部下總須愛惜，聽了謝遜之言，身上不禁涼了半截，自覺此番便算能回歸中土，統率中原豪傑驅除韃子，但說到治國致太平，决非自己所能，亦非自己所願。

周芷若道：「義父，你說咱們該當如何？」謝遜道：「我的兒媳婦有甚麼妙計？」周芷若道：「那麼咱們便別上這船罷，跟那蒙古軍官說，咱們在這兒住得很好，不想回中原去了。」謝遜笑道：「眞是傻丫頭的傻主意。咱們不上船，敵人也決計放咱們不過。咱們便把這艘船中的官兵盡數殺了，他們不能再派十艘八艘來麼？何況中原有多少大事，要無忌回去擔當，怎能讓他老死於這荒島之上？」周芷若俏臉通紅，低聲道：「還是義父出個主意罷，我們只聽義父吩咐便是。」

謝遜略一沉吟，道：「須得如此如此。」張無忌和周芷若一聽，齊稱妙計。

張無忌便到殷離墓前禱祝一番，洒淚而別，這才上了大船。他在艙內艙外巡查一遍，果然並無趙敏在內，船上也沒礙眼人物，官兵、水手看模樣均非身有武功之人。

座船拔錨揚帆之後，只駛出數十丈，張無忌反轉手掌，已抓住拔速台右腕，另一手抽出他腰間佩刀，架在他後頸，喝道：「你聽我號令，命舵手向東行駛！」拔速台大吃一驚，顫聲道：「張公……公子，小……小人沒敢得罪你啊。」張無忌道：「你聽我吩咐行事。稍有違抗，我便砍下你腦袋！」拔速台道：「是，是！」喝令道：「舵……舵手！快……快向東行駛。」舵手依言轉舵。那船橫掠小島，向東駛去。

張無忌喝道：「你蒙古人意欲謀害於我，我已識破你們詭計，快快招來！若有虛言，小心你的性命。」說著舉起右掌，往船邊上一拍，木屑紛飛，船邊登時缺下一大塊來。船上官兵見到，無不駭然。拔速台道：「公子明鑒：小人奉上司之命，迎接公子回去，此外更無別情。小人……小人只盼立此功勞，得蒙上司升賞，實無半分歹意。」

張無忌見他說得誠懇，料非虛言，放開他手腕，走到船頭，提起一隻鐵錨，奮力上揚，大鐵錨飛向半空。衆官兵嘩的一聲，齊聲驚喊。待大鐵錨落將下來，張無忌右手掠推，鐵錨又飛了上去。如此連飛三次，他才輕輕接住。蒙古人從馬上得天下，最佩服武勇之士，見他武功如此驚人，一齊拜伏，不敢再起異心。

舵手遵依張無忌命令，駕船東駛，直航入大洋，一連三天，所見唯有波濤接天。謝遜料得趙敏所遣的砲船必在閩粵一帶海面守候巡視，現下座船航入大洋已遠，決不至和砲船相遇，到第五日上，才命舵手改道向北。這一向北，更接連駛了二十餘日，料來趙敏便再聰明十倍，也難猜到此船所在，於是命舵手折向西行，航返中土。這一個多月之中，張無忌等不是取用自攜的食物，便是捕捉海中鮮魚爲食，於船上飲食絕不沾唇。

這日午間，遙見西方出現了陸地。蒙古官兵航海已久，眼見歸來，盡皆歡呼。到得傍晚，大船已停泊岸旁。這一帶都是山石，海水甚深，可直泊靠岸。謝遜道：「無忌，你上岸去瞧瞧，這是甚麼地方。」張無忌答應了，飛身上岸。

一路行去，四下裏都是綠油油的森林，地下積雪初融，極是泥濘。走了一陣，樹木更加蔭深，一株株參天古松，數人方能合抱。他飛身上了一株高樹，但見四下樹木無邊無際，竟是到了林海之中，再無人跡。他想便再向前也是如此，便回向船來。

尚未走到岸旁，忽聽得一聲慘呼，聲音淒厲，正是從船上發出。他吃了一驚，飛奔而回，撲上船頭。只見蒙古官兵自拔速台以下，個個屍橫船中，謝遜和周芷若好端端的站著，卻不見敵人蹤影。

張無忌驚問：「義父，芷若，你們沒事罷？敵人到那裏去了？」謝遜道：「甚麼敵人？你見到敵蹤麼？」張無忌道：「不！這些蒙古人……」謝遜道：「是我和芷若殺的。」張無忌更是驚奇，道：「想不到這些韃子一回中土，便膽敢起意害人。」謝遜道：「他們沒敢起意害人，是我殺了滅口。這些人一死，趙敏便不知咱們已回中土。從此她在明裏，咱們在暗裏，找她報仇便容易得多了。」

張無忌倒抽了口涼氣，半晌說不出話來。謝遜淡淡的道：「怎麼？你怪我手段太辣麼？韃子官兵是咱們敵人，用得著以菩薩心腸相待麼？」

張無忌不語，心想這些人對自己一直服侍唯謹，未有絲毫怠忽，雖說是敵人，但如此殺絕，總覺過意不去。謝遜道：「常言道得好：量小非君子，無毒不丈夫。己不傷人，人便傷己。那趙敏如此對待咱們，咱們便當以其人之道，還治其人之身。」張無忌道：「義父說的是。」但見到拔速台等人的屍身，忍不住便要流下淚來。

謝遜道：「放一把火，將船燒了。芷若，搜了屍首身上的金銀，揀三把兵刃防身。」周芷若依言遵行。三人在船上放了火，分別躍上岸來。船身甚大，直燒到半夜，方始煙飛火滅，連衆人屍首一齊化灰沉入海底。張無忌見這麼一來，乾手淨腳，再沒半點痕跡，心想義父行事雖狠辣了些，畢竟是老江湖，非己所及。

三人胡亂在岸旁睡了一覺，次晨穿林向南而行。走到第二日上，才遇到七八個採參客人，一問之下，原來此地竟是關外遼東，距長白山已然不遠。

待得和那些採參客人分手，周芷若道：「義父，是否須得將他們殺了滅口？」張無忌喝道：「芷若，你說甚麼？這些採參客人又不知道咱們是誰。難道咱們此後一路上見一個人便殺一個麼？」周芷若窘得滿臉通紅，自與張無忌相識以來，他從未如此疾言厲色的對自己說話。

謝遜道：「依我原意，也是要將這些採參客人殺了。教主既不願多傷人命，咱們快些設法換了衣服，免露痕跡。」又道：「聽說當年成吉思汗行軍襲敵，路上遇到行人牧民，一概殺了滅口，就此不會洩漏行蹤。蒙古人所以能得天下，自有他們的道理。」

當下三人快步而行，走了兩日，才出森林。又行一日，見到一家農家，張無忌取出銀兩，向農民購買衣服。那農家甚爲貧苦，並無多餘衣服可以出讓，接連走了七八家人家，三人方湊齊了三套污穢不堪的衣衫。周芷若素來愛潔，聞到衣褲上陳年累積的臭氣，幾欲作嘔。謝遜卻十分歡喜，命二人用泥將臉塗污。張無忌在水中一照，只見已活脫成了遼東一丐，趙敏便對面相逢，也未必相識。

一路南行，進了長城，這日來到一處大鎮甸上。

三人走向鎮上一處大酒樓，張無忌摸出一錠三兩重的銀子，交在櫃上，說道：「待咱們用過酒飯，再行結算。」他怕自己衣衫襤褸，酒樓中不肯送上酒飯。豈知那掌櫃恭恭敬敬的站了起來，雙手將銀兩奉還，說道：「爺們光顧小店，區區酒水粗飯，算得甚麼？由小店作東便是。」張無忌很是詫異，坐定後，低聲問周芷若道：「咱們身上可露出了甚麼破綻？怎地這掌櫃的不肯收受銀子？」周芷若細查三人身上衣服形貌，宛然是三個乞丐，那裏有甚麼形跡顯露？謝遜道：「我聽那掌櫃的語氣之中，頗存懼意，咱們小心些便是。」

只聽樓梯上腳步聲響，走上七人，說也湊巧，竟然也都是乞丐打扮。這七人靠著窗口大模大樣的坐定。店小二恭恭敬敬的上前招呼，口中爺前爺後，當他們是達官貴人一般。張無忌見這些乞丐有的負著五隻布袋，有的負著六隻，都是丐幫中職司頗高的弟子。店小二將酒菜吩咐了下去，尚未送上，又有六七名丐幫弟子上來。片刻之間，酒樓上絡絡繹繹來了三十餘名丐幫幫衆，其中竟有三人是七袋弟子。

張無忌這才恍然，原來丐幫今日在此聚會，酒樓掌櫃誤會他三人也是丐幫中人，低聲向謝遜道：「義父，咱們還是避開這裏罷，免得多惹事端，丐幫到的人可不少。」

正在此時，店小二送上一大盤牛肉，一隻燒鷄，五斤白酒。謝遜腹中正餓，多月來從未好好的飽餐過一頓，聞到燒鷄的香味，食指大動，說道：「咱們悶聲不響的吃了酒肉便行，又礙他們甚麼事了？」說著端起碗來，骨嘟嘟的喝了半碗白酒，心道：「天可憐見，謝遜流落海外二十餘年，直至今日，方得重嚐酒味。」這白酒烈而不醇，乃是常釀，在他卻是如飲醍醐，似喝瓊漿。

他吁了口長氣，只感說不出的快美舒暢，將一碗白酒都喝乾了，忽然低聲道：「小心，兩個大本領的人物來啦！」張無忌聽到樓梯上的腳步之聲，果然上樓來的兩人武功了得。那兩人一走上樓梯頂口，嘩喇喇一陣響，樓上羣丐一齊站起。謝遜作個手勢，三人也站起相迎。他三人坐在靠裏偏角，和衆人一齊坐著，並不惹眼，但當人人都站起身來，他三人倘若仍坐著不動，只怕當場便有亂子。

張無忌見第一人中等身裁，相貌清秀，三絡長鬚，除身穿乞丐服色之外，神情模樣似是個不第秀才。後面那人滿臉橫肉，虬髯戟張，相貌兇猛，只須再黑三分，活像是關公身旁手執大刀的周倉。這二人都五十多歲年紀，鬍鬚均已花白，背上各負九隻小小布袋。這九隻袋子只是表明他們身分，形體甚小，很難當眞裝甚麼物事。

張無忌尋思：「丐幫號稱江湖上第一大幫。聽太師父言道，昔日丐幫幫主洪七公仁俠仗義，武功深湛，不論白道黑道，無不敬服。其後黃幫主、耶律幫主等也均是出類拔萃的人物，但數十年來主持非人，丐幫聲望大非昔比。現任幫主史火龍極少在江湖上露面，不知爲人如何。這二人背負九袋，在丐幫中除幫主之外，當以他二人位份最尊。那日靈蛇島上，丐幫中人來奪義父的屠龍刀，不知跟他二人也有牽連麼？」

這次屠龍刀和倚天劍爲趙敏盜去，六根聖火令卻仍在張無忌懷中，沒有失落，想是趙敏忌憚他武功太強，生怕他中了十香軟筋散後仍有出奇本領，不敢到他懷中搜索。張無忌眼見丐幫勢衆，不敢大意，伸手懷中，摸了摸六根聖火令。

兩名九袋長老走到中間一張大桌旁坐下。羣丐紛紛歸坐，吃喝起來，伸手抓菜，捧碗喝湯，吃得狼藉一團。張無忌和謝遜留神傾聽，想聽那兩個九袋長老說些甚麼。不料他二人儘飲酒吃菜，除了說些「你來一碗」、「這牛肉很香」之類，一言不涉及正事。待得兩名九袋長老食畢下樓，羣丐也已酒醉飯飽，一鬨而散。

謝遜待羣丐散盡，低聲道：「無忌，你瞧如何？」張無忌道：「丐幫這許多人物在此聚會，決不會大吃大喝一頓便算。我猜他們晚間在僻靜之處定會再聚，商量正事。」

謝遜點頭道：「必是如此。丐幫向來與本教爲敵，焚燒光明頂便有他們的份，又曾派人來奪我屠龍刀。咱們須得打探明白，瞧他們是否另有圖謀本教的奸計。」

三人下樓到櫃面付帳，掌櫃的甚是詫異，說甚麼也不肯收。張無忌心想：「丐幫鬧得這裏的菜館酒樓都嚇怕了，吃喝不用付錢。只此一端，已可知他們平素的橫行不法。」

三人找了一家小客店歇宿。鎮上丐幫幫眾雖多，但依照向例，無一住店，因此在客店中倒不虞撞到丐幫人物。謝遜道：「無忌，我眼不見物，打探訊息的事幹起來諸多不便，芷若武功不高，陪著你去也幫不了忙，還是偏勞你一人罷。」張無忌道：「正該如此。」他在客店中稍作休息，便即出門。在大街上自南端直走到北端，竟沒見到一名丐幫弟子。

張無忌尋思：「不到半個時辰之間，鎮上丐幫幫眾突然人影全無，料想走得不遠。」走向一間南貨店，瞪起雙眼，伸拳在櫃枱上一擊，喝道：「喂，掌櫃的，我那許多兄弟們走向那裏去啦？」眾店伴見到他這副凶神惡煞的模樣，只道是丐幫中的一個惡丐，個個心驚肉跳，其中一人膽子較大，指著北方，陪笑道：「貴幫朋友絡繹都向北去了。大爺喝杯茶麼？」張無忌喝道：「不喝！喝甚麼他媽的臭茶？」轉身大踏步向北，肚中暗暗好笑。

他快步走出鎮甸不遠，只見左首路旁長草中人影閃動，一名丐幫弟子站了起來，瞧模樣是要上來喝問。張無忌腳下加快，倏忽而過。那丐幫弟子擦了擦眼睛，還疑心自己眼花，怎地忽然似乎有人，轉眼間卻又不見了。

張無忌見丐幫沿途布了卡子，戒備森嚴，便展開輕功，向北疾馳。丐幫布在樹後、草中、山間、石邊的卡子，一一落入他眼中，反倒成爲指引的路標。奔出四五里路，但見三步一岡，五步一卡，哨位越來越密。這些人武功雖不高，但青天白日之下，要盡數避過他們的眼光卻也不易。到了後來，只得避開大路，曲曲折折的繞道而行。

眼見一條山道通向山腰中的一座大廟，料知羣丐必在廟中聚會，提氣奔向東北角上，再折而向西，繞過羣丐的卡子，直欺到廟側。只見廟前一塊匾上寫著「彌勒佛廟」四個大字，廟貌莊嚴，甚是雄偉。明教在各地起義，多以「彌勒佛出世」作爲號召，有時也稱彌勒佛爲「明王」，因此張無忌見到彌勒佛廟，便心有親近之感。

暗想：「這次丐幫中要緊人物定然到得不少。我若混入人叢，難免給他們發覺。」四下打量，見大殿前庭中左邊一株古松，右邊一株老柏，雙樹蒼勁挺立，高出殿頂甚多，枝葉密茂，頗可藏身其間。繞到廟後，飛身上了屋頂，匍匐爬到簷角，輕輕一縱，落到了松樹之頂，從一根大枝幹後望將出去，暗叫一聲：「僥倖！」殿中情狀，盡收眼底。

大殿地下黑壓壓的坐滿了丐幫幫衆，少說也有三百數十人。這些人均朝內而坐，是以他躍上松樹，竟沒人知覺。殿中放著五個蒲團，虛座以待，顯是在等甚麼人到來，殿中雖聚了三四百人，卻沒半點聲息，和酒樓上亂糟糟地搶菜爭食的情景渾不相同。他想：「丐幫享名數百年，近世雖然中衰，昔日典型，究未盡去。那酒樓中的混亂模樣只是平日的情景。看來幫中長老部勒幫衆，執法實極嚴謹。」

大殿居中坐著一尊彌勒佛，袒胸露出了一個大肚子，張大了笑口，慈祥可親。張無忌正打量間，忽聽得殿上一人喝道：「掌鉢龍頭到！」羣丐一齊站起。那秀才模樣的九袋長老手捧破鉢，從殿後緩步而出，站在右首。又有人喝道：「掌棒龍頭到！」那周倉般的九袋長老雙手高舉一根鐵棒，大踏步出來，站在左首。那人喝道：「執法長老到！」一個身形瘦小的老丐走了出來，手中持一根破竹片，腳下輕捷，走動時片塵不起。張無忌心道：「此人好高的輕功，只較韋蝠王稍遜。」有人喝道：「傳功長老到！」這次出來的是個白鬚白髮的老丐，空著雙手，身形步法之中，顯得武功甚強。

四名老丐將四個蒲團移向下首，只留下中間一個蒲團，彎腰躬身，齊聲說道：「有請幫主大駕！」張無忌心中一凜：「聽說丐幫幫主名叫『金銀掌』史火龍，不知是何等樣的人物？」

大殿上羣丐一齊躬身，過了一會，殿後腳步聲響，大踏步走出一條大漢。此人身高六尺有餘，甚爲魁梧，紅光滿面，有似大官豪紳般模樣，走到大殿正中，雙手叉腰站立。羣丐齊聲道：「座下弟子，參見幫主大駕。」

那丐幫幫主史火龍右手一揮，說道：「罷了！小子們都好啊？」羣丐道：「幫主安好。」待史火龍在中間蒲團上坐下，各人才分別坐地。史火龍轉頭向掌缽龍頭說道：「翁兄弟，你把金毛獅王和屠龍刀的事，向大夥兒說說。」

張無忌聽到「金毛獅王和屠龍刀」這幾個字，心中大震，更全神貫注的傾聽。

掌缽龍頭站起身來，向幫主打了一躬，轉身說道：「衆家兄弟：魔教和本幫爭鬥了六十年，積怨極深。近年魔教立了個新教主，名叫張無忌，本幫有人參與圍攻光明頂之役，曾見到此人是個無知少年。諒這等乳臭未乾、黃毛未褪的小兒，成得甚麼大事？焉能與本幫史幫主的雄才偉略相抗？」羣丐歡聲雷動，一齊鼓掌，史火龍臉現得意神色。

掌缽龍頭又道：「只魔教立了新魔主後，本來四分五裂、自相殘殺的局面登時改觀，倒成了本幫的心腹大患。近一年來，魔教的衆魔頭在各路起事，淮泗一帶，有韓山童、朱元璋，兩湖一帶有徐壽輝等人，連敗元兵，佔了不少地方，可說頗成氣候。尤其朱元璋一路，兵力強盛，很得民心，聲勢著實不小。倘若眞給他們成了大事，逐出韃子，得了天下，那時候本幫十數萬兄弟，可都要死無葬身之地了。」

羣丐大怒吆喝：「決不能讓他們成事！」「丐幫誓與魔教死拚到底！」「魔教如佔了天下，本幫兄弟們還有命活嗎？」「韃子是要打的，卻萬萬不能讓魔教教主坐龍廷！」

張無忌尋思：「想不到我身在海外數月，弟兄們幹得著實不錯。丐幫這番顧慮，也非無因。丐幫人數衆多，幫中也頗有豪傑之士，若得與他們聯手抗元，大事更易成功。該當如何方得和他們盡釋前嫌、化敵爲友？」

掌缽龍頭待羣丐騷嚷稍靜，說道：「史幫主向來在蓮花山莊靜養，長久不涉足江湖，但遇上了這等大事，非得親自主持不可。也是天祐我幫，八袋長老陳友諒結識了一個武當弟子，得到了一個極其重要的訊息。」他提高聲音叫道：「陳長老！」

壁後有人應道：「在！」兩人攜手而出。一個三十來歲年紀，神情剽悍，正是靈蛇島上謝遜饒了他一命的陳友諒。另一個二十七八歲，相貌俊美，卻是宋遠橋之子宋青書。

張無忌先聽得說「陳友諒結識了一個武當弟子」，料來只是那一位師伯叔門下的尋常弟子，豈知竟會是這個武當第三代弟子中的第一人，心想：「宋師哥怎會跟丐幫混在一起？」隨即又想：「武當派與丐幫都是俠義道，雙方交好，那也不奇。」

陳友諒和宋青書先向史火龍行禮，再向傳功、執法二長老，掌棒、掌缽二龍頭作揖，然後向羣丐團團抱拳。掌缽龍頭說道：「陳長老，你將此事的前因後果，跟衆兄弟說說。」

陳友諒攜著宋青書的手，說道：「衆家兄弟，這位宋青書宋少俠，是武當派宋遠橋宋大俠的公子，日後武當派的掌門，非他莫屬。那魔教教主張無忌可說是宋少俠的師弟。數月之前，宋少俠和我說起，魔教的大魔頭金毛獅王謝遜，已到了東海靈蛇島上……

……」執法長老插嘴道：「武林中找尋金毛獅王，當眞無所不用其極，二十年來始終不知他的下落，宋少俠卻何以忽然得知？老夫想要請教。」

張無忌心中一直存著一個疑團：「紫衫龍王因武烈父女而得知我義父的所在，前去接他南來靈蛇島，此事該當隱秘之極，何以竟會讓丐幫得知，因而派人去島上奪刀？」這件事他曾和謝遜參詳過幾次，始終不明其理，這時聽執法長老問起，便加意留神。

只聽陳友諒道：「托賴幫主洪福，機緣十分湊巧。東海有一個金花婆婆，不知如何，竟會得知了謝遜的所在。這老婆婆生長海上，精熟航海，居然給她找到了謝遜所居的極北荒島，將他接上靈蛇島。那靈蛇島上囚禁著父女兩人，名叫武烈、武青嬰，是大理段家一派武學的傳人。他父女乘著金花婆婆前赴中原，殺了看守之人，逃了出來，在山東遇到危難，幸蒙宋少俠搭救，說起各種前因，宋少俠方知金毛獅王的下落。」

執法長老點頭道：「嗯，原來如此。」張無忌心中也這樣說道：「嗯，原來如此。」又想：「武烈父女實非正人，當年朱長齡和他們苦心設下巧計，從我口中騙出我義父所在。但也幸而如此，紫衫龍王方能獲知我義父下落。當今之世，說到水性和航海之術，只怕很少有人能勝得過紫衫龍王，若不是由她出馬，茫茫北海之中，又有誰能有此本領找得到冰火島？縱令是我爹爹媽媽復生，也未必能夠，可見冥冥之中，自有天意。」

陳友諒又道：「兄弟和宋少俠乃生死之交，得悉了這訊息之後，即行會同季鄭二位八袋長老，率同四名七袋弟子，前赴靈蛇島，意欲生擒謝遜，奪獲屠龍寶刀，獻給幫主。不料魔教大幫人馬也於此時前赴靈蛇島。兄弟們雖竭力死戰，終於寡不敵眾，季長老和四名七袋弟子爲幫殉難。靈蛇島上的戰況，請鄭長老向幫主稟報。」

那肢體殘斷的鄭長老從人叢中站起身來，敘述靈蛇島上明教和丐幫之戰。他不說丐幫眾人圍攻謝遜，卻說明教如何人多勢眾，自己一干人如何英勇禦敵，最後說到陳友諒捨身救他性命的仗義之處，更加慷慨激昂，口沫橫飛，說謝遜如何爲陳友諒的正氣折服，終於不敢動手。大殿上羣丐只聽得聳然動容，齊聲喝采。

傳功長老說道：「陳兄弟智勇雙全，很了不起，而如此義氣，更加難得。」陳友諒躬身道：「做兄弟的承幫主和長老們教誨，本幫大義所在，自該赴湯蹈火！區區小事，倒承傳功長老和鄭長老稱讚，做兄弟的好生不安。」羣丐見他毫不居功，更大讚不已。

張無忌在樹上越聽越氣，心想此人卑鄙無恥，明明是賣友求生，卻變成了仗義救人，只不過他做得天衣無縫，連鄭長老也瞧不出破綻，實是個大大的奸雄。又想：「我教在各地起事，大獲勝利，最後如能驅走韃子，照丐幫這些人說來，須由明教管治天下。義父說建立大功業之人必須心狠手辣，必要時連父母子女也當殺了，這種事我萬萬幹不了，終究該當辭去教主之位不做。講到謀幹大事的本領，我連陳友諒這人也及不上。」忽地心下黯然：「這奸人的詭計，當時義父給他騙過，我也給他騙過，只騙不過紫衫龍王和趙姑娘。唉，趙姑娘聰明多才，人品卻是這般……」

執法長老站起身來，冷冷的道：「本幫又有這許多兄弟爲魔教所害，這血海深仇，咱們便此罷了不成？」羣丐大聲鼓噪：「咱們非給季長老報仇不可！」「踏平光明頂！掃蕩魔教！」「宰了張無忌，宰了謝遜！」「本幫和魔教勢不兩立，見一個殺一個，見兩個殺一雙！」「幫主快下號令，我丐幫兄弟齊向魔教攻殺！」

執法長老向史火龍道：「幫主，報仇雪恨之舉，如何行事，便待幫主示下。」史火龍皺眉道：「這個嘛，這是本幫的大事，嗯，嗯，須得從長計議。你叫七袋弟子以下的幫衆，暫且退出，咱們好好兒商量商量。」執法長老應道：「是！」轉身喝道：「奉幫主號令：七袋弟子以下，退出大殿，在廟外相候。」低位幫衆轟然答應，向史火龍等躬身行禮，一齊退出廟門。大殿上只剩下八袋長老以上諸首腦。

陳友諒走上一步，躬身道：「啓稟幫主，這位宋青書宋兄弟於本幫頗有功績，幫主如若恩准，許他投效本幫，以他的身分地位，日後更可爲本幫建立大功。」

宋青書道：「這個，似乎不……」他只說了一個「不」字，陳友諒兩道銳利的目光直射到他臉上。宋青書見到他神色，登時低下了頭，不再說話。

史火龍道：「這個甚好。宋青書投入我幫，可暫居六袋弟子之位，歸八袋長老陳友諒統率。須得遵守本幫幫規，爲本幫出力，今日破例可參預商議大計。」

宋青書眼中流露出憤恨之色，但隨即竭力克制，上前向史火龍跪下，說道：「弟子宋青書，向幫主叩頭。多謝幫主開恩，授予六袋弟子之位。」跟著又參見衆長老。

執法長老說道：「宋兄弟，你既入本幫，便受本幫幫規約束。日後縱然你做到武當派掌門，也得遵從本幫號令。這個你知道了麼？」語氣甚是嚴峻。宋青書道：「是。」執法長老又道：「本幫與武當派雖同爲俠義道，終究路子不同。既然武當掌門之位日後定會落在你身上，何以你卻甘心投入本幫？此事須得說個明白。」宋青書向陳友諒望了一眼，說道：「陳長老待弟子極有恩義，弟子敬慕他爲人，甘心追附驥尾。」

陳友諒笑道：「此處並無外人，說出來也沒干係。峨嵋派掌門人滅絕師太死後，新任掌門人是個年輕美貌的女子，名叫周芷若。此女和宋兄弟青梅竹馬，素有婚姻之約，那知卻給魔教的大魔頭張無忌橫刀奪愛，攜赴海外。宋兄弟氣憤不過，求助於我。做兄弟的拍胸膛擔保，定要助他奪回未婚妻。」

張無忌越聽越怒，暗想：「此人一派胡言，那有此事？」忍不住便要縱身入殿，直斥其非，但終於強抑怒火，繼續傾聽。

史火龍哈哈一笑，說道：「自來英雄難過美人關，那也無怪其然。一個是武當掌門，一個是峨嵋掌門，不但門當戶對，而且郎才女貌，本來相配得緊啊。」

執法長老又問：「宋兄弟既受此委屈，何不求張三丰眞人和宋大俠作主？」陳友諒道：「宋兄弟言道：那張無忌小賊，便是武當五弟子張翠山之子。張三丰平生對張翠山最爲喜愛，因此武當派近來頗有與魔教攜手之意。張三丰和宋大俠都不願得罪魔教。眼下中原武林之中，只本幫和魔教誓不兩立，力量又足可和羣魔相抗。」執法長老點頭道：「那就是了，只須滅得魔教，宰了張無忌那小子，宋兄弟的心願何愁不償。」

張無忌隱身樹中，回想當日在西域大漠之中、光明頂上，宋青書對待芷若的神情果然頗爲奇特，此刻一加印證，才知他早就對芷若懷有情意，但總覺詫異：「武當弟子要入夥丐幫，似乎也不是不可以，但總須先得稟准太師父和宋師伯才是。他爲了一個女子而離棄師門、對父親虧了孝道，似乎人品太差。何況芷若對我一片眞心，宋青書縱得丐幫之助，又怎能逼得她順從？宋大哥在江湖上聲名早著，號稱武當派後起之秀，怎地會這麼胡塗？」

只聽陳友諒道：「啓稟幫主：弟子在大都附近擒得魔教中一名重要人物，此人和本幫大業頗有干係，請幫主發落。」史火龍喜道：「快帶上來。」陳友諒雙手拍了三下，說道：「帶那魔頭上來。」殿後轉出四名丐幫幫衆，手執兵刃，押著一個雙手反綁之人。

張無忌看那人時，見是個二十來歲的青年，相貌甚熟，記得在蝴蝶谷明教大會之中見過，卻已記不起他姓名。那人臉上滿是氣憤憤的神色，走過陳友諒身畔時，突然一張口，一口濃痰向他臉上吐去。陳友諒閃身避過，反手一掌，正中那人左頰。他臉頰登時腫了起來。押著他的丐幫弟子在他背後一推，喝道：「見過幫主，跪下，磕頭。」那人一聲咳嗽，又是一口濃痰，向史火龍臉似上吐去。

那人和史火龍相距既近，這一口痰又勁力十足，史火龍急忙低頭，竟沒能讓過，啪的一聲，正中額頭。陳友諒橫掃一腿，將那人踢倒，攔在史火龍身前，指著那人喝道：「大膽狂徒，你不要命了麼？」那人罵道：「老子既落在你們手中，就沒想活著回去！」陳友諒這麼一攔，史火龍已乘機將額上濃痰抹去。陳友諒倒退兩步，說道：「幫主，這小子是魔教的一流高手，武功似尚在四大護教法王之上，咱們可不能小看他了。」

張無忌聽了此言，頗為詫異，但隨即明白，陳友諒故意誇張那人武功，旨在為幫主遮醜。可是史火龍身為丐幫幫主，竟然避不開這口濃痰，太過不合情理，同時受了這等侮辱之後，臉上不現憤怒之色，反顯得有些驚惶失措。

執法長老道：「陳兄弟，此人是誰？」陳友諒道：「他名叫韓林兒，是韓山童之子。」張無忌暗暗點頭：「是了。那日蝴蝶谷大會，他一直跟在他父親身後，沒跟我說話，是以想不起他名字來。」執法長老喜道：「啊，他是韓山童的兒子。陳兄弟，你這場功勞可大了。啓稟幫主：韓山童近年來連敗元兵，大建威名，他手下大將朱元璋、徐達、常遇春等人，都是魔教中的厲害人物。咱們擒獲了這小子當個押頭，何愁韓山童不聽命於本幫。」

韓林兒破口罵道：「做你媽的淸秋大夢！我爹爹何等英雄豪傑，豈能受你們這些無恥之徒的要脅？我爹爹只聽張教主一人號令。你丐幫妄想和我明教爭雄，太過不自量力。你丐幫的臭幫主，給我張教主提鞋兒也不配呢！」

陳友諒笑嘻嘻的道：「韓兄弟，你把貴教張教主說得如此英雄了得，咱們大夥兒十分仰慕，很想見見他老人家一面。你就給咱們引見引見罷。」韓林兒道：「張教主擔當大事，就是本教兄弟，也輕易見他老人家不著。他那有空閒見你？」陳友諒笑道：「江湖上人人都說，張無忌已讓元兵擒去，早在大都斬首正法，連首級都已傳送各地，你還在這兒胡吹大氣呢！」韓林兒大怒，呸的一聲，喝道：「放你的狗屁，韃子能把我張教主擒去？便是有千軍萬馬團團圍住，我教主也能來去自如。大都嘛，張教主倒也去過，那是去救出六大門派的武林人物。甚麼斬首正法？你少嚼蛆罷！」

陳友諒也不生氣，仍笑嘻嘻的道：「可是江湖上都這麼說，我也不能不信啊。爲甚麼這半年來只聽得明教中有甚麼韓山童、徐壽輝，有甚麼郭子興、朱元璋、彭瑩玉和尙，卻不聽得有個張無忌？可見他定是死了無疑。」韓林兒氣得額頭靑筋凸了起來，大聲道：「我爹爹和徐壽輝他們，都是奉張教主的號令行事，怎能和張教主相比？」

陳友諒輕描淡寫的道：「張無忌那人武功算是不差的，但生就一副短命橫死之相，有人給他算命，說他活不過今年年初……」

便在這時，庭中那株老柏的一根枝幹突然間輕輕一顫，大殿上諸人都沒知覺，張無忌卻已聽到那枝幹後傳出幾下輕微的喘氣之聲，但那人隨即屏氣凝息，克制住了。張無忌心想：「原來老柏中竟也藏得有人。此人比我先到，這麼許久我都沒察覺，此人武功可也不錯啊。」凝目向柏樹瞧去，在枝葉掩映之間，見到了青衫一角，那人躲得極好，衣衫又和柏樹同色，若非張無忌眼光特佳，也眞不易發見。

只聽韓林兒怒道：「張教主宅心仁厚，很重義氣，上天必然福祐。他年紀還輕得很，再活一百年也不希奇。」陳友諒嘆道：「可是世上人心難測啊。聽說他遭奸人陷害，以致爲朝廷擒殺。其實那也不奇，凡見過張無忌之人，都知他活不過三八二十四歲那一關……」

忽然老柏上青影一晃，一人竄下地來，喝道：「張無忌在此，是誰在咒我短命橫死！」語聲未歇，身子已竄進殿中。站在殿門口的掌棒龍頭張開大手往那人後頸抓去。那人輕輕巧巧的一側身，已然避開。

但見他方巾青衫，神態瀟然，面瑩如玉，眼澄似水，正是穿了男裝的趙敏。

張無忌斗見趙敏現身，心頭大震，又驚又怒，又愛又喜，禁不住輕噫一聲。大殿上羣丐都在全神提防趙敏，誰也沒聽到他這聲驚噫。

丐幫衆人都不識得張無忌，只知明教教主是個二十來歲的少年，武功極高，見趙敏避開掌棒龍頭這一抓時身法輕靈，確屬一流高手，均以爲確是明教教主到了，無不凜然。

但陳友諒見她相貌太美，年紀太輕，話聲中又頗有嬌媚之音，和江湖上所傳張無忌的形貌頗有不同，喝道：「張無忌早死了，那裏又鑽出一個假冒貨來？」

趙敏怒道：「張無忌好端端的活著，幹麼你口口聲聲的咒他？張無忌命好福大，長命百歲，等這兒的人個個死絕了，他還在世上享福呢！」

張無忌聽她說這幾句話時語帶悲音，似乎想到將自己拋棄荒島，良心不免自咎自責，但轉念又想：「這等陰狠忍心之人，講甚麼良心自責？張無忌啊張無忌，你對她戀戀不捨，心中儘生些一廂情願的念頭。」

陳友諒道：「你到底是誰？」趙敏道：「我便是明教教主張無忌。你幹麼捉拿我手下兄弟，快快將他放了，有甚麼事，衝著我本人來便是。」

忽聽得旁邊一人冷笑道：「趙敏姑娘，旁人不識你，我宋青書難道不識？啓稟幫主：這女子是汝陽王察罕特穆爾的女兒。她手下高手甚多，須得提防。」

執法長老撮唇呼哨，喝道：「掌棒龍頭，你率領衆兄弟赴廟外布防，以備敵人攻入。」掌棒龍頭應聲而出，霎時之間，東南西北，四下裏都是丐幫弟子的呼哨之聲。

趙敏見了這等聲勢，臉上微微變色，雙手一拍，牆頭飄下二人，正是玄冥二老鹿杖客、鶴筆翁。執法長老喝道：「拿下了！」便有四名七袋弟子分撲鹿鶴二老。玄冥雙老武功高強，只三招之間，四名七袋弟子均已受傷。那白鬚白髮的傳功長老站起身來，呼的一刀直向鶴筆翁砍去，風生虎虎，威猛已極。

鶴筆翁揮鶴嘴筆還擊過去。嗆的一聲巨響，兵刃相交，硬碰硬的拆到三招之後，傳功長老已相形見絀。那邊廂鹿杖客使動鹿角杖，雙戰執法長老和掌缽龍頭二人，一時難分高下。掌棒龍頭回進殿來，見傳功長老臉紅如血，一步步後退，不禁暗自駭異，心想傳功長老功力深厚，乃本幫第一高手，怎地不敵這老兒？眼見他喘息聲響，白鬚飄動，已現狼狽之態，雖知他對敵之時不喜旁人相助，但到此地步，終不能任由他命喪敵手，於是舉起鐵棒，向鶴筆翁腳下橫掃過去。

趙敏當玄冥二老到來之時，便欲退走，卻給陳友諒揮長劍擋住。趙敏在萬安寺中學得六大門派武功的精髓，反手唰唰唰三劍，一招華山劍法，一招崑崙劍法，第三招是崆峒派劍招絕學，待得第四招使出，竟是峨嵋派的「金頂九式」。陳友諒大驚，竟招架不來。趙敏長劍圈轉，直刺他心口，忽地嗆的一聲響，左首一劍橫伸而來，將她這一劍格開，出招的卻是宋青書。

大殿上眾人相鬥，張無忌隱身在古松之上，看得招招清楚。但見宋青書施展武當劍法，又穩又狠，確已得了宋遠橋真傳。陳友諒從旁夾攻。趙敏所習絕招雖多，終究駁雜不純，何況以一敵二，已遮攔多而進攻少。

張無忌暗暗心焦，又感奇怪：「她爲何只使一柄尋常長劍？若將倚天劍取出來，對方兵刃立斷，便可闖出重圍。」但見她衣衫單薄，身形苗條，腰間顯然並未藏著倚天劍。張無忌焦急了一會，不禁又即自責：「張無忌，這蒙古姑娘是害死你表妹的兇手，何以你反而爲她擔憂？不但對不起表妹，可也對不起義父和芷若啊！」

衆人鬥得片刻，丐幫又有幾名高手加入，趙敏手下卻無旁人來援。鹿杖客見情勢不佳，叫道：「郡主，師弟，咱們退到庭院之中，乘機走罷。」趙敏道：「很好。這姓陳的毀謗張公子，說他橫死短命，我氣他不過，你們重重的治他一下子。」玄冥二老齊道：「遵命。請郡主先退，這小子交給我們便是了。」趙敏又道：「那韓林兒對張公子很忠心，你們設法救他出來。」鹿杖客道：「郡主請先行一步，救人之事，咱兄弟倆俟機而行。」他三人在強敵圍攻之中，商議退卻救人，竟將對方視若無物。

大殿中鬥得甚緊，丐幫幫主史火龍站在殿角，始終不作一聲。傳功、執法二長老聽得趙敏和玄冥二老對答之言，連下號令，命屬下攔截。

突然之間，鹿杖客和鶴筆翁撇下對手，猛向史火龍衝去，這一下身法奇快，眼見史火龍難以抵擋，那知陳友諒當趙敏和二老講話之時，料到二老要以進爲退，施此一著，已先繞到史火龍身旁。玄冥二老掌力未到，陳友諒已在史火龍肩頭一推，將他推到了彌勒佛像之後。玄冥二老掌力擊出，噗的一聲輕響，佛像泥屑紛飛，搖搖欲墜。鶴筆翁搶上一步，再補上兩掌，一尊大佛像半空中倒將下來。羣丐齊聲驚呼，躍開相避。

趙敏乘著這陣大亂，已躍入庭院。宋青書和掌棒龍頭劍棒齊施，追擊而至，驀地裏廟門邊三條桿棒捲到，齊往趙敏腳下掃去。趙敏既要擋架宋青書長劍和掌棒龍頭鐵棒，又要閃避腳下三條桿棒，避開了兩條，卻避不過第三條，左脛一痛，已遭一棒擊中，站立不定，向前摔倒。宋青書倒轉劍把，往趙敏後腦砸去，要將她砸暈了生擒活捉。

眼見劍柄距她後腦已不到半尺，忽然掌棒龍頭手中的鐵棒伸過來在劍柄上一撩，將宋青書長劍盪開，一條人影飛起，躍出牆外。宋青書轉過身來，問掌棒龍頭道：「幹麼放她逃走？」掌棒龍頭怒道：「你撩我鐵棒幹麼？」宋青書道：「是你用棒盪開我劍柄，還說……」掌棒龍頭喝道：「多爭無益，快追！」

兩人一齊躍出牆去，只見牆角邊躺著一名七袋弟子，摔得腿骨折斷，爬不起來。掌棒龍頭問道：「那妖女逃向何方去了？」在牆外守衛的七名丐幫弟子齊道：「沒有啊，沒見到有人。」掌棒龍頭怒道：「剛才明明有人從這裏躍出來，你們眼睛都瞎了麼？」一名六袋弟子伸手扶起那跌斷腿骨的七袋弟子，說道：「適才便是這位大哥躍牆而出，沒再見到有第二人。」掌棒龍頭搔了搔頭皮，問那七袋弟子：「你幹麼躍出牆去？」那七袋弟子哼哼唧唧的道：「我……我是給人抓著摔出來的。那妖女好怪異的手法。」

掌棒龍頭轉頭對著宋青書，滿臉怒色的喝道：「適才你用劍柄撩我鐵棒，是何用意？你才入本幫，便來幹吃裏扒外這一套了？」宋青書又驚又怒，說道：「弟子正要用劍柄砸那妖女，龍頭大哥卻用棒擋開了我劍柄，才給那妖女逃走了。」掌棒龍頭怒道：「豈有此理！我擋開你劍柄幹甚麼？我在本幫數十年，身爲掌棒龍頭，難道反來相助外人？我再問你，你幹麼不用劍尖刺她，卻要倒轉劍柄，假意砸打？哼哼，我老眼未花，須瞞不過去。」

宋青書在武當派中雖是第三輩少年弟子，但武當門下都知他是未來掌門人，縱然俞蓮舟、張松溪等幾位師叔，對他亦頗客氣，從沒半句重語。他一向高傲慣了，明知掌棒龍頭在幫中身分比自己這新入幫的六袋弟子高得太多，但此事明明曲在彼方，不肯便此忍氣吞聲，說道：「『吃裏扒外』四字，可不是胡亂說的。小弟適才這一劍柄砸下去，明明是你用棒擋開的，這裏衆目昭彰，未必就沒旁人目睹。」

掌棒龍頭聽他言下之意，反冤枉自己吃裏扒外、放走趙敏，他本就性如烈火，大聲喝道：「你這小子不敬長上，仗著武當派的來頭麼？」說著呼的一棒，便往宋青書頭頂砸落，暴怒之下，這一棒勁力甚爲剛猛。

宋青書一口氣忍不下去，舉劍擋架。劍棒相交，噹的一聲，迸出幾星火花。宋青書只感虎口隱隱作痛。掌棒龍頭喝道：「姓宋的，你膽敢犯上作亂，是敵人派來本幫臥底的麼？」說著第二棒又擊了下去。

廟門中突然搶出一人，伸劍在鐵棒上一搭，將這一招盪開，說道：「龍頭大哥，請莫生氣。」此人正是八袋長老陳友諒，問道：「趙敏那小妖女呢？」掌棒龍頭氣呼呼的指著宋青書道：「是他放了！」宋青書忙道：「不，是龍頭大哥放的！」

兩人正自爭辯不已，玄冥二老已從廟中呼嘯而出，四下不見趙敏，知她已然脫身。兩人一聲長笑，四掌齊出，登時有四名丐幫弟子中掌倒地，待得傳功長老、執法長老等人追到，玄冥二老的長笑之聲已在十餘丈之外，再也追不上了。

原來當時張無忌見宋青書倒轉長劍擊向趙敏後腦，這一擊可輕可重，輕則令她昏暈，下手稍重，卻立時取了她性命，當下更不思索，從古松上縱身而下，使出挪移乾坤之法，在掌棒龍頭身後推動他手中鐵棒，掠過去盪開宋青書長劍。他所習的乾坤大挪移心法本已神妙無方，這幾個月來在荒島上日長無事，再研習小昭所譯的「聖火令秘訣」，兩者一相參合，比之波斯三使的詭異武功更高明了十倍。此刻突然使出，雖以掌棒龍頭和宋青書這等高手，竟也未能察覺。掌棒龍頭只道宋青書格開了他鐵棒，宋青書卻明明見到掌棒龍頭伸棒過來盪開他長劍。張無忌乘著他二人同時一驚的瞬間，左手反過來抓住一名七袋弟子，擲出牆外。掌棒龍頭和宋青書見到一個人影越牆而出，認定是趙敏逃了出去，雙雙追出。張無忌卻已抱起趙敏，躍上了殿頂。

青天白日之下，本來無所遁形，但羣丐一窩蜂的跟著掌棒龍頭和宋青書追出廟門，雖有許多人眼睛一花，似有甚麼東西在頭頂越過，然大殿中彌勒佛像倒下後塵沙飛揚，煙霧瀰漫，羣丐紛紛擁出，廟門前後亂成一團。武功高的在圍攻玄冥二老，功力較弱的驚惶失措，竟沒一人察覺。

趙敏危急中得人相救，身子給抱在一雙強而有力的臂膀之中，猶似騰雲駕霧般上了廟頂，轉過頭來，耀眼陽光之下，只見那人濃眉俊目，正是張無忌。她幾乎不相信自己的眼睛，大喜之下，叫道：「是你！」

張無忌伸手按住她嘴巴，四下一瞥，見彌勒廟前後左右擁滿了丐幫弟子，若要救了趙敏就此脫身，原亦不難，但既知丐幫正密謀對付明教，武當派的宋師哥又入了丐幫，不將事情打聽明白，就此脫身而去，未免可惜。他又見到宋青書和掌棒龍頭爭吵，掌棒龍頭已目露凶光，丐幫中頗有奸險之輩，說不定宋青書竟遭了他們毒手；何況韓林兒忠心耿耿，務須救出，見大殿中塵沙飛揚，索性涉險入殿，覓地躲藏。他向前竄出，從屋簷旁撲下，雙足鉤住屋簷，跟著兩腿迴縮，滑到了左側一座佛像之後。只見殿中只剩下幾名給佛像壓傷的丐幫弟子躺在地下呻吟，韓林兒卻不知已給帶往何處。

張無忌遊目四顧，一時找不到躲藏之所。趙敏向著一隻大皮鼓一指，那鼓高高安在一隻大木架上，離地丈許，和右側的巨鐘相對。張無忌登時省悟，貼牆繞到皮鼓之後，右手食指在鼓上橫劃而過，嗤的一聲輕響，蒙在鼓上的牛皮裂開一條大縫。他左足搭上木架橫撐，食指再豎直劃下，兩劃交叉成一十字。他抱著趙敏，從十字縫中鑽進。

皮鼓雖大，兩人躲入其中，卻也轉動不得。趙敏靠在張無忌身上，嬌喘細細。巨鼓製成已久，滿腹塵泥，張無忌在灰塵和穢氣之中聞到趙敏身上陣陣幽香，愛恨交迸，有千言萬語要向她責問，苦於置身處非說話之所，但覺趙敏柔軟的身子靠在自己懷中，根根柔絲，擦到臉上。他心中一驚：「我救她已是不該，如何再可和她如此親暱？」伸手將她頭一推，不許她將頭靠在自己肩上。趙敏惱了，手肘往他胸口撞去。張無忌借力打力，將她撞來的勁道反彈轉去，趙敏吃痛，忍不住便叫。他早就料到，伸手按住她嘴。

只聽得執法長老的聲音在下面響起：「啓稟幫主：敵人已逃走無蹤，屬下無能，未得擒獲，請幫主降罪。」史火龍道：「罷了！敵人武功甚高，大家都是親見。操他奶奶的，是大夥兒倒霉，跟長老毫不相干。」執法長老道：「多謝幫主。」

接著掌棒龍頭指控宋青書放走敵人，宋青書據理而辯，雙方各執一辭，殿中充滿火氣。史火龍道：「陳兄弟，你瞧當時實情如何？」陳友諒道：「啓稟幫主：掌棒龍頭是本幫元老，所言自無虛假。但宋兄弟誠心加盟本幫，那姓趙的妖女又是他對頭，亦不會有意賣放。依兄弟愚見，這姓趙的妖女武功怪異，想是她借力打力，以龍頭大哥的鐵棒，盪開了宋兄弟手中長劍。混亂中雙方不察，致起誤會。」

張無忌心下暗讚：「這陳友諒果然厲害，他不見當時情景，卻猜了個八九不離十。」

只聽史火龍道：「此話極爲有理。兩位兄弟，大家都爲本幫效力，不必爲此小事傷了和氣。」掌棒龍頭氣憤憤的道：「就算他……」陳友諒不待他說完，便即插口道：「宋兄弟，龍頭大哥德高望重，就算責備錯你了，也當誠心受教。你快向龍頭大哥賠罪。」宋青書無奈，只得上前施了一禮，說道：「龍頭大哥，適才小弟多有得罪，還請原恕。」掌棒龍頭滿腔怒氣，給堵住了發作不出，只得哼了一聲，說道：「罷了！」

陳友諒的話似乎是委屈了宋青書，其實他說趙敏「以龍頭大哥的鐵棒，盪開了宋兄弟手中長劍」，又說「龍頭大哥德高望重，就算責備錯你了，也當誠心受教」，都是在派掌棒龍頭的不是，丐幫中諸長老都聽了出來。但陳友諒近來是幫主跟前的大紅人，史火龍對他言聽計從，衆人也就沒甚麼話說。

史火龍道：「陳兄弟，適才前來搗亂的小妖女，是汝陽王的親生愛女。魔教是朝廷的對頭，怎麼咱們說到魔教的小魔頭張無忌，他媽的這小妖女反爲他出頭？」陳友諒沉吟未答，掌缽龍頭道：「我見那韃子郡主眼淚汪汪的，神色十分氣憤。陳兄弟說的是魔教教主，那韃子郡主卻像是聽到旁人咒他父兄一般，實令人大惑不解。」

宋青書道：「啓稟幫主：此中情由，屬下倒也知道。」史火龍道：「宋兄弟你說。」宋青書道：「魔教雖跟朝廷作對，但這郡主小妖女卻迷上了張無忌，恨不得嫁了他才好，因此一力護著他。」丐幫羣豪聽了此言，都「啊」的一聲，人人頗出意外。

張無忌在巨鼓中聽得清楚，心中也怦怦亂跳，腦中只是自問：「是眞的麼？是眞的麼？」趙敏轉過頭來，雙目瞪視著他。鼓中雖然陰暗，但張無忌目光鋭敏，藉著些些微光，已見到她眼中流露出柔情無限，不禁胸口一熱，抱著她的雙臂緊了一緊，將她身子更靠攏自己，便想往她櫻唇上吻去，突然間想起殷離慘死之狀，一番柔情登時化作仇恨，右手抓著她手臂使勁一捏。

他這一捏雖非出以全力，趙敏卻已抵受不住，只覺眼前一黑，痛得幾欲暈去，忍不住便要學殷離那樣罵了出來：「你這狠心短命的小鬼！」總算她竭力自制，忍住了沒出聲，淚水卻已撲簌簌的流下，一滴滴的都流在張無忌手背上，又沿著手背流上了他衣襟。張無忌心下剛硬，毫不理睬。

但聽得陳友諒問道：「你怎知道？當眞有這怪事？」宋青書恨恨的道：「張無忌這小子相貌平平，並沒半點英俊瀟洒之處，只不過學到了魔教邪術，善於迷惑女子，許多青年女子便都墮入了他彀中。」執法長老點頭道：「不錯，魔教中的淫邪之徒確有這項採花的法門，男女都會。峨嵋派女弟子紀曉芙，就因中了魔教楊逍的邪術，鬧得身敗名裂。張無忌的父親張翠山，也是爲白眉鷹王之女的妖法所困。那韃子郡主必是中了這小魔頭的採花邪法，因而失身於他，嘗到甜頭，木已成舟，便自甘墮落而不能自拔了。」

丐幫羣豪一齊稱是。傳功長老義憤塡膺，說道：「這等江湖敗類，人人得而誅之，否則天下良家婦女的淸白，不知更將有多少喪在這小淫賊之手。」史火龍伸出舌頭，舐舐嘴唇，甚爲艷羨，笑道：「這妖女郡主雖是番邦女子，花容月貌，倒也眞美！他媽的，張無忌這小淫賊倒艷福不淺！」

張無忌只氣得渾身發顫，他迄今仍是童子之身，但自峨嵋派滅絕師太起，口口聲聲罵他是淫賊的，已數也數不淸了，當眞有冤無處訴。至於說趙敏失身於己、木已成舟云云，更不知從何說起，想到此處，突然一驚：「趙姑娘和我相擁相抱的躱在這裏，萬萬不能讓他們發覺，否則的話，更加證實了這不白之誣。」

只聽傳功長老又道：「峨嵋派周芷若姑娘既落在這淫賊手中，想必貞潔難保。宋兄弟，此事你也不必放在心上，咱們必然助你奪回愛妻，決不能讓紀曉芙之事重見於今日。」執法長老道：「大哥此言甚是。武當派當年庇護不了殷梨亭，今日自也庇護不了宋青書。宋兄弟投入本幫，咱們若不給他出這口氣，不助他完成這番心願，他好好的武當派掌門傳人，何必到本幫來當一名六袋弟子？」

丐幫羣豪大聲鼓噪，都說誓當宰了張無忌這小淫賊，要助宋青書奪回愛妻。

趙敏將嘴湊到張無忌耳邊，輕聲說道：「你這萬惡不赦的小淫賊！」

這一句話似嗔似怒，如訴如慕，說來嬌媚無限，張無忌只聽得心中一蕩，霎時間意亂情迷，極是煩惱：「倘若她並非如此奸詐險毒，害死我表妹，我定當一生和她長相廝守，甚麼也顧不得了……」

只聽得宋青書含含糊糊的向羣丐道謝。史火龍又問：「那淫賊如何迷姦韃子郡主，你可知道麼？」他似對韃子郡主被姦一事甚感興味，欲知詳情。

宋青書道：「這中間的細節，外人是沒法知悉的了。那日這小妖女率領朝廷武士，來武當山跟我太師父搗亂，一見到那淫賊之面，便即乖乖退去，武當派一場大禍，登時消去。我三師叔俞岱巖於二十年前為人折斷肢骨，也是小妖女贈藥於那淫賊，因而接續了斷骨。」執法長老道：「這就是了，武當派自來是朝廷眼中之釘，那韃子郡主若非戀姦情熱，忘了本性，決不致反而贈藥助敵。如此說來，那小淫賊雖人品不端，對太師父和眾師伯叔倒還有點兒香火之情。」宋青書道：「嗯，我想他還不致於全然忘本。」

陳友諒道：「啟稟幫主：兄弟聽了宋兄弟之見，倒有一計在此，可制得那小淫賊服服貼貼，令魔教上下盡數聽令於本幫。」史火龍喜道：「陳兄弟竟有此妙計，請快快說來。」陳友諒道：「此間耳目眾多，雖都是自家兄弟，仍恐洩漏了機密。」

大殿中語聲稍停，只聽得腳步聲響，有十餘人走出殿去，想是只剩下丐幫中職份最高的幾名首領。陳友諒道：「此事千萬不能洩露半點風聲，宋兄弟，兩位龍頭大哥，咱們前後搜查，且看是否有人偷聽。」只聽得颼颼兩聲，掌棒龍頭和掌缽龍頭已上了屋頂，陳友諒和宋青書在殿前殿後仔細搜查，連各座神像之後、帷幕之旁、匾額之內，以及古松、古柏之上，到處都察看過了，只漏過了鐘鼓不查。張無忌暗服趙敏心思機敏，大殿中除這巨鼓以外，確無其他更好的藏身處所。

四人查察已畢，重回殿中。陳友諒低聲道：「這事還須著落在宋兄弟身上。」宋青書奇道：「我？」陳友諒道：「不錯，掌缽龍頭大哥，請你配幾份『五毒失心散』，交由宋兄弟帶上武當山去，暗中下在張真人和武當諸俠的飲食之中。咱們在山下接應，得手之後，將張真人和武當諸俠一鼓擒來，以此要脅，何愁張無忌這小賊不聽命於本幫？」

史火龍首先鼓掌叫道：「妙計，妙計！」執法長老也道：「此計不錯。本幫的五毒失心散十分厲害，要在張無忌的飲食中下毒，他魔教防範周密，只怕難得其便。宋兄弟是武當子弟，去擒拿武當派的人嘛，所謂家賊難防，當真神不知、鬼不覺，定能手到擒來。」

宋青書躊躇道：「這個……這個……要兄弟去毒害家父，那萬萬不可。」陳友諒道：「這五毒失心散是本幫靈藥，不過令人暫時神智迷糊，並不傷身。令尊宋大俠仁俠重義，我們素來十分敬仰，決不致傷他老人家一根毫毛。」

宋青書仍不肯答允，說道：「兄弟投效本幫，事先未得太師父與家父允可，日後他們知道了，勢必重責，兄弟已不知如何辯解才好。不過本幫是俠義道，與武當派的宗旨並不相背，因此也不算大罪。但要兄弟去幹這等不孝犯上之事，兄弟決計不敢應承。」

陳友諒道：「兄弟，你這可想不通了。自來成大事者不拘小節，古人大義滅親，向來都是有的，何況咱們的宗旨是在對付魔教，擒拿武當諸俠，不過是箝制張無忌那小淫賊的方策而已。當年六大派圍剿魔教，武當派不也出了力嗎？」宋青書道：「兄弟倘若做了此事，一來良心不安，二來在江湖上受萬人唾罵，有何面目立於天地之間？」

陳友諒道：「你下藥之後，自己也可假作昏迷，我們將你縛住，和你太師父、尊大人，以及眾師叔關在一起，誰也不會疑心你。除了此間咱們七人之外，世上更有何人得知？我們只有佩服你是個能擔當大事的英雄好漢，誰會笑你？」宋青書沉吟半晌，囁嚅道：「幫主和陳大哥有命，小弟原不敢辭，再說小弟新投本幫，自當乘機立功，盡心竭力。只人生於世，孝義為本，要小弟去算計家父，卻萬萬不能奉命。」

武林中人向來於「孝」之一字極為尊崇，羣丐聽他如此說，均感不便再行相強。

陳友諒忽然冷笑一聲，說道：「以下犯上，那是我輩武林中人的大忌，不用宋兄弟說，我也明白。但不知莫七俠和宋兄弟如何稱呼？是他輩份高，還是你輩份高？」

宋青書不語，隔了良久，忽道：「好，既然幫主和眾位有命，小弟遵從號令就是。但各位須得應承，既不能損傷家父半分，也不能絲毫羞辱於他。否則小弟寧可身敗名裂，也決不能幹此不孝勾當。」

史火龍、陳友諒等盡皆大喜。陳友諒道：「這個自是應承得。宋兄弟跟我們兄弟相稱，宋大俠便是大夥兒的尊長。宋兄弟就算不提此言，我們自也會對他老人家盡子姪之禮。」

張無忌心下起疑：「宋師哥一直不肯答允，何以陳友諒一提莫七叔，宋師哥便不敢再推辭？此中定有蹊蹺。看來只有當面問過莫七叔，方知端詳。」

只聽執法長老和陳友諒等低聲商議，於張三丰、宋遠橋等人中毒之後，丐幫羣豪怎生上山接應。每逢陳友諒如何說，史火龍總是道：「甚好，甚好！妙計！」

掌鉢龍頭道：「『五毒失心散』若要用於武當派，須得大量再配。此時方當隆冬，五毒蟄伏土下，小弟須得赴長白山腳挖掘，用來合藥。從冰雪之下掘出來的五毒毒性不顯，服食時不易知覺，對付第一流的高手，倒是這等毒物最好。」

執法長老道：「陳兄弟、宋兄弟兩位，陪同掌鉢龍頭赴長白山配藥，咱們先行南下。今兒是臘月十六，一個月後在老河口聚齊。」又道：「那韓林兒落在咱們手中，甚是有用，請掌棒龍頭加意看守，以防魔教截奪。咱們分批而行，免爲敵人察覺。」

衆人紛向幫主告辭。掌鉢龍頭和陳友諒、宋青書三人先向北行。片刻之間，彌勒廟前前後後的丐幫人衆散得乾乾淨淨。

張無忌橫腿疾掃，捲起地下大片積雪，猛向四俠洒去，正是聖火令上所載的一項古波斯怪招。武當四俠霎時之間但覺飛雪撲面，雙目不能見物，立時後躍。

三十二　冤蒙不白愁欲狂

張無忌聽得羣丐去遠，廟中再無半點聲響，便從鼓中躍了出來。趙敏跟著躍出，理一理身上衣衫，似喜似嗔的橫了他一眼。張無忌怒道：「哼，虧你還有臉來見我？」趙敏俏臉一沉，道：「怎麼啦？我甚麼地方得罪張大教主啦？」

張無忌臉上如罩嚴霜，喝道：「你要盜倚天劍和屠龍刀，我不怪你！你將我拋留荒島，我也不怪你！可是殷姑娘已身受重傷，你何以還要再下毒手，傷她性命？似你這等狠毒女子，當眞天下少見！」說到此處，悲憤難抑，跨上一步，左右開弓，便是四記耳光。趙敏在他掌力籠罩之下，如何閃避得了？啪啪啪啪四聲響過，兩邊臉頰登時紅腫。

趙敏又痛又怒，珠淚滾滾而下，哽咽道：「你說我盜了倚天劍和屠龍刀，是誰見來？誰說我對殷姑娘下了毒手，你叫她來跟我對質。」

張無忌愈加憤怒，大聲道：「好！我叫你到陰間去跟她對質。」左手圈出，右手回扣，已叉住了她項頸，雙手使勁。趙敏呼吸不得，伸指戳向他胸口，但這一指如中敗絮，指上勁力消失得無影無蹤。霎時之間，她滿臉紫脹，暈了過去。

張無忌記著殷離之仇，本待將她扼死，但見了她這等神情，忽地心軟，放鬆了雙手。趙敏往後便倒，咚的一聲，後腦撞上大殿的木板跪墊。

過了好一陣，趙敏才悠悠醒轉，只見張無忌雙目凝望著自己，滿臉躭心的神色，見她睜眼，這才吁了一口氣。趙敏問道：「你說殷姑娘過世了麼？」張無忌怒氣又生，喝道：「給你這麼劃了十七八劍，又拋入了大海，她……她難道還活得成麼？」

趙敏顫聲道：「誰……誰說我劃了她十七八劍，拋她入海？是周姑娘說的，是不是？」張無忌道：「周姑娘決不在背後說旁人壞話，她沒親見，不會誣陷於你。」趙敏道：「那麼是殷姑娘自己說的了？」張無忌大聲道：「殷姑娘早不能言語了。那荒島之上，只咱們五個人，難道是義父斬的？是我斬的？是殷姑娘自己斬的？哼，我知道你的心思，你怕我娶我表妹爲妻，是以下此毒手。我跟你說，她死也好，活也好，我都當她是我妻子。你殺了她，便是殺了我的愛妻。」

趙敏低頭不語，沉思半晌，又問：「你怎地回到中原來啦？」張無忌冷笑道：「那倒多蒙你好心了，你派水師到島上來迎接我們，幸好我義父不似我這等老實無用，我們才沒墮入你的奸計。你派了砲船候在海邊，要開砲轟沉我們座船，這番心計卻白用了。」

趙敏撫著紅腫炙熱的面頰，怔怔的瞧著他，過了一會，眼光中漸漸露出憐愛的神色，長長嘆了口氣。張無忌生怕自己心動，屈服於她美色和柔情的引誘之下，將頭轉開，突然一頓足，說道：「我曾立誓爲表妹報仇，算我懦弱無用，今日下不了手。你作惡多端，終須有日再撞在我手裏！」說著大踏步便走出廟門。

他走出十餘丈，趙敏追了出來，叫道：「張無忌，你去那裏？」張無忌道：「跟你有甚相干？」趙敏道：「我有話要請問謝大俠和周姑娘，請你帶我去見他二人。」張無忌道：「我義父下手不容情，你這不是去送死？」趙敏冷笑道：「你義父心狠手辣，可不似你這等胡塗。再說，謝大俠殺了我，你便報了表妹之仇，豈不是正好償了你心願？」張無忌道：「我胡塗甚麼？我不願你去見我義父。」

趙敏微笑道：「張無忌，你這胡塗小子，你心裏實在捨不得我，不願讓我去給謝大俠殺了，是也不是？」張無忌給她說中了心事，臉上一紅，喝道：「你別囉唆！我讓你多行不義必自斃。你最好離得我遠遠的，別叫我管不住自己，送了你性命。」

趙敏緩緩走近，說道：「我有幾句話非問清楚謝大俠和周姑娘不可，我不願在背後說旁人壞話，當面卻須說個明白。」張無忌起了好奇之心，問道：「你有甚麼話問他們？」趙敏道：「待會你自然知道。我不怕冒險，你反害怕麼？」

張無忌略一遲疑，道：「這是你自己要去的，我義父若下毒手，我須救不得你。」趙敏道：「不用你為我躭心。」張無忌怒道：「為你躭心？哼！我巴不得你死了才好。」趙敏笑道：「那你快動手啊。」

張無忌呸了一聲，不去理她，快步向鎮甸走去。趙敏跟在後面。兩人將到鎮甸，張無忌停步轉身，說道：「趙姑娘，我曾答應過你，要給你做三件事。第一件是為你借屠龍刀，這件事算做到了。還有兩件事沒辦。你見我義父，那就非死不可。你還是走罷，待我為你辦了另外那兩件事，再去會我義父不遲。」

趙敏嫣然一笑，說道：「你在給自己找個不殺我的理由，我知道你心裏實在捨不得我。」張無忌怒道：「就算是我不忍心，那又怎樣？」趙敏道：「我很歡喜啊。我一直不知你是不是眞心待我，現下可知道了。」張無忌嘆了口氣，道：「趙姑娘，我求求你，你自個兒走罷。」趙敏搖頭道：「我一定要見謝大俠。」

張無忌拗她不過，只得走進客店，到了謝遜房門外，在門上敲了兩下，叫道：「義父！」嘴裏叫門，身子擋在趙敏之前，叫了兩聲，房中沒人回答。張無忌一推門，房門卻上了閂，他心下起疑，暗想以義父耳音之靈，自己到了門邊，他便在睡夢中也必驚醒，若說出外，何以房門卻又閂了？手上微微使勁，啪的一聲，門閂崩斷，房門開處，謝遜果不在內。但見一扇窗子開著一半，想是他從窗中出去了。

他走到周芷若房外，叫了兩聲：「芷若！」不聽應聲，推門進去，見周芷若也不在內，炕上衣包卻仍端端正正的放著。張無忌驚疑不定：「莫非遇上了敵人？」叫店伴來一問，那店伴說不見他二人出去，也沒聽到爭吵打架的聲音。

張無忌心下稍慰：「多半是他二人聽到甚麼響動，追尋敵蹤去了。」又想謝遜雙目雖盲，然武功之強，當世少有敵手，何況還有一個精細謹慎的周芷若隨行，當不致出甚岔子。他從謝遜窗中躍了出去，四下察看，並無異狀，又回到房中。

趙敏道：「你見謝大俠不在，爲甚麼反而放心開心？」張無忌道：「又來胡說八道，我幾時放心開心了？」趙敏微笑道：「難道我不會瞧你臉色麼？你一推開房門，怔了一怔，繃起的臉皮便放鬆了。」張無忌不去睬她，自行斜倚在炕上。

趙敏笑吟吟的坐在椅中，說道：「我知道你怕謝大俠殺我，幸好他不在，倒免得你爲難。我知道你眞是捨不得我。」張無忌怒道：「捨不得你便怎樣？」趙敏笑道：「我歡喜極了。」張無忌恨恨的道：「那你爲甚麼幾次三番的來害我？你倒捨得我？」

趙敏突然間粉臉飛紅，輕聲道：「不錯，從前我確想殺你，但自從綠柳莊上一會之後，我就萬分捨不得張無忌你這小鬼了。我若再起半分害你之心，我敏敏特穆爾天誅地滅，死後永淪十八層地獄，上刀山、下油鍋，受盡折磨，萬劫不得超生！」

張無忌聽她起的誓言甚是鄭重，而言語中深含情意，聽了不禁怦然心動，說道：

「那為甚麼你為了一刀一劍，竟將我抛在荒島之上？」趙敏道：「你既認定如此，我也百口難辯，只有等謝大俠、周姑娘回來，咱們四人對質明白。」張無忌道：「你滿口花言巧語，只騙得我一人，須騙不得我義父和周姑娘。」

趙敏笑道：「為甚麼你就甘心受我欺騙？只因為你心中喜歡我，是不是？」張無忌忿忿的道：「是便怎樣？」趙敏道：「我很開心啊，開心得不得了！」

張無忌見她笑語如花，令人瞧著忍不住動心，而她給自己重重打了四個耳光後，臉頰兀自紅腫，瞧了又不禁憐惜，便轉過了頭不去瞧她。

趙敏道：「在廟裏躭了半日，肚裏好餓。」叫店伴進來，取出一小錠黃金，命他快去備一席上等酒菜。店伴連聲答應，水果點心流水價送將上來，不一會送上酒菜。

張無忌道：「咱們等義父回來一起吃。」趙敏道：「謝大俠一到，我性命不保，還是先吃個飽，待會兒做個飽鬼的好。」張無忌見她話雖如此說，神情舉止之間卻似一切有恃無恐的模樣。趙敏又道：「我這裏金子有的是，待會可叫店伴另整酒席。」張無忌冷冷的道：「我可不敢再跟你一起飲食，誰知你幾時又下十香軟筋散。」

趙敏臉一沉，說道：「你不吃就不吃。免得我毒死了你。」說罷自己吃了起來。

張無忌叫廚房裏送了幾張麵餅來，離得她遠遠的，自行坐在炕上大嚼。趙敏席上炙羊烤鷄、炸肉膾魚，菜肴豐盛。她吃了一會，忽然淚水一點點的滴在飯碗之中，勉強又吃了幾口，拋下筷子，伏在桌上抽抽噎噎的哭泣，漸哭漸響，張無忌也不去理她。

她哭了半晌，抹乾眼淚，似乎心中輕快了許多，望望窗外，說道：「待會天就黑了，那韓林兒不知給解到了那裏，倘若失了他的蹤跡，倒不易相救。」張無忌心中一凜，站起身來，道：「正是，我還是先去救了韓兄弟回來。」趙敏道：「也不怕醜，人家又不是跟你說話，誰要你接口？」

張無忌見她忽嗔忽羞，忽喜忽悲，不由得心下又恨又愛，當眞不知如何才好，匆匆將半塊麵餅三口吃完，便走出去。趙敏道：「我和你同去。」張無忌道：「我不要你跟著我。」趙敏道：「為甚麼？」張無忌道：「你是害死我表妹的兇手，我豈能和仇人同行？」趙敏道：「好，你獨自去罷！」

張無忌出了房門，忽又回身，問道：「你在這裏幹麼？」

趙敏道：「我在這兒等你義父回來，跟他說你救韓林兒去了。」張無忌道：「我義父嫉惡如仇，焉能饒你性命？」趙敏嘆了口氣，道：「那也是我命苦，有甚麼法子？」張無忌沉吟片刻，道：「你還是避一避的好，等我回來再說。」趙敏搖頭道：「我也沒甚麼地方好避。」張無忌道：「好罷！你跟我一起去救韓林兒，再一起回來對質。」

趙敏笑道：「這是你要我陪你去的，可不是我死纏著你，非跟你去不可。」張無忌道：「你是我命中魔星，撞到了你，算是我倒霉。」

趙敏嫣然一笑，說道：「你等我片刻。」順手帶上了門。

過了好一會，趙敏打開房門，卻已換上了女裝，貂皮斗篷，大紅錦衣，裝束極是華麗，張無忌沒想到她隨身包裹之中竟帶著如此貴重的衣飾，心想：「此女詭計多端，行事在在出人意表。」問道：「你這些衣服那裏來的？」趙敏道：「我騎來的馬就停在不遠處，衣服就放在馬背上。」微微一笑，道：「你呆呆的瞧著我幹麼？我這衣服好看麼？」張無忌道：「顏如桃李，心似蛇蝎。」

趙敏哈哈一笑，說道：「多謝張大教主給了我這八字考語。張教主，你也去換一套好看的衣衫罷。」張無忌惱道：「我從小穿得破破爛爛，你若嫌我衣衫襤褸，儘可不必和我同行。」趙敏道：「你別多心。我只是想瞧瞧你穿了一身好看的衣衫之後，是怎生一副模樣。你在這兒少待，我去給你買衣衫。反正那些花子走的是進關大道，咱們腳下快一些，不怕追不上。」也不等他回答，已翩然出門。

張無忌坐在炕上，心下自責：「我總是不能剛硬，給這小女子玩弄於股掌之上，明明是她害死了我表妹，仍這般對她有說有笑。張無忌啊張無忌，你算是甚麼男子漢大丈夫？有甚麼臉來做明教教主、號令羣雄？」

久等趙敏不歸，眼見天色已黑，心想：「我幹麼定要等她？不如獨個兒去將韓林兒救了。」轉念又想：倘若她買了衣衫回來，正好撞上義父，給他一掌擊在天靈蓋上，腦漿迸裂，死於非命，衣衫冠履散了一地，想到這等情狀，不自禁的心悸。坐下又站起，站起又坐下，只胡思亂想，直到腳步細碎、清香襲人，趙敏捧了兩個包裹，走進房來。

張無忌道：「等了你這麼久！不用換了，快去追敵人罷。」趙敏微笑道：「已等了這許多時候，也不爭在這更衣的片刻。我已牽了兩匹坐騎，連夜可以趕路。」說著解開包裹，將衣褲鞋襪一件件取出來，說道：「小地方沒好東西買，將就著穿，咱們到了大都，再買過貂皮袍子。」張無忌心中一凜，正色道：「趙姑娘，你想要我貪圖富貴，歸附朝廷，可乘早死了這條心。我張無忌是堂堂大漢子孫，便裂土封王，也決不能投降蒙古。」

趙敏嘆了口氣，說道：「張大教主，你瞧這是蒙古衣衫呢，還是漢人服色？」說著將一件灰鼠皮袍提了起來。張無忌見她所購衣衫都是漢人裝束，便點了點頭。趙敏轉了個身，說道：「你瞧我這模樣是蒙古的郡主呢，還是尋常漢家女子？」

張無忌心中怦然一動，先前只覺她衣飾華貴，沒想到蒙漢之分，此時經她提醒，才想到她全然是漢人姑娘的打扮。只見她雙頰暈紅，眼中水汪汪的脈脈含情，他突然之間，明白了她用意，說道：「你……你……」

趙敏低聲道：「你心中捨不得我，我就甚麼都夠了。管他甚麼蒙古人漢人，我才不在乎呢。你是漢人，我也是漢人。你是蒙古人，我也是蒙古人。你心中想的盡是甚麼軍國大事、華夷之分，甚麼興亡盛衰、權勢威名。無忌哥哥，我心中想的，可就只一個你。你是好人也罷，壞蛋也罷，對我都完全一樣。一生一世，我總是跟定了你。」

張無忌心下感動，聽到她這番深情無限的言語，不禁意亂情迷，隔了半晌，才道：「你害死我表妹，是爲了怕我娶她爲妻麼？」

趙敏大聲道：「殷姑娘不是我害的。你信也罷，不信也罷，我便是這句話。」

張無忌嘆了口氣，道：「趙姑娘，你對我一番情意，我人非木石，豈有不感激的？但到了今日這步田地，你又何必再來騙我？」

趙敏道：「我從前自以爲聰明伶俐，事事可佔上風，那知世事難料。無忌哥哥，今天咱們不走了，你在這兒等謝大俠，我到周姑娘的房中等她。」張無忌奇道：「爲甚麼？」趙敏道：「你不用問爲甚麼。韓林兒的事你不用擔心，我擔保一定救他出來便是。」說著翩然出門，走到周芷若房中，關上了房門。

張無忌一時捉摸不到她用意何在，斜倚炕上，苦苦思索，突然想起：「莫非她猜想到我和芷若已有婚姻之約，因此害了我表妹一人不夠，又想用計再害芷若？莫非玄冥二老離開彌勒佛廟之後，便到這客店中來算計我義父和芷若？」一想到玄冥二老，登時好生驚恐，鹿杖客和鶴筆翁武功實在太強，謝遜縱然眼睛不盲，也未必敵得過任何一人。

他跳起身來，走到趙敏房外，說道：「趙姑娘，你手下的玄冥二老那裏去了？」趙敏隔著房門道：「他二人多半以爲我脫身回去關內，向南追下去了。」張無忌道：「你此話可真？」趙敏冷笑道：「你既不信我的話，又何必問我？」張無忌無言可對，呆立門外。趙敏道：「假若我跟你說，我派了玄冥二老，來這客店中害死了謝大俠和你心愛的周姑娘，你信是不信？」

這兩句話正觸中了張無忌心中最驚恐的念頭，立即飛足踢開房門，額頭青筋暴露，顫聲道：「你……你……」趙敏見他這等模樣，心中也害怕起來，後悔適才說了這幾句言語，忙道：「我是嚇嚇你的，決沒那回事，你可別當真。」

張無忌凝視著她，緩緩說道：「你不怕到客店中來見我義父，口口聲聲要跟他們對質，是不是你明知他二人現下已不在人世了？」說著走上兩步，和她相距不過三尺，只須手起一掌，便能立斃她於掌底。

趙敏凝視著他雙眼，正色道：「張無忌，我跟你說，世上之事，除非親眼目睹，不可妄聽人言，更不可自己胡思亂想。你要殺我，便可動手，待會見到你義父回來，你心中卻又怎樣？」

張無忌定了定神，暗自有些慚愧，說道：「只要我義父平安無事，自是上上大吉。我義父的生死安危，你不能拿來說笑。」趙敏點頭道：「我不該說這些話，是我的不是，你別見怪。」張無忌聽她柔聲認錯，心下倒也軟了，微微一笑，說道：「我也忒以莽撞，得罪了你。」說著回入謝遜房中。

但這晚等了一夜，直到次晨天明，仍不見謝遜和周芷若回來。張無忌的躭心時刻加重，整夜沒法入睡，胡亂用了些早點，便和趙敏商量，到底他二人到了何處。趙敏皺眉道：「這也當眞奇了。咱們不如追上史火龍等一干人，設法探聽。」張無忌點頭道：「也只有如此。」兩人結算店帳出房，交代掌櫃，如謝遜、周芷若回來，請他們在店中等候。

店伴牽過兩匹栗色的駿馬來。張無忌見雙駒毛色光潤，腿高軀壯，乃是極名貴的良駒，不禁喝了聲采。趙敏微微一笑，翻身上了馬背。兩騎並肩出鎮，向南疾馳。旁人但見雙駿如龍，馬上男女衣飾華貴，相貌俊美，還道是官宦人家的少年夫妻並騎出遊。

兩人馳了一日，這天行了二百餘里，途中宿了一宵，次晨又再趕道。

將到中午時分，朔風陣陣從身後吹來，天上陰沉沉地，灰雲便如壓在頭頂一般，又馳出二十餘里，鵝毛般的雪花便大片大片飄將下來。一路上張無忌和趙敏極少交談，眼見雪越下越大，他仍一言不發的縱馬前行。這一日途中所經，盡是荒涼山徑，到得傍晚，雪深近尺，兩匹馬雖然神駿，卻也支持不住了。

他見天色漸黑，縱身站上馬鞍，四下眺望，不見房屋人煙，好生躊躇，說道：「趙姑娘，你瞧怎生是好？若再趕路，兩匹牲口只怕挨不起。」趙敏冷笑道：「你只知牲口挨不起，卻不理人的死活。」張無忌心感歉仄，暗想：「我身有九陽神功，不知疲累寒冷，急於救人，卻沒去顧她。」

又行一陣，忽聽得忽喇一聲響，一隻獐子從道左竄了出來，奔入了山中。張無忌道：「我去捉來做晚餐。」身隨聲起，躍離馬鞍，跟著那獐子在雪中留下的足跡，直追了下去。轉過一個山坡，暮靄朦朧之中，見那獐子鑽向一個山洞。他一提氣，如箭般追了過去，沒等獐子進洞，已一把抓住牠後頸。那獐子回頭往他手腕上咬去。他五指使勁，喀喇一聲，已將獐子頸骨扭斷。見那山洞雖不寬大，但勉強可供二人容身，提著獐子回到趙敏身旁，說道：「那邊有個山洞，我們暫且過一晚再說，你說如何？」

趙敏點了點頭，忽然臉上一紅，轉過頭去，提韁縱馬便行。

張無忌將兩匹馬牽到坡上兩株大松樹下躲雪，找了些枯枝，在洞口生起火來，山洞倒頗乾淨，並無獸糞穢跡，向裏望去，黑黝黝的不見盡處，於是將獐子剖剝了，用雪擦洗乾淨，在火堆上烤了起來。

趙敏除下貂裘，鋪在洞中地下。火光熊熊，烘得山洞溫暖如春。張無忌偶一回頭，只見火光一明一暗，映得她俏臉倍增明艷。前日重擊她臉，此刻紅腫未曾全消，張無忌瞧了不禁心疼，待欲道歉，又不知如何說出口。趙敏此時也正向他瞧來，兩人相視而嘻，一日來的疲累饑寒，盡化於一笑之中。

獐子烤熟後，兩人各撕一條腿吃了。張無忌在火堆中加些枯柴，斜倚在山洞壁上，說道：「睡了罷？」趙敏嫣然微笑，靠在另一邊石壁上，合上眼睛。張無忌鼻中聞到她身上陣陣幽香，只見她雙頰暈紅，眞想湊過嘴去一吻，但隨即克制綺念，閉目睡去。

睡到中夜，忽聽得遠處隱隱傳來馬蹄聲響，張無忌立時醒覺，側耳聽去，共是四匹馬自南向北而來，見洞外大雪兀自不停，心想：「深夜大雪，冒寒趕路，定有十二分的急事。」蹄聲來到近處，忽然停住，過了一會，蹄聲漸近，竟向這山洞而來。張無忌一凜：「這山洞僻處山後，若非那獐子引路，我決計尋覓不到，怎會有人跟蹤而至？」隨即省悟：「是了！咱們在雪地裏留下了足跡，雖下了半夜大雪，仍未能盡數掩去。」

這時趙敏也已醒覺，低聲道：「來者或是敵人，咱們且避一避，瞧是甚麼人。」說著抄起洞外白雪，掩熄了火堆。

這時馬蹄聲已然止歇，但聽得四人踏雪而來，頃刻間已到了洞外十餘丈處。張無忌低聲道：「這四人身法好快，竟是極強的高手。」倘若出外覓地躲藏，非給那四人發覺不可。正沒計較處，趙敏拉著他手，走向裏洞。那山洞越向裏越窄，但竟然甚深，進得一丈有餘，便轉過彎去，忽聽得洞外一人說道：「這裏有個山洞。」

張無忌聽得話聲好熟，正是四師叔張松溪，甫驚喜間，又聽得另一人道：「馬蹄印和腳印正是到這山洞來的。」卻是殷梨亭。

張無忌正要出聲招呼，趙敏伸過手來，按住了他嘴，在他耳邊低聲道：「你跟我在這裏，給他們見了，多不好意思。」張無忌一想不錯，自己和趙敏雖光明磊落，但一對少年男女同宿山洞，給衆師伯叔見了，他們怎信得過自己並無苟且之事？何況趙敏是元室郡主，曾將張松溪等擒在萬安寺中，頗加折辱，此時仇人相見，極是不便，心想：「我還是待張四叔、殷六叔他們離洞後，再單身趕去廝見，以免尷尬。」

只聽得俞蓮舟的聲音道：「咦！這裏有燒過松柴的痕跡，嗯，還有獐子的毛皮血漬。」另一人道：「我一直心中不定，但願七弟平安無事才好。」那是宋遠橋的聲音。

張無忌聽得宋俞張殷四位師伯叔一齊出馬，前來找尋莫聲谷，聽他們話中之意，似乎七師叔遇上了強敵，心下也有些掛慮。只聽張松溪笑道：「大師哥愛護七弟，還道他仍是當年少不更事的小師弟，其實近年來莫七俠威名赫赫，早非昔比，就算遇上強敵，七弟一人也必對付得了。」殷梨亭道：「我倒不躭心七弟，只躭心無忌這孩子不知身在何處。他現下是明教教主，樹大招風，不少人要算計於他。他武功雖高，可惜爲人太過忠厚，不知江湖上風波險惡，只怕墮入奸人的術中。」

張無忌好生感動，暗想衆位師伯叔待我恩情深重，時時記掛著我。趙敏湊嘴到他耳邊，低聲道：「我是奸人，此刻你已墮入我的術中，你知道麼？」

只聽得宋遠橋道：「七弟到北路尋覓無忌，似乎已找得了甚麼線索，只是他在天津客店中匆匆留下的那八個字，卻叫人猜想不透。」張松溪道：「他寫了『門戶有變，亟須清理』八個字，咱們武當門下，難道還會出甚麼敗類不成？莫非無忌這孩子……」說到這裏，便停了話頭，語音中似暗藏深憂。殷梨亭道：「無忌這孩子決不會做敗壞門戶之事，那是我決計信得過的。」張松溪道：「我是怕趙敏這妖女太過奸詐惡毒，無忌少年人血氣方剛，惑於美色，別要似他爹爹一般，鬧得身敗名裂……」四人不再言語，都長嘆了一聲。

接著聽得火石打火，松柴畢剝聲響，生起火來。火光映到後洞，雖經了一層轉折，張無忌仍可隱約見到趙敏的臉色，只見她似怨似怒，想是聽了張松溪的話後甚爲氣惱。張無忌心中卻惕然而驚：「張四叔的話倒也有理。我媽媽並沒做甚壞事，已累得我爹爹如此。這趙姑娘殺我表妹、辱我太師父及衆位師伯叔，又怎比得上我媽媽？」想到此處，心中怦怦而跳，暗想：「若給他們發見我和趙姑娘在此，那便傾黃河之水也洗不清了。」

只聽得宋遠橋忽然顫聲道：「四弟，我心中一直藏著一個疑竇，不便出口，倘若說了出來，不免對不起咱們故世了的五弟。」張松溪緩緩的道：「大哥是否擔心無忌會對七弟忽下毒手？」宋遠橋不答。張無忌雖不見他身形，猜想他定是緩緩點了點頭。

只聽張松溪道：「無忌這孩兒本性淳厚，按理說是決計不會的。我只擔心七弟脾氣太過莽撞，若逼得無忌急了，令他難於兩全，再加上趙敏那妖女安排奸計，從中挑撥是非，那就……那就……唉，人心叵測，世事難於逆料，自來英雄難過美人關，只盼無忌在大關頭能把持得定才好。」殷梨亭道：「大哥，四哥，你們說這些空話，不是杞人憂天麼？七弟未必會遇上甚麼凶險。」宋遠橋道：「可是我見到七弟這柄隨身的長劍，總忍不住心驚肉跳，寢食難安。」俞蓮舟道：「這件事確也費解，咱們練武之人，隨身兵刃不會隨手亂放，何況此劍是師父所賜，當眞是劍在人在，劍亡人……」說到這個「人」字，驀地住口，下面這個「亡」字硬生生忍口不言。

張無忌聽說莫聲谷拋下了師賜長劍，而四位師伯叔頗有疑己之意，心中又擔憂，又氣苦。過了一會，隱隱聞到內洞中有股香氣，還夾雜著野獸的騷氣，似乎內洞甚深，不是此刻藏有野獸，便是曾有野獸住過。他生怕給宋遠橋等發覺，連大氣也不敢透一口，拉著趙敏之手，輕輕再向內行，爲防撞到凸出的山石，左手伸在身前。只走了三步，轉了個彎，忽然左手碰到一件軟綿綿之物，似乎是個人體。

張無忌大吃一驚，心念如電：「不論此人是友是敵，只須稍出微聲，大師伯們立時知覺。」左手直揮而下，連點他胸腹間五處要穴，隨即扣住他手腕。觸手之處，一片冰冷，那人竟氣絕已久。張無忌借著些微光亮，凝目往那人臉上瞧去，隱隱約約之間，竟覺這死屍便是七師叔莫聲谷。他驚惶之下，顧不得是否會讓宋遠橋等人發見，抱著屍體向外走了幾步。光亮漸強，看得淸淸楚楚，卻不是莫聲谷是誰？但見他臉上全無血色，雙目未閉，越發顯得怕人，張無忌又驚又悲，一時之間竟自呆了。

他這麼幾步一走，宋遠橋等已聽到聲音。俞蓮舟喝道：「裏面有人！」寒光閃動，武當四俠一齊抽出長劍。

張無忌暗暗叫苦：「我抱著莫七叔的屍身，藏身此處，這弑叔的罪名，無論如何是逃不掉的了。」想起莫聲谷對自己的種種好處，斗然見他慘遭喪命，心下又感萬分悲痛，霎時間腦海中閃過千百個念頭，卻沒想到宋遠橋等進來之時，如何爲自己洗刷。

趙敏的心思可比他轉得快得多了，縱身而出，舞動長劍，直闖了出去，唰唰唰唰四劍，俱是峨嵋派拚命的招數，分向武當四俠刺去。四俠舉劍擋架，趙敏早已闖出洞口，飛身躍上四俠乘來的一匹坐騎，反手揮劍，格開宋遠橋刺來的一劍，伸足在馬腹上猛踢，那馬吃痛，疾馳而去。

趙敏方慶脫險，突然背上一痛，眼前金星亂舞，氣也透不過來，卻是吃了俞蓮舟一招飛掌。只聽得武當四俠展開輕功，急追而來。她心中只想：「我逃得越遠，他越能出洞脫身。否則這不白之冤，如何能夠洗脫？好在這四人都追了來，沒想到洞中尙有別人。」但覺背心劇痛，難熬難當，伸劍在馬臀上一刺。那馬長聲嘶鳴，直竄了出去。

張無忌見趙敏闖出，一怔之間，才明白她是使調虎離山之計，好救自己脫身，於是抱著莫聲谷的屍身，奔出洞來。耳聽得趙敏與武當四俠向東而去，便向西疾行。奔出二里有餘，在一塊大巖石後將屍身藏好，再回到大路旁，縱上一株大樹，良久之後，心中仍怦怦亂跳，想到莫聲谷慘死，淚流難止，心想：「我武當派竟多難如此，不知殺害七師叔的兇手是誰？七師叔背上肋骨斷裂，中的是內家掌力。」陡然想起，前日在彌勒廟裏，陳友諒與宋青書說到「以下犯上」時，曾提到莫七叔，莫非其中有何干係？

過了小半個時辰，聽得三騎自東而來，雪光反映下，看到宋遠橋和俞蓮舟各乘一馬，殷梨亭和張松溪兩人共騎。只聽俞蓮舟道：「這妖女吃了我一掌，連人帶馬摔入了深谷，料來難以活命。」張松溪道：「今日才報了萬安寺被囚之辱，出了胸中惡氣。那知她竟會躲在這山洞之中，世事奇幻，委實出人意表。」殷梨亭道：「四哥，你猜她一個人鬼鬼祟祟的在洞裏幹甚麼？」張松溪道：「那就難猜了。殺了妖女，沒有甚麼，只有找到了七弟，咱們才眞的高興。」四人漸行漸遠，以後的話便聽不到了。

張無忌待宋遠橋等四人去遠，忙縱下樹來，循著馬蹄在雪中留下的印痕，向東追去，心下說不出的焦急難受，暗想：「她雖狡詐，這次卻確是捨命救我。倘若她竟因此送了性命，我……我……」越奔越快，片刻間已馳出四五里地，來到一處懸崖邊上。雪地裏但見一大攤殷紅的血漬，地下足印雜亂，懸崖邊上崩壞了一大片山石，顯是趙敏騎馬逃到此處，慌不擇路，連人帶馬一起摔了下去。

張無忌叫道：「趙姑娘，趙姑娘！」連叫四五聲，始終不聽到應聲。他更加憂急，向懸崖下望去，見是一個深谷，黑夜中沒法見到谷底如何。懸崖陡峭筆立，並無容足之處。他吸一口氣，雙足伸下，面朝崖壁，便向下滑去。滑下三四丈後，去勢越來越快，當即十指運勁，插入崖邊結成了厚冰的雪中，待身子稍停，又再滑下。如此五六次，才到谷底，著足處卻軟軟的，急忙躍開，原來是踏在馬肚皮上，只見趙敏身未離鞍，雙手仍牢牢抱著馬頸。

張無忌伸手探她鼻息，尚有細微呼吸，人卻已暈去。他稍稍放心。谷中陰暗，一冬積雪未融，深及腰間。料想趙敏身沒離鞍，摔下的力道都由那馬承受了去，坐騎登時震死，她卻只是昏暈。張無忌搭她脈搏，知道雖受傷不輕，性命當可無礙，將她抱在懷裏，四掌相抵，運功為她療傷。

趙敏所受這一掌是武當派本門功夫，張無忌深知脈息，療傷不難，不到半個時辰，她已悠悠醒轉。張無忌將九陽真氣源源送入她體內。又過大半個時辰，天色漸明，趙敏哇的一聲，吐出了一大口瘀血，低聲問道：「他們都去了？沒見到你罷？」

張無忌聽她最關心的乃是自己是否會蒙上不白之冤，好生感激，說道：「沒見到我。你……你可受了苦啦。」他口中說話，真氣傳送仍絲毫不停。

趙敏閉上了眼，雖然四肢沒半點力氣，胸腹之間甚感溫暖舒暢。九陽眞氣在她體內又運走數轉，她回過頭來，笑道：「你歇歇罷，我好得多啦。」張無忌雙臂環抱，圍住了她腰，將右頰貼住她左頰，說道：「你救了我的聲名，那比救我十次性命，更加令我感激。」趙敏格格一笑，說道：「我是個奸詐惡毒的小妖女，聲名是不在乎的，倒是性命要緊。」

便在此時，忽聽懸崖上有人朗聲怒喝：「該死的妖女，果然沒死！你何以害死莫七俠，快快招來！」卻是俞蓮舟的聲音。

張無忌大驚，不知四位師伯叔怎地去而復回。趙敏道：「你轉過頭去，不可讓他們見到你臉。」張松溪喝道：「賊妖女，你不回答，大石便砸將下來了。」

趙敏仰頭上朝，果見宋遠橋等四人都捧著一塊大石，只須順手往下一摔，她和張無忌都性命難保。她在張無忌耳邊低聲說道：「你先撕下皮袭，蒙在臉上，抱著我逃走罷。」張無忌依言撕下皮袍的一條衣襟，蒙在臉上，在腦後打了個結，又將皮帽低低壓在額上，只露出雙眼。

武當四俠追趕趙敏，將她逼入谷底，這四人行俠江湖，久經歷練，料想趙敏以郡主之尊，不會孤身外出而無護衛。四人假意騎馬遠去，行出數里，將馬繫在道旁樹上，又悄悄回來搜索。四俠先回山洞，點了火把，深入洞裏，見到兩隻死了的香獐，已讓甚麼野獸咬得血肉模糊，體香兀自未散。四人再搜出洞來，終於見到張無忌所留的足印，一路尋去，卻發見了莫聲谷的屍體，但見他手足都已讓野獸咬壞。四俠悲憤莫名，殷梨亭哭倒在地。

俞蓮舟拭淚道：「趙敏這妖女武功雖然不弱，但憑她一人，決計害不了七弟。六弟且莫悲傷，咱們須當尋到所有兇手，一一殺了給七弟報仇。」張松溪道：「咱們且隱伏在山洞之側，到得天明，妖女的手下必會尋來。」這「守株待兔」之計雖然尋常，目前卻也別無他策，四俠強止悲聲，各在山洞兩側尋覓巖石，藏身守候。

到得天明，卻不見有趙敏手下人尋來，四俠再到趙敏墮崖處察看，隱隱聽到說話之聲，向下望去，見一個錦衣男子抱著趙敏，原來這妖女竟然未死。四俠要逼問莫聲谷的死因，不願便用石頭擲死二人。這雪谷形若深井，四周峭壁，惟西北角上有條狹窄的出路。張松溪喝道：「兀那元狗，快上來，若再延擱，大石塊砸將下來了。」

張無忌聽得四師伯誤認自己為蒙古人，想因自己衣飾華貴，又跟隨著趙敏之故。眼見四下裏並無可以隱伏躲避之處，四俠若砸下大石，自己雖可跳躍閃避，趙敏卻性命難保，只有依言上去，走得一步算一步了，於是抱著趙敏從那窄縫中慢慢爬上。他故意顯得武功低微，走幾步便滑跌一下。這條窄縫本來極難攀援，他更加意做作，大聲喘氣，十分狼狽，摔了十七八交，才攀上平地。

他一出雪谷，本想立即抱了趙敏奪路而逃，憑著自己輕功，手中雖抱了一人，四俠多半仍追趕不上。但張松溪極是機靈，瞧出他上山時的狼狽神態頗有些做作，早通知了三個師兄弟，四人分布四角，待他一步踏上，四柄長劍的劍尖已離他身子不及半尺。

宋遠橋恨恨的道：「賊韃子，你用毛皮蒙住了臉，便逃得了性命麼？武當派莫七俠是誰下手害死的，快快說來！若有半句虛言，我將你這萬惡狗韃子千刀萬剮，開肚破膛！」他本來恬淡沖和，但眼見七師弟死得如此慘法，忍不住口出惡聲，那是數十年來極爲罕有之事。

趙敏嘆了口氣，說道：「押魯不花將軍，事已如此，你就對他們說了罷！」跟著湊嘴在張無忌耳邊，低著聲道：「使聖火令武功。」

張無忌決不願對四位師伯叔動武，但形格勢禁，處境尷尬之極，一咬牙，驀地裏舉起趙敏的身子向殷梨亭拋去，粗著嗓子胡胡大呼，縱身半空翻個空心觔斗，伸臂向張松溪抓到。殷梨亭順手接住了趙敏，一呆之下，便點了她穴道，將她摔開。

在這瞬息之間，張無忌已使開聖火令上的怪異武功，拳打宋遠橋，腳踢俞蓮舟，一個頭鎚向張松溪撞到，反手卻已奪下了殷梨亭手中長劍。這幾下兔起鶻落，既快且怪。武當四俠武功精強，原是武林中第一流高手，但給他這接連七八下怪招一陣亂打，登時手忙腳亂，均感難以自保。

那日在靈蛇島上，以張無忌武功之高，遇上波斯明教風雲三使的聖火令招數，也抵敵不住，何況此時他已學全六枚聖火令上的功夫，比之風雲三使高出何止數倍？聖火令上所載，本非極深邃的上乘功夫，固然詭異古怪，令人捉摸不定，如由庸手單獨使出，亦非武當派內家正宗武功之敵。但張無忌以九陽神功為根基，以乾坤大挪移心法為脈絡，加之對武當派武功了然於胸，一招一式，盡皆攻向四俠的空隙之處。鬥到二十餘招時，他的聖火令功夫越來越奇幻莫測。

趙敏躺在雪中，大聲叫道：「押魯不花將軍，他們漢人蠻子自以為了得，今日教他們嘗嘗咱們蒙古摔跤神技的滋味。」

張松溪叫道：「使太極拳，這門韃子拳招古怪得緊。」四人使劍無功，便即收起長劍，使開太極拳法，將門戶守得嚴密無比。

張無忌突然坐倒在地，雙拳猛搥自己胸膛。武當四俠生平不知遭逢過多少強敵，見識過多少怪招，張無忌的乾坤大挪移心法，已算得是武學中奇峯突起的功夫了，但這韃子坐在地下自搥胸膛，不但見所未見，連聽也沒聽見過。四俠本已收起長劍，此時一怔之下，宋遠橋、俞蓮舟、張松溪三柄長劍又刺向張無忌身前。殷梨亭的長劍已給張無忌奪去擲開，但他身邊尚攜著莫聲谷的佩劍，跟著也拔出來刺去。

張無忌突然橫腿疾掃，捲起地下大片積雪，猛向四俠洒去。這一招聖火令怪招，乃山中老人霍山所創，用以殺人越貨。他未曾創教立派之時，常在波斯沙漠中打劫行商，見有商隊遠遠行來，便坐地搥胸，呼天搶地的哭號，衆行商自必過去探問。他突然間踢起散沙，迷住衆商眼目，立即長刀疾砍，頃刻間使數十行商血染黃沙，屍橫大漠，實是一招極陰毒的手法。張無忌以此招踢飛積雪，功效與踢沙相同。

武當四俠霎時之間但覺飛雪撲面，雙目不能見物，四人應變奇速，立時後躍。但張無忌出手更快，抱住俞蓮舟雙腿著地一滾，順手點了他三處大穴，跟著一個觔斗，身在半空，落下時右腿的膝蓋在殷梨亭頭頂跪落，竟撞中了他頂門「五處」和「承光」兩穴。殷梨亭一陣暈眩，摔倒在地。宋遠橋飛步來救，張無忌向後坐倒，撞入他懷中。宋遠橋迴劍不及，左手撤了劍訣，揮掌拍出，掌力未吐，胸口已然一麻，爲他雙肘撞中了穴道。張松溪心下大駭，見四兄弟中只剩下自己一人，當非此人敵手，但同門義重，決不能獨自逃命，挺起長劍，唰唰唰三劍，向張無忌刺來。

張無忌見他身當危難，可是步法沉穩，劍招絲毫不亂，這三劍來得淩厲，每一劍仍嚴守武當家法，心下暗暗喝采：「若不是我學到了這一門古怪功夫，要抵擋四位師伯叔的聯手進攻，大非易事。」驀地裏腦袋亂擺，劃著一個個圈子，張松溪不爲所動，不去瞧他搖頭晃腦的裝模作樣，嗤的一聲，長劍破空，直往他胸口刺來。張無忌一低頭，將腦袋往劍尖上迎去，忽地臥倒，向前撲出，張松溪小腹和左腿上四處穴道遭點，摔倒在地。

張無忌所點這四處穴道只能制住下肢，正要往他背心「中樞」穴補上一指，猛聽得張松溪大聲慘呼，雙眼翻白，上身一陣痙攣，直挺挺的死了過去。張無忌這一下只嚇得魂不附體，心想適才所點穴道並非重手，別說不會致命，連輕傷也不致於，難道四師伯身有隱疾，陡然間遇此打擊，因而發作麼？他背上刹那間出了一陣冷汗，忙伸手去探張松溪的鼻息。突然之間，張松溪左手探出，已拉下了他臉上蒙著的衣襟。

兩人面面相覷，都驚得呆了。過了好半晌，張松溪才道：「好無忌，原來……原來……是你，可不枉了咱們如此待你。」他說話聲音已然哽咽，滿臉憤怒，眼淚卻已涔涔而下，說不出是氣惱還是傷心。原來他在光明頂上，曾見到張無忌以九陽神功加乾坤大挪移手法對抗六大派英豪，聖火令武功源自乾坤大挪移，多少有點蹤跡可尋。張松溪機智過人，便裝假死，引得張無忌關心查究，立時拉下了他蒙在臉上的皮袠。

張無忌一來老實，二來對四師伯關心過甚，竟爾沒有防備。他心喪欲死，只顫聲道：「四師伯，不是我，不是我……七師叔不是我……不是我害死的……」

張松溪哈哈慘笑，說道：「很好，很好！你快將我們一起殺了。大哥、二哥、六弟，你們都瞧清楚了，這狗韃子不是旁人，竟是咱們鍾愛的無忌孩兒。」

宋遠橋、俞蓮舟、殷梨亭三人身不能動，一齊怔怔的瞪著張無忌。

張無忌神智迷亂，便想拾起地下長劍，往頸中一抹。

趙敏忽然叫道：「張無忌，大丈夫一時受點冤屈，打甚麼緊？天下沒有不能水落石出之事。你務須找到殺害莫七俠的眞兇，爲他報仇，才不枉了武當諸俠疼愛你一場。」

張無忌心中一凜，深覺此言有理，說道：「咱們此刻該當如何？」說著走到她身前，在她背心和腰間諸穴上推宮過血，解開了她受點的穴道。趙敏柔聲安慰道：「你別氣苦！你明教中有這許多高手，我手下也不乏才智之士，定能擒獲眞兇。」

張松溪怒叫：「張無忌，你若還有絲毫良心，快將我們四人殺了。我見不得你跟這妖女無恥勾搭的醜模樣。」

張無忌臉色鐵青，實在沒了主意。趙敏道：「咱們當先去救韓林兒，再回去找你義父，一路上追查殺害你莫七叔的眞兇，追查殺害你表妹的兇手。」張無忌一呆，道：「甚……甚麼？」趙敏冷冷的道：「莫七俠是你殺的麼？幹麼你四位師伯叔認定是你？殷離是我殺的麼？幹麼你認定是我？難道只可你去冤枉旁人，卻不容旁人冤枉你？」

這幾句話如雷轟電震一般，直鑽入張無忌的耳中，他此刻親身經歷，方知世事往往難以測度，深切體會到了身蒙不白之冤的苦處，心中只想：「難道趙姑娘她……她……竟和我一樣，也是給人冤枉了麼？」

趙敏道：「你點了四位師伯叔的穴道，他們能自行衝開麼？」張無忌搖頭道：「這是聖火令上的奇門功夫，師伯叔們不能自行衝解，但過得十二個時辰後，自會解開。」趙敏道：「嗯，咱們將他們四位送回山洞，即便離去。在眞兒找到之前，你是不能再跟他們相見了。」張無忌道：「那山洞中有野獸、獐子出入來去，莫七叔的屍身就給野獸咬壞了。」趙敏嘆道：「瞧你方寸大亂，甚麼也想不起來。只須有一位上身能活動，手中有劍，甚麼野獸能侵犯他們？」

張無忌只道：「不錯，不錯。」將武當四俠抱起，放在一塊大巖石後以避風雪。四俠罵不絕口。張無忌眼中含淚，並不置答。

趙敏道：「四位是武林高人，卻如此不明事理。莫七俠倘若眞是張無忌所害，他此刻揮劍將你們殺了滅口，有何難處？他忍心殺得莫七俠，難道便不忍心加害你們四位？你們若再口出惡言，我趙敏每人給你們一個耳光。我是奸詐惡毒的妖女，說得出便做得到。當日在萬安寺中，我瞧在張公子份上，對各位沒半分折辱。少林、崑崙、峨嵋、華山、崆峒五派高手，人人給我截去了手指。但我對武當諸俠可有半分禮數不周之處麼？」

宋遠橋等面面相覷，想起在萬安寺中，她確對武當派頗有禮貌，雖仍認定張無忌害死了莫聲谷，但生怕趙敏當眞出手打人，大丈夫可殺不可辱，給這小妖女打上幾記耳光，那可是生平奇恥，便即默然住口。

趙敏微微一笑，向張無忌道：「你去牽咱們的坐騎來，馱四位去山洞。」張無忌猶豫道：「還是我來抱罷。」趙敏心念一動，已知他心意，冷笑道：「你武功再高，能同時抱得了四個人麼？你怕自己一走開，我便加害你四位師伯叔。你始終不相信我。好，我去牽坐騎，你在這裏守著罷。」張無忌給她說中了心事，臉上一紅，但確是不敢將四位師伯叔的性命，交託在這個性情難以捉摸的少女手中，便道：「勞駕你去牽牲口，我在這裏守著四位師伯叔。你傷勢怎樣，走路不礙嗎？」趙敏冷笑道：「你再殷勤好心，別人仍不會信你。你的赤心熱腸，人家只當你是狼心狗肺。」說著轉身便去牽馬。

張無忌咀嚼著她這幾句話，只覺她說的似是師伯叔疑心自己，卻也是說自己疑心於她；目送著她緩步而行，腳步蹣跚，顯是傷後步履艱難，心中又憐惜，又覺過意不去。

趙敏走沒多遠，忽聽得一陣急促的馬蹄聲沿大路從北而來，一前二後，共是三乘。趙敏聽到蹄聲，當即奔回，說道：「有人來了！」張無忌向她招了招手。趙敏奔到大石之後，伏在他身旁，見俞蓮舟的身子有一半露在石外，便將他拉到石後。

俞蓮舟怒目而視，喝道：「別碰我！」趙敏冷笑道：「我偏要拉你，瞧你有甚麼法子？」張無忌喝道：「趙姑娘，不得對我師伯無禮。」趙敏伸伸舌頭，向俞蓮舟裝個鬼臉。

便在此時，一乘馬已奔到不遠之處，其後又有兩乘馬如飛追來，相距約有二三十丈。第一乘漸漸奔近，張無忌低聲道：「是宋青書宋大哥！」趙敏道：「快阻住他。」張無忌問道：「幹甚麼？」趙敏道：「別多問，彌勒廟中的話你忘了麼？」

張無忌心念一動，拾起地下一粒冰塊，彈了出去。嗤的一聲，冰塊破空而去，正中宋青書坐騎的前腿。那馬一痛，跪倒在地。宋青書躍起離鞍，想拉坐騎站起，但那馬一摔之下，左腿已斷。宋青書見後面追騎漸近，忙向這邊奔來。張無忌又是一粒堅冰彈去，撞中他右腿穴道，跟著伸出手指，接連四下，點了武當四俠的啞穴，及時制止宋遠橋呼喚。只聽宋青書「啊」的一聲叫，在雪地中滾倒。

這麼接連兩次阻擋，後面兩騎已然奔到，卻是丐幫的陳友諒和掌缽龍頭。張無忌暗自奇怪：「他三人同去長白山尋覓毒物配藥，怎麼一逃二追，到了這裏？」跟著想：「是了。想是宋大哥天良發現，不肯做此不孝不義之事，幸好撞在我手裏，正好相救。」

陳友諒和掌缽龍頭翻身下馬，只道宋青書的坐騎久馳之下，氣力不加，以致馬失前蹄，宋青書也因此墮馬受傷，但想他武功不弱，縱然受傷，也必輕微，兩人縱身而近，兵刃出手，指住他身子。

張無忌指上又扣一粒冰塊，正要向陳友諒彈去，趙敏碰他臂膀，搖了搖手。張無忌轉過頭來，趙敏張開左掌，放在自己耳邊，再指指宋青書，意思說且聽他們說些甚麼。

只聽掌缽龍頭怒道：「姓宋的，你黑夜中悄悄逃走，想幹甚麼？是不是想去通風報信，告知你父親？」他手揮一柄紫金八卦刀，在宋青書頭頂晃來晃去，作勢便要砍落。

宋遠橋聽得那八卦刀虛砍的劈風之聲，掛念愛兒安危，大是著急。張無忌偶一回頭，見到他眼中焦慮的神色霎時間變作了求懇，便點了點頭，示意：「你放心，我決不讓宋大哥身受損傷。」心想：「父母愛子之恩當眞天高地厚。大師伯對我如此惱怒，恨不得將我千刀萬剮，但一見宋大哥遭逢危難，立時便向我求情。倘若是大師伯自身遭難，他英雄肝膽，決不屑有絲毫示弱求懇之意。」刹那之間，又想到宋青書有人關懷愛惜，自己卻是個無父無母的孤兒，心中不禁酸痛。

只聽宋青書道：「我不是去向爹爹報信。」掌鉢龍頭喝問：「幫主派你跟我去長白山採藥，你幹麼不告而別？」宋青書道：「你也是父母所生，你們逼我去加害自己父親，心又何忍？我決不能作此禽獸勾當。」掌鉢龍頭厲聲道：「你是決意違背幫主號令了？叛幫之人該當如何處置，你知道麼？」宋青書道：「我是天下罪人，本就不想活了。這幾天我只須一合眼，便見莫七叔來向我索命。他怨魂不散，纏上了我啦。你將我砍死罷，多謝你成全了我。」掌鉢龍頭高舉八卦刀，喝道：「好！我便成全了你！」

陳友諒插口道：「龍頭大哥，宋兄弟既然不肯，殺他也無益，咱們由他去罷。」掌鉢龍頭奇道：「你說就此放了他？」陳友諒道：「不錯。他親手害死他師叔莫聲谷，自有他本派中人殺他，這種不義之徒的髒血，沒的污了咱們俠義道的兵刃。」

張無忌當日在彌勒廟中，曾聽陳友諒和宋青書說到莫聲谷，有甚麼「以下犯上」之言，也曾疑心宋青書得罪了師叔，但萬萬料不到莫聲谷竟是死在他手中。宋遠橋等四人雖目光爲巖石遮住，但宋青書和丐幫二人的話聲卻淸淸楚楚傳入耳中，無不大感震驚。唯有趙敏事先已料到三分，嘴角邊微帶不屑之態。

只聽宋青書顫聲道：「陳大哥，你曾立誓決不洩漏此事，只要你不說，我爹爹和幾位師叔怎會知道？」陳友諒淡淡一笑，冷冷的道：「你只記得我的誓言，卻不記得你自己發過的毒誓？你說自今而後，一切聽我吩咐。是你先毀約呢，還是我不守諾言？」

宋青書沉吟半晌，說道：「你要我在太師父和爹爹的飲食之中下毒，我是寧死不爲，你快一劍將我殺了罷。」陳友諒道：「宋兄弟，常言道：識時務者爲俊傑。我們又不是要你滅祖弒父，只不過下些蒙藥，讓他們昏迷一陣。在彌勒廟中，你不是早答允了嗎？」宋青書道：「不，不！我只答允下蒙藥，但掌缽龍頭捉的是劇毒的蝮蛇、蜈蚣，那是殺人的毒藥，決非尋常蒙汗藥物。」

陳友諒悠悠閒閒的收起長劍，說道：「峨嵋派的周姑娘美若天人，世上再找不到第二個了，你竟甘心任她落入張無忌那小子手中，當眞奇怪。宋兄弟，那日深宵，你去偷窺峨嵋諸女的臥室，給你七師叔撞見，一路追了你下來，致有石岡比武、以姪弒叔之事。那爲的是甚麼？還不是爲了這位溫柔美貌的周姑娘？事情已經做下來了，一不做，二不休，馬入夾道，還能回頭麼？我瞧你爲山九仞，功虧一簣，可惜啊，可惜！」

宋青書搖搖晃晃的站起，怒道：「陳長老，你花言巧語，逼迫於我。那一晚我給莫七叔追上了，敵他不過，我敗壞武當派門風，死在他手下，也就一了百了，誰要你出手相助？我是中了你的詭計，以致身敗名裂，難以自拔。」

陳友諒笑道：「很好，很好！莫聲谷背上所中那一掌『震天鐵掌』，是你打的，還是我陳友諒打的？那是你武當派的功夫罷？我可不會。那晚我出手救你性命，又保全你名聲，倒是我幹錯了？宋兄弟，你我相交一場，過去之事不必再提。你殺害師叔一事，我自會守口如瓶，決不洩露片言隻字。山遠水長，咱們後會有期。」

宋青書顫聲問道：「陳……陳大哥，你……你要怎樣對付我？」言語中充滿焦慮。陳友諒笑道：「要怎樣對付你？甚麼也沒有。我給你瞧一樣物事，這是甚麼？」

張無忌和趙敏躲在巖石之後，都想探頭出來張望，瞧陳友諒取了甚麼東西出來，但終於強自忍住。只聽宋青書「啊」的一聲驚呼，顫聲道：「這……這是峨嵋派掌門的鐵指環，那是周姑娘之物啊，你……你從那裏得來？」

張無忌心下也是一凜，暗想：「我和芷若分手之時，明明見她戴著那枚掌門鐵指環，如何會落入陳友諒手中？多半是他假造的，用來騙人。」

但聽陳友諒輕輕一笑，說道：「你瞧仔細了，這是眞的還是假的。」隔了片刻，宋青書道：「我在西域向滅絕師太討教武功，見過她手上這枚指環，看來倒是眞的。」只聽得噹的一響，金鐵相撞，陳友諒道：「若是假造的，這一劍該將它斷爲兩半了。你瞧瞧，指環內『留貽襄女』這四個字，不會假罷？這是峨嵋派祖師郭襄女俠的遺物玄鐵指環。」宋青書道：「陳大哥，你……你從何處得來？周姑娘她人呢？」

陳友諒又是一笑，說道：「掌鉢龍頭，咱們走罷，丐幫中從此沒了這人。」腳步聲響，兩人轉身便行。宋青書叫道：「陳大哥，請等等。周姑娘是落入了你手裏麼？」

陳友諒走了回來，微笑道：「不錯，周姑娘是在我手裏，這般美貌的佳人，世上男子漢見了沒一個不動心的。我至今未有家室，要是我向幫主求懇，將周姑娘配我爲妻，諒來幫主也必允准。」宋青書喉頭咕噥了一聲，似乎塞住了說不出話來。

陳友諒又道：「本來嘛，君子不奪人之所好，宋兄弟爲了這位周姑娘，闖下了天大禍事，陳友諒豈能爲美色而壞了兄弟間義氣？但你既成了本幫叛徒，咱們恩斷義絕，甚麼也說不上了，是不是？」宋青書又咕噥了幾聲。

張無忌眼角一瞥宋遠橋，只見他臉頰上兩道淚水正流將下來，顯是心中悲痛已極。

忽聽宋青書道：「陳大哥、龍頭大哥，是我做兄弟的一時胡塗，請你兩位原宥，我這裏給你們賠罪啦。」陳友諒哈哈大笑，說道：「是啊，是啊，那才是咱們的好兄弟呢。我拍胸膛給你擔保，只須你去將這蒙汗藥帶到武當山上，悄悄下在各人茶水之中，你令尊大人性命決然無憂，美佳人周芷若必成你的妻房。咱們不過要挾制張三丰張眞人和武當諸俠，逼迫張無忌聽奉號令。倘若害死了張眞人和令尊，張無忌只有來找丐幫報仇，對咱們又有甚麼好處？」宋青書道：「這話不錯。」

陳友諒又道：「等到丐幫箝制住明教，驅除韃子，得了天下，咱們幫主登了龍位，你我都是開國功臣。封妻蔭子，那不必說了，連令尊大人都要沾你的光呢。」宋青書苦笑道：「我爹爹淡泊名利，我只盼他老人家不殺我，便已心滿意足了。」

陳友諒笑道：「除非令尊是神仙，能知過去未來，否則怎能知道其中的過節？宋兄弟，你的腳摔傷了麼？來，咱倆共乘一騎，到前面鎭上再買腳力。」

宋青書道：「我走得匆忙，小腿在冰塊上撞了一下，也眞倒霉，剛好撞正了『築賓穴』，天下事眞有這般巧法。」他當時只顧到掌鉢龍頭和陳友諒在後追趕，萬沒想到前面巖後竟會有人暗算，只道是自己不小心，剛好將穴道撞正了冰塊尖角。

陳友諒笑道：「這那裏是倒霉？這是宋兄弟艷福齊天，命中該有佳人爲妻。若非這麼一撞，咱們追你不上，你執迷不悟起來，自己固然鬧得身敗名裂，還壞了咱們大事。從此這位香噴噴、嬌滴滴的周姑娘跟隨陳友諒一世，那不是彩鳳隨鴉，一朶鮮花揷在牛糞上了麼？」

宋青書「哼」了一聲，道：「陳大哥，不是做兄弟的不識好歹，信不過……」陳友諒不等他說完，插口道：「你要見一見周姑娘，是不是？那挺容易。此刻幫主和衆位長老都在盧龍，周姑娘也隨大夥在一起。咱們同去盧龍相會便是。等武當山的大事一了，做哥哥的立時給你辦喜事，叫你稱心如願，一輩子感激陳大哥，哈哈！」

宋青書道：「好，咱們便上盧龍去。陳大哥，周姑娘怎地會……會跟著本幫？」

陳友諒笑道：「那是龍頭大哥的功勞了。那日掌棒龍頭和掌缽龍頭在酒樓上喝酒，見有三個面生人裝作本幫弟子，混在其中，後來命人一查，其中一位竟是那位千嬌百媚的周姑娘。掌缽龍頭便派人去將她請了來。你放心，周姑娘平安大吉，毫髮不傷。」張無忌暗暗叫苦：「原來那日在酒樓之上，畢竟還是讓他們瞧了出來。倘若義父並非失明，他老人家定能瞧出其中蹊蹺。唉，我和芷若卻始終不覺。但不知義父是否平安？」

可是陳友諒說話中，卻一句不提謝遜，只聽他道：「周姑娘跟你成了親，峨嵋、武當兩派都要聽丐幫號令，再加上明教，聲勢何等浩大？只須打垮蒙古人，這花花江山嗎，嘿嘿，可得換個主兒啦。」他說這幾句話時志得意滿，不但似乎丐幫已得了天下，而且他陳友諒已然身登大寶。掌缽龍頭和宋青書都跟著他嘿嘿嘿的乾笑數聲。

陳友諒說道：「咱們走罷。宋兄弟，莫七俠是死在這附近的，他藏屍的山洞似乎離此不遠，是不是？你逃到這裏，忽然馬失前蹄，難道是莫七俠陰魂顯聖麼？哈哈！」宋青書不再答話。三人走向馬旁，上馬而去。

張無忌待三人去遠，忙爲宋遠橋等四人解開穴道，拜伏在地，連連磕頭，說道：「師伯、師叔，姪兒身處嫌疑之地，難以自辯，多有得罪，請師伯、師叔重重責罰。」

宋遠橋一聲長嘆，仰天不語，淚水涔涔而下。

俞蓮舟忙扶起張無忌，說道：「先前我們都錯怪了你，是我們的不是。咱們親如骨肉，這一切不必多說了。眞想不到青書……唉，若非咱們親耳聽見，有誰能信？」

宋遠橋抽出長劍，說道：「原來七弟撞見青書這小畜生……這小畜生……私窺峨嵋女俠寢居，這才追下來淸理門戶。三位師弟，無忌孩兒，咱們這便追趕前去，讓我親手宰了這畜生。」說著展開輕功，疾向宋青書追了下去。

張松溪叫道：「大哥請回，一切從長計議。」宋遠橋渾不理會，只提劍飛奔。

張無忌發足追趕，幾個起落，已攔在宋遠橋身前，躬身道：「大師伯，四師伯有話跟你說。宋大哥一時受人之愚，日後自必省悟，大師伯要責罰於他，也不忙在一時。」

宋遠橋哽咽道：「七弟……七弟……做哥哥的對你不起。」想起當年張翠山爲了對不起俞岱巖而自殺，此刻才深深體會到當時五弟的心情，迴劍便往自己脖子抹去。

張無忌大驚，施展挪移乾坤手法，夾手將他長劍奪過，但劍尖終於在他項頸上一帶，劃出了一道長長血痕。這時俞蓮舟等也已追到，見他自刎，忙各相勸。

張松溪道：「大哥，青書做出這等大逆不道的事來，武當門中人人容他不得。但淸理門戶事小，興復江山事大，咱們可不能因小失大。」宋遠橋圓睜雙眼，怒道：「你……你說清理門戶之事還小了？我……我生下這等忤逆兒子……」張松溪道：「聽那陳友諒之言，丐幫還想假手青書，謀害恩師我等，挾制武林諸派，圖謀江山。恩師的安危是本門第一大事，天下武林和蒼生的禍福，更是第一等大事。青書這孩兒多行不義，遲早必遭報應。咱們還是商量大事要緊。」宋遠橋聽他說到恩師，悻悻的還劍入鞘，說道：「我方寸已亂，便聽四弟說罷。」殷梨亭取出金創藥來，給他敷上頸中傷處。

張松溪道：「丐幫既謀對恩師不利，此刻恩師尚不知情，咱們須得連日連夜趕回武當。這陳友諒雖說要假手於青書，但此等奸徒詭計百出，說不定提早下手，咱們眼前第一要務是維護恩師金軀。恩師年事已高，若再有假少林僧報訊之事，我輩做弟子的萬死莫贖。」說著向站在遠處的趙敏瞪了一眼，對她派人謀害張三丰之事猶有餘憤。

宋遠橋背上出了一陣冷汗，顫聲道：「不錯，不錯。我急於追殺逆子，竟將恩師的安危置於腦後，眞是該死。輕重倒置，委實氣得胡塗了。」連叫：「快走，快走！」

張松溪向張無忌道：「無忌，搭救周姑娘之事，便由你去辦。事完之後，盼來武當一敘。」張無忌道：「遵奉師伯吩咐。」張松溪低聲道：「這趙姑娘豺狼之性，你可要千萬小心。宋青書是前車之鑒，好男兒大丈夫，決不可爲美色所誤。」張無忌紅著臉點了點頭。

武當四俠和張無忌將莫聲谷的屍身暫葬在大石之後，作了記認，以便日後再來遷葬武當山。五人跪拜後痛哭了一場。宋遠橋等四人先行離去。

趙敏慢慢走到張無忌身前，說道：「你四師伯叫你小心，別受我這妖女迷惑，宋青書是前車之鑒，是也不是？」張無忌臉上一紅，神情尷尬，說道：「你怎知道？你有順風耳麼？」趙敏哼了一聲，道：「我說啊，宋大俠他們事後追想，定不怪宋青書梟獍之心，反而會怪周姑娘紅顏禍水，毀了一位武當少俠。」張無忌心想說不定會得如此，口中卻道：「宋師伯他們是明理君子，怎能胡亂怪人？」

趙敏冷笑道：「越是自以爲是君子的，越會胡亂怪人。」頓了一頓，笑道：「快去救你的周姑娘罷，別要落在宋青書手裏，你可糟糕了。」張無忌又是臉一紅，忸怩道：「我爲甚麼糟糕？」

四名白衣少女和四名黑衣少女各攜琴簫，分站八方。悠揚樂聲之中，緩步走進一個身披淡黃輕紗的美貌女子，左手攜著一個十二三歲的女童。

三十三　簫長琴短衣流黃

張無忌去牽了坐騎，和趙敏並騎直奔關內。心想義父倘若落入了丐幫之手，丐幫要以他來挾制明教，眼前當不致對他有所傷害，只屈辱難免；但芷若冰清玉潔，遇上了陳友諒之險毒、宋青書之卑鄙，若遇逼迫，惟有一死。言念及此，恨不得插翅飛到盧龍。但趙敏身上有傷，不能無眠無休的趕路，在她面前，又不敢顯得太過關懷周芷若。

當晚兩人在一家小客店中歇宿。張無忌躺在炕上，越想越躭心，走到趙敏窗外，但聽她呼吸調勻，正自香夢沉酣。他到櫃枱上取過筆硯，撕下一頁帳簿，草草留書，說道爲救義父，事在緊急，決意連夜趕路，事成之後，當謀良晤，囑她小心養傷，緩緩而歸。將那頁帳簿用石硯壓在桌上，躍出窗外，向南疾奔而去。

次晨購買馬匹，一路不住換馬，連日連夜的趕路，不數日間已到了盧龍。但如此快追，中途並未遇上陳友諒和宋青書，想是他晚上趕路之時，陳宋二人和掌缽龍頭正在客店之中睡覺，是以錯過。

盧龍是河北重鎮，唐代為節度使駐節之地，宋金之際數度用兵，大受摧破，元氣迄自未復，但仍人煙稠密。張無忌走遍盧龍大街小巷、茶樓酒館，說也奇怪，竟一個乞兒也遇不到。他心下反喜：「如此一個大城，街上竟無化子，此事大非尋常。陳友諒說丐幫在此聚會，當非虛言，想是城中大大小小的化子都參見幫主去了。只須尋訪到他們聚會之所，便能探聽到義父和芷若是否眞為丐幫擒去。」他在城中廟宇、祠堂、廢園、曠場到處察看，找不到端倪，又到近郊各處村莊踏勘，仍不見任何異狀。

到得傍晚，他越尋越焦躁，不由得思念起趙敏的好處來：「倘若她在身旁，我決不致這般束手無策。」只得到一家客店住宿，用過晚飯後小睡片刻，挨到二更時分，飛身上屋，遊目四顧，四下裏一片寧靜，更無半點江湖人物聚會跡象。正煩惱間，忽見東南角一座高樓上兀自亮著火光，心想：「此家非富即貴，該和丐幫拉扯不上干係……」正轉念間，似乎遙見人影閃動，有人從樓窗中躍出，相隔遠了，看不清楚，心道：「莫非有綠林豪客到這大戶人家去做案？左右無事，便去瞧瞧。」

當下展開輕功，奔到了那巨宅之旁，縱身翻過圍牆，只聽得有人說道：「陳長老也忒煞多事，明明言定正月十六大夥在老河口聚集，卻又急足快報，傳下訊來，要咱們在此等候。他又不是幫主，說甚麼便得怎麼，豈有此理！」聲音洪亮，語帶氣憤，說的顯然是丐幫中事。張無忌一聽，心中大喜。

聲音從大廳中傳出，張無忌悄悄掩近，只聽得一個粗獷的聲音說道：「陳長老是挺了不起的，那個他奶奶的金毛獅王謝遜，江湖上這許多人尋覓了二十多年，誰也抓不到一根獅毛的屁影子來聞聞，陳長老卻將他手到擒來，別說本幫無人可及，武林之中，又有那一人能辦到……」張無忌又驚又喜，他當日在彌勒廟中，曾聽到過這粗獷的話聲，知是丐幫幫主史火龍，心想義父下落已知，丐幫中並無如何了不起的高手，相救義父當非難事，湊眼到長窗縫邊，向裏張望。

只見史火龍居中而坐，傳功、執法二長老、掌棒龍頭及三名八袋長老坐在下首，另有一個衣飾華麗的中年胖子，衣飾形貌活脫是個富紳，背上卻也負著六隻布袋。張無忌暗暗點頭：「是了，原來盧龍有個大財主是丐幫弟子。叫化子在大財主屋裏聚會，確是誰也想不到的了。」

只聽史火龍接著道：「陳長老既傳來急訊，要咱們在盧龍相候，定有他的道理。咱們圖謀大事，他奶奶的，這個……這個，務當小心謹慎。」掌棒龍頭道：「幫主明鑒：江湖上羣豪尋覓謝遜，爲的是要奪取武林至尊的屠龍寶刀。現下這把寶刀既不在謝遜之手，不論怎麼軟騙硬嚇，他始終不肯吐露寶刀的所在。咱們徒然得到了一個瞎子，除了請他喝酒吃飯，又有何用？依兄弟說，不如狠狠的給他上些刑罰，瞧他說是不說。」

史火龍搖手道：「不妥，不妥，用硬功夫說不定反而壞事。咱們等陳長老到了，再從長計議。」掌棒龍頭臉露不平之色，似怪幫主甚麼事都聽陳友諒的主張。

史火龍取出一封信來，交給掌棒龍頭，說道：「馮兄弟，你立刻動身前赴濠州，將我這封信交給韓山童，說他兒子在我們這裏，平安無事，只須韓山童投誠本幫，我自會對他兒子另眼相看。」掌棒龍頭道：「這送信的小事，似乎不必由兄弟親自走一趟罷？」

史火龍臉色微沉，說道：「這半年來韓山童等一夥鬧得好生興旺。聽說他手下他媽的甚麼郭子興、朱元璋、徐達、常遇春、湯和、鄧愈，打起仗來都很有點兒臭本事。這次要馮兄弟親自出馬，一來是要說得韓山童歸附本幫，服服貼貼，又須察看他自己和手下那些大將有甚麼打算；二來探聽這一路明教人馬有他媽的甚麼希奇古怪。馮兄弟肩上的擔子非輕，怎能說是小事？」掌棒龍頭不敢再說甚麼，便道：「謹遵幫主吩咐。」接過書信，向史火龍行禮，出廳而去。

張無忌再聽下去，只聽他們儘說些日後明教、少林、武當、峨嵋各派歸附之後，丐幫將如何興盛威風。這史火龍的野心似反不及陳友諒之大，言中之意，只須丐幫獨霸江湖，稱雄武林，便已心滿意足，卻沒想要得江山、做皇帝，粗言穢語，說來鄙俗不堪。他聽了一會，心感厭煩，尋思：「看來義父和芷若便囚在此處，我先去救了出來，再將這些大言不慚的叫化子好好懲誡一番。」輕輕躍上一株高樹，四下張望，見高樓下有十來名丐幫弟子，手執兵刃，來往巡邏，料想便是囚禁謝遜和周芷若之所。

他溜下樹來，掩近高樓，躲在一座假山之後，待兩名巡邏的丐幫弟子轉身行開，便即竄到樓底，縱身而上。但見樓上燈燭明亮，他伏身窗外，傾聽房內動靜。聽了片刻，樓房內竟半點聲息也無。他好生奇怪：「怎麼一個人也沒有？難道竟有高手暗伏在此，能長時閉住呼吸？」又過一會，仍聽不到呼吸之聲，探身向窗縫中張望，見桌上一對大蠟燭已點去了大半截，室中卻無人影。

樓上並排三房，眼見東廂房中無人，又到西廂房窗外窺看。房中燈光明亮，桌上杯盤狼藉，放著七八人的碗筷，杯中殘酒未乾，菜肴初動，卻一人也無，似乎這些人吃喝未久，便即離房他去。中間房卻黑洞洞地並無燈光。他輕推房門，裏面上著門閂，他低聲叫道：「義父，你在這兒麼？」不聽得應聲。

張無忌心想：「看來義父不在此處，但丐幫人衆如此嚴密戒備，卻是爲何？難道有意的實者虛之、虛者實之嗎？」突然聞到一陣血腥氣從中間房傳出，他心頭一驚，左手按在門上，內力微震，格的一聲輕響，門閂從中斷截。他立即閃身進房，接住兩截斷折的門閂，以免落地出聲。

他只跨出一步，腳下便是一絆，相觸處軟綿綿地，似是人身，俯身摸去，卻是個屍體。這人氣息全無，臉上兀有微溫，顯是死去未久。摸索此人頭顱，小頭尖腮，並非謝遜，當即放心。跨出一步，又踏到了兩人的屍身。他伸指在西邊板壁上戳出兩個小孔，孔中透進燭光。只見地下橫七豎八的躺滿了屍體，盡是丐幫弟子，顯然都受了極重內傷。他提起一屍，撕開衣衫，但見那人胸口拳印宛然，肋骨齊斷，拳力威猛非凡。

張無忌大喜：「原來義父大展神威，擊斃看守人衆，自己殺出去了。」在房中四下察看，果見牆角上用尖利之物刻著個火燄的圖形，正是明教的記號，又見窗門折斷，窗戶虛掩，心想：「是了，適才我見這樓上黑影閃動，便是義父脫身而去了，只不知義父如何會遭丐幫擒去？想是他老人家目不見物，難以提防丐幫的詭計。他們若非用蒙汗藥物，便是用絆馬索、倒鉤、漁網之類物事擒他。」

他心中喜悅不勝，走出房外，縮身門邊，向下張望，見衆丐兀自來回巡邏，對樓上變故全不知情，尋思：「義父離去未久，快去追上了他，咱爺兒倆回轉身來，鬧他個天翻地覆，方教羣丐知我明教的手段。」適才見那黑影往西方而去，便縱身躍起，在一株高樹上一點，躍出圍牆，提氣向西疾奔。

沿著大路追出數里，來到一處岔道，四下尋找，見一塊岩石後畫著個火燄記號，指向西南的小路。張無忌大喜，心想義父行蹤已明，立時便可會見。明教中諸般聯絡指引的暗號，他曾聽楊逍詳細說過，又見這火燄記號雖只寥寥數劃，但鉤劃蒼勁，若非謝遜這等文武全才之士，明教中沒幾人能畫得出來。

此時他更無懷疑，沿著小路追了下去，直追到沙河驛，天已黎明，在飯店中胡亂買了些饅頭充飢，更向西行，到了棒子鎮上。只見街角牆腳下繪著個火燄記號，指向一所破祠堂。他心中大喜，料想義父定是藏身其間，走進門去，只聽得一陣呼么喝六之聲，大廳上圍著一羣潑皮和破落戶子弟正自賭博，卻是個賭場。

賭場莊頭見張無忌衣飾華貴，只道是位大豪客來了，忙笑吟吟的迎將上來，說道：「公子爺快來擲兩手，你手氣好，殺他三個通莊！」轉頭向衆賭客道：「快讓位給公子爺，大夥兒端定銀子輸錢，好讓公子爺雙手捧回府去啊！」

張無忌眉頭一皺，見衆賭客中並無江湖人物，提聲叫道：「義父，義父，你老人家在這兒嗎？」隔了一會，不聽有人回答，便問那莊頭道：「你可曾見到一位黃頭髮、高身裁的大爺進來，是一位雙目失明的大爺？」那莊頭見他不來賭博，卻是來尋人，心中登時淡了，笑道：「笑話奇談，天下竟有瞎子來賭骰子的？這瞎子是失心瘋的嗎？」

張無忌追尋義父不見，心中已沒好氣，聽這莊頭出言不遜，辱及義父，踏上兩步，將他一把抓起，走到門口輕輕一送，人已擲上了屋頂。張無忌推開衆人，拿起賭台上兩錠大銀，說道：「公子爺把銀子捧回府去了。」揣在懷內，大踏步走出祠堂。衆潑皮驚得呆了，誰敢來追？等他走遠，這才大喊大叫。

他續向西行，不久又見到了火燄記號。傍晚時分到了豐潤，那是冀北的大城，依著記號所指，尋到一處粉牆黑門之外。但見門上銅環擦得晶亮，牆內梅花半開，是家幽雅精潔的人家。他拿起門環，輕敲三下。不久腳步細碎，黑門呀的一聲開了，鼻中先聞到一陣濃香，應門的是個身穿粉紅皮襖的小鬟，抿嘴一笑，說道：「相公貴姓？今兒有閒來坐坐，姊姊可眞開心了！」說著左手便搭到了他肩頭。

張無忌滿臉通紅，急忙避開，說道：「賤姓張。有一位謝老爺子和一位姓周的姑娘，可是在這兒麼？」那小鬟笑道：「這兒是梨香院啊，你要找周纖纖，該上碧桃居去。你給那一個小妮子迷得失了魂，上梨香院來找周纖纖了？嘻嘻！」

張無忌恍然大悟，原來此處竟是所妓院，說道：「對不起。」轉身便走。那小鬟追了出來，叫道：「公子爺，我家姊姊那一點比不上周纖纖？你便片刻兒也坐不得？」張無忌連連搖手，飛步而去。

這麼一鬧，心神半晌不得寧定，眼見天色將黑，夜晚間只怕錯過了路旁的火燄記號，便找一家客店歇宿，心頭思潮起伏：「義父怎地又去賭場，又去妓院？他老人家此舉，到底含著甚麼深意？」睡到中夜，突然驚醒：「義父雙目失明，怎能一路上清清楚楚的留下這許多記號？難道是敵人故意假冒本教記號，戲弄於我？甚至是引我入伏？哼，便龍潭虎穴，好歹也要闖他一闖。」

次晨起身，在豐潤城外又找到了火燄記號，仍指向西方。午後到了玉田，見那記號指向一家大戶人家。這家門外懸燈結綵，正做喜事，燈籠上寫著「之子于歸」的紅字，看來是女兒出嫁，鑼鼓吹打，賀客盈門。張無忌這次學了乖，不再直入打聽謝遜下落，混在賀客羣中察看，未見異狀，便即出來找尋記號，果在一株大樹旁又找到了。

火燄記號引著他自玉田而至三河，更折而向南，直至香河。此時他已然想到：「多半是丐幫發見了我的蹤跡，使調虎離山之計將我遠遠引開，以便放手幹那陰毒勾當。」他雖焦急，卻又不敢不順記號而行，只怕記號確是謝遜和周芷若所留。「倘若他們正給厲害敵人追擊，奔逃之際，沿路留下記號，只盼我趕去救援，我若自作聰明，逕返盧龍，義父和芷若竟爾因此遇難，那可如何是好？事已至此，只有跟著這火燄記號，追他個水落石出。」

自香河而寶城，再向大白莊、潘莊，已趨向東南，再到寧河，自此那火燄記號便無影無蹤，再也找不到了。他在寧河細細查察，不見有絲毫異狀，心想：「果然是丐幫將我引到了這裏，教我白白的奔馳數日。」

當下買了匹坐騎，重回盧龍，在舊衣店買了件白色長袍，借了硃筆，在白袍上畫了個極大的火燄，決意堂堂正正的以明教教主身分，硬闖丐幫總堂。

他換上白袍，大踏步走到那財主巨宅門前，只見兩扇巨大的朱門緊緊閉著，門上碗口大的銅釘閃閃發光。他雙掌推出，砰的一聲，兩扇大門飛起，向院子中跌了進去，乒乒乓乓一陣響亮，兩隻大金魚缸給打得粉碎。

這數日之中，他既掛念義父和周芷若的安危，又連遭戲弄，在冀北大繞圈子，心中鬱怒難宣，這時回到丐幫總舵，決意大鬧一場。他劈破大門，大踏步走進，舌綻春雷，喝道：「丐幫眾人聽了，快叫史火龍出來見我。」

院子中站著丐幫的十多名四五袋弟子，見兩扇大門陡然飛起，已大吃一驚，又見一個白衣少年闖進，登時有七八人同聲呼喝，迎上攔住，紛紛叫道：「甚麼人？幹甚麼？」

張無忌雙臂一振，那七八名丐幫弟子砰砰連聲，直摔出去，只撞得一排長窗盡皆稀爛。他穿過大廳，砰的一掌，又撞飛了中門，見中廳上擺著一桌筵席，史火龍居中而坐。一干丐幫首領聽得大門口喧嘩之聲，正派人出來查詢。張無忌來得好快，半路上迎住那匆匆出來查問的七袋弟子，劈胸抓住，便向史火龍擲去。

那財主模樣的主人坐在下首，眼見那七袋弟子向席上飛來，伸臂往那人身上抱去，一抱抱個正著，但覺一股勁力排山倒海般撞到，腳下急使「千斤墜」，要待穩住身形，不料登登登連退七八步，背心靠上了大柱，這才停住，雙手一鬆，將那七袋弟子拋在地下，一口氣喘不過來，全身癱軟，倒在柱邊。羣丐見此情景，無不駭然。

張無忌「咦」的一聲，驚喜交集，見圓桌左首坐著個少女，赫然便是周芷若。她身旁坐著的卻是宋青書。周芷若驚呼一聲：「無忌哥哥！」站起身來，身子一晃，便委頓在地。張無忌吃了一驚，搶上前去俯身抱起。他身子尚未挺直，背上啪的一聲、砰的一響，已讓宋青書擊了一掌，再給另外一名丐幫高手打中一拳。

張無忌此時九陽神功早運遍全身，這一掌一拳打在背上，掌力拳力盡數卸去。他抱起周芷若，縱身躍回院子，問道：「義父呢？」周芷若顫聲道：「我……我……」張無忌問道：「他老人家可好嗎？」周芷若道：「我給他們點中了穴道……」張無忌只關心謝遜，又問：「義父呢？」周芷若道：「不知道啊，我給他們擒來此處，一直不知義父他老人家的下落。」

張無忌在她腿關節上推拿了幾下，將她放落。那知周芷若給點中穴道的手法甚為特異，他這兩下推拿竟不奏效。她雙足著地，卻似不能站直，兩膝一彎，便即坐倒。

羣丐紛紛離座，走到階前。史火龍抱拳道：「閣下便是明教張教主了？」張無忌心想他是一幫之主，倒不可失了禮數，抱拳還禮，說道：「不敢。在下擅闖貴幫總舵，還乞史幫主恕過無禮之罪。」史火龍道：「張教主近年來名震江湖，在下如雷……這個貫耳，今日見到老兄身手，果然厲害得緊，他媽的，佩服，佩服！」張無忌道：「在下來得魯莽，倒教史幫主見笑了。我義父金毛獅王在那裏？請他老人家出來相見。」

史火龍臉上一紅，隨即哈哈一笑，說道：「張教主年紀輕輕，說話卻如此陰損。我們一番好意，請謝獅王來……來那個……喝一杯酒，那知謝獅王不告而別，還下重手傷了敝幫八名弟子，他奶奶的，這筆帳不知如何算法？卻要請張教主來打打算盤了。」

張無忌一怔，心想：「那八名丐幫弟子果是我義父以重手拳所殺。看來他老人家確已不在此間，但到了何處呢？」便道：「這位周姑娘呢？貴幫又為甚麼將她囚禁在此？」史火龍一怔，道：「這個……」陳友諒插口道：「人說明教張無忌武功雖強，卻是個蠻不講理的小魔頭，今日一見……哈哈……」張無忌道：「我怎麼蠻不講理了？」

陳友諒道：「這位周姑娘乃峨嵋派掌門，名門正派的首腦人物，跟貴教旁門左道之士又有甚麼干係？這位宋青書兄弟是武當派後起之秀。他和周姑娘郎才女貌，珠聯璧合，正是門當戶對，一雙兩好。他二人雙雙路過此間，丐幫邀他二位作客，共飲一杯。何以明教教主竟來橫加干預？眞正好笑啊，好笑！」羣丐隨聲附和，哈哈大笑。

張無忌道：「若說周姑娘是你們的客人，何以你們又點了她穴道？」

陳友諒道：「周姑娘一直好好的在此飲酒，談笑自若，誰說是點了她穴道？丐幫和峨嵋派淵源極深，世代交好。峨嵋派創派祖師郭女俠，是敝幫上代黃幫主的親生女兒。敝幫上代耶律幫主是郭女俠的親姊夫。武林中若非乳臭小兒的無知之輩，這些史實總該知曉。我們丐幫豈能得罪現任峨嵋派掌門？張教主信口雌黃，怎不教天下英雄恥笑？」

張無忌冷笑道：「如此說來，周姑娘是自己點了自己穴道？」陳友諒道：「那也未必。這兒人人親眼目睹，張教主飛縱過來，強加非禮，一把將周姑娘抱了過去。周姑娘掙扎不服，尊駕自是順手點了她穴道。張教主，雖說英雄難過美人關，可是如此大庭廣衆之間，衆目睽睽之下，張教主這等急色舉動，不是太失自己身分了麼？」

張無忌口才本就遠遠不及陳友諒，給他這麼反咬一口，急怒之下，更難分辯，氣得臉色鐵青，喝道：「如此說來，你們定是不肯告知我義父的行蹤了？」陳友諒大聲道：「張教主，貴教光明使者楊逍，當年姦殺峨嵋派紀曉芙女俠，天下武林同道，無不髮指。你如自恃武功高強，又來幹這種卑鄙齷齪的勾當，只怕難逃公道。」

張無忌轉頭對周芷若道：「芷若，你倒說一聲，他們如何擄劫你來此處？」周芷若道：「我……我……我……」連說了三個「我」字，忽爾身子一斜，暈了過去。

羣丐紛紛鼓噪，叫道：「明教魔頭殺了人啦！」「張無忌逼姦不遂，害死了峨嵋派掌門！」「殺了淫賊張無忌，爲天下除害！」

張無忌大怒，踏步向前，便向史火龍衝去，心想：「擒賊先擒王，只要抓住了史火龍，好歹著落在他身上，逼問出義父的下落。」

掌棒龍頭和執法長老雙雙攔上。掌棒龍頭揮動鐵棒，執法長老右手鋼鉤、左手鐵拐，兩個人三件兵刃，同時向他打來。張無忌一聲清嘯，乾坤大挪移心法使出，叮噹一聲響，執法長老右手鋼鉤格開了掌棒龍頭的鐵棒，左手單拐向他脅下砸去。

旁邊傳功長老長刀遞出，叫道：「這小子武功怪異，大夥兒小心了。」呼呼兩刀，勁道剛猛，連砍張無忌胸口小腹。張無忌見他招數凌厲，叫道：「好刀法！」側身避開，左手食指點向他大腿。傳功長老長刀圈轉，橫刀向張無忌手指削去。這一下變招既快，刀鋒來勢更不差厘毫，單此一刀，已是武林中罕見高招。張無忌心中暗讚：「丐幫名揚江湖，百年不衰，幫中臥虎藏龍，果有傑出人材。」那日在彌勒廟中曾見玄冥二老和丐幫高手交戰，只是身藏樹中，不敢探首，所見不切，此刻親自交手，才知傳功、執法兩長老足可列名當世一流高手。掌棒龍頭火候較淺，卻也只稍遜一籌而已，又想趙敏手下的「八臂神劍」方東白當年也是丐幫長老，丐幫開幫數百年，幫中高手果然了得。

片刻之間，丐幫三老已和張無忌拆了二十餘招。陳友諒突然高聲叫道：「擺打狗陣！」羣丐嗬嗬高呼，刀光似雪，二十一名丐幫好手各執彎刀，將張無忌圍在垓心。這二十一人或口唱蓮花落，或呻吟呼痛，或伸拳猛擊胸口，或高叫：「老爺、太太，施捨口冷飯！」張無忌先是一怔，隨即明白，這些古怪的呼叫舉動，旨在擾亂敵人心神。只見羣丐腳步錯雜，然進退趨避，卻嚴謹有法。

掌棒龍頭大呼：「大夥兒上啊！」鐵棒向他胸口點到，執法長老的鉤拐也舞成兩團雪花，疾捲而至。張無忌先向左衝，身子卻向右方斜了出去，乾坤大挪移手法使將出來，但見白光連連閃動，噗噗噗之聲不絕，打狗陣羣丐手中的彎刀都讓他奪下拋上，一柄柄都插在大廳的正樑之上。二十一柄彎刀整整齊齊列成一排，每柄刀都沒入木中尺許。

猛聽得陳友諒叫道：「張無忌，你還不住手？」張無忌回過頭來，只見陳友諒手中執著一柄長劍，劍尖指在周芷若後心。此時周芷若已然醒轉，卻毫無招架之力。

張無忌冷笑道：「百年來江湖上都說『明教、丐幫、少林派』，教派以明教居首，幫會推丐幫爲尊，各位如此作爲，也不怕辱沒了洪七公老俠的威名？」

傳功長老怒道：「陳長老，你放開周姑娘，我們跟張教主決一死戰。丐幫傾全幫之力，拾奪不下明教教主孤身一人，竟要出此下策。咱們大夥兒還有臉面做人麼？」

陳友諒笑道：「大丈夫寧鬥智，不鬥力。張無忌，你還不束手待縛？」

張無忌大笑道：「也罷！今日教張無忌見識了丐幫的威風。」突然間倒退兩步，向後一個空心觔斗，凌空落下，雙足已騎在丐幫幫主史火龍的肩頭。他右掌平放在史火龍的頂門，左掌拿住他後頸的經脈。這一招聖火令武功竟如此輕易得手，連張無忌自己也頗出意料之外。他原意是使一招怪招、出其不意的欺近史火龍，心中算定了三招厲害後著，要快如閃電的將史火龍擒拿過來，只怕陳友諒心狠手辣，說不定眞的會向周芷若猛下毒手。那知他所想好的三招厲害殺手竟一招也使不上，史火龍不經招架，便已受擒。他騎在史火龍肩頭，猶如兒童與大人戲耍一般。

羣丐見幫主遭擒，齊聲驚呼。張無忌右手手掌平平按在史火龍頂門的「百會穴」上，那「百會穴」是足太陽經和督脈之交，最是人身大穴，他只須掌力輕輕一吐，史火龍立時經脈震斷而斃。羣丐誰也不敢動彈。一陣呼喝過後，大廳上突然間一片寂靜，人人睜大了雙眼望著張無忌和史火龍，不知如何是好。

正在此時，忽聽得屋頂上傳下來輕輕數響琴簫和鳴之聲，似是有數具瑤琴、數枝洞簫同時奏鳴。樂聲縹緲宛轉，若有若無，但人人聽得十分清楚，只是忽東忽西，不知是從屋頂的那一方傳來。張無忌大奇，實不知這琴簫之聲是何含意。陳友諒朗聲道：「何方高人駕臨丐幫？倘爲明教羣魔，不妨就此現身，何必裝神弄鬼？」

瑤琴聲錚錚錚連響三下，忽見四名白衣少女分從東西簷上飄然落入庭中，每人手中都抱著一具瑤琴。這四具琴比尋常的七絃琴短了一半，窄了一半，但也七絃齊備。四名少女落下後分站庭中四方。跟著門外走進四名黑衣少女，每人手中各執一枝黑色長簫，這簫卻比常見的洞簫長了一半。四名黑衣少女也分站四角。四白四黑，交叉而立。八女手中的瑤琴、洞簫似均爲金屬所製，長短尺寸，可作攻防兵刃。

八女站定方位，四具瑤琴上響起樂調，接著洞簫加入合奏，樂音極盡柔和幽雅。張無忌不懂音樂，然覺這樂聲宛轉悅耳，雖身處極緊迫的局面之下，也願多聽一刻。

悠揚樂聲之中，緩步走進一個身披淡黃輕紗的女子，左手攜著一個十二三歲的女童。那女子約莫二十六七歲年紀，風姿綽約，容貌絕美，只臉色太過蒼白，竟無半點血色。那女童卻相貌醜陋，鼻孔朝天，一張闊口，露出兩個大大門牙，直有凶惡之態。她一手拉著那個美女，另一手卻持一根青竹棒。

羣丐一見這兩個女子進來，目光不約而同的都凝視著那根青竹棒。張無忌見這許多女子進來，自己仍騎在史火龍肩頭，覺得未免太過兒戲，但陳友諒的劍尖不離周芷若後心，自己可不能輕易放了丐幫幫主。但見羣丐人人目不轉睛的瞪著那女童手中的竹棒，似乎天下唯有這根竹棒才是第一要緊的物事，甚麼白衣少女、黑衣少女、黃衫美女，以及這個醜女童本人，誰都對之視若無物。他暗暗詫異，打量這竹棒時，只見那棒通體碧綠，精光溜滑，不知多少年來經過多少人的摩挲把弄，但除此之外，卻也別無異處。

那黃衫美女目光一轉，猶似兩道冷電，掠過大廳上衆人，最後停在張無忌臉上，冷冰冰的道：「張教主，你年紀也不小了，正經事不幹，卻在這兒胡鬧。」這幾句話中微含責備之意，但辭語頗爲親切，猶似長姊教訓幼弟一般。

張無忌臉上一紅，分辯道：「丐幫的陳長老以卑鄙手段，制住我的……我的同伴，我只好擒住他們幫主。」那美女微微一笑，柔聲道：「將人家幫主當馬騎，不太過份一點嗎？我從長安來，道上聽人說明教教主是個小魔頭，今日一見，唉，唉！」說著螓首輕搖，頗有不以爲然的神色。

史火龍突然大叫：「張無忌你這小淫賊，快快下來！」想伸手去扳他腿，苦於後頸經脈被拿，半點勁道也使不出來。張無忌聽他當著婦道人家斥罵自己爲「小淫賊」，又羞又怒，左手一股內力從他後頸透了過去。史火龍全身酸痳難當，忍不住大聲「啊喲，啊喲」的呻吟起來。

羣丐見敵人如此無禮，而本幫幫主卻又這等孱弱，無不羞憤交集，均覺史火龍在敵人手下居然出聲呻吟，實大失英雄好漢的身分，別說他是江湖上第一大幫之主，便尋常一個丐幫弟子，也不該對敵人這等示弱。

陳友諒道：「張無忌，你放開我們史幫主，我便收劍如何？」他不待對方答應，當即還劍入鞘。他料得這一著必可收效，果然張無忌說道：「甚好。」身形一晃，已站在周芷若身邊，但見她雙眉深鎖，神情委頓，不由得甚是憐惜，扶她在庭中一張石鼓凳上坐下。

陳友諒轉向那黃衫美女，拱手說道：「芳駕惠臨敝幫，不知有何教言？尊姓大名，可得見示否？」又問那醜陋女童道：「小姑娘，你這根竹棒是那裏來的？」

那黃衫美女冷冷的道：「混元霹靂手成崑在那裏？請他出來相見。」張無忌聽到「混元霹靂手成崑」七字，心下大奇，卻見陳友諒臉上陡然變色。但他神色迅即寧定，淡淡的道：「混元霹靂手成崑？那是金毛獅王謝遜的師父啊。你該問明教張教主才是。」黃衫美女道：「閣下是誰？」陳友諒道：「在下姓陳，草字友諒，是丐幫的八袋長老。」

黃衫美女嘴角向史火龍一撇，問道：「這傢伙是誰？模樣倒是雄糾糾的，怎地如此膿包？給人略加整治，便即大呼小叫，不成樣子！」

羣丐都感臉上無光，暗自羞慚，有些人瞧向史火龍的眼色之中，已帶著三分輕蔑，兩分氣惱。陳友諒道：「這位便是本幫史幫主。他老人家近來大病初愈，身子不適。你是客人，我們讓你三分。若再胡言亂道，得罪莫怪。」說到最後兩句，已聲色俱厲。

那黃衫美女神色漠然，向一名黑衣少女道：「小翠，將那封信還了給他。」那黑衣少女應道：「是！」從懷中取出一封信來，托在手中。張無忌一瞥，見封皮上寫著：「面陳明教韓大爺山童親啓」，另一行寫著四個小字：「丐幫史緘。」

掌棒龍頭一見那信，登時滿臉紫脹，罵道：「小賤婢，原來途中一再戲弄老子的偷信賊，便是你這死丫頭。」挺起手中鐵棒，便要撲上前去廝拚。那黑衣少女格格一笑，說道：「我丫頭是丫頭，可是沒死。這麼大的人，連封信也看不住，不害羞。」說著纖手一揚，那封信平平穩穩的向著掌棒龍頭飛來。掌棒龍頭當即一把抓住。

張無忌那晚曾見史火龍命掌棒龍頭送信去給韓山童，以韓林兒爲要挾，脅他歸降丐幫，此時聽了這番對答，料知必是那些白衣黑衣少女途中戲耍掌棒龍頭，盜了他的書信，以致他迫得重返盧龍。但掌棒龍頭武功精強，聽他說話，竟是直至此刻方知戲耍他的人是誰，那麼這八名少女若非有過人的機智，便是身具極高武功，更可能是那黃衫美女暗中主持，將一位丐幫高手耍得團團亂轉。想到此處，不禁對那黃衫女子好生感激。

那黃衫女子說道：「韓山童起義淮泗，驅逐韃子，道路傳言，都說他仁厚好義，不擾百姓。既是這麼一位英雄人物，豈能爲了兒子而背叛明教，投降丐幫？你們就算將這信送到韓大爺手中，那也只自討沒趣而已。我見這位龍頭大哥胡塗得可笑，又因丐幫中有件大事，須他親自在場，才截下他的信來。」

張無忌抱拳道：「多謝大姊援手相助，張無忌有禮。」黃衫女子還了一禮，道：「不必客氣。」她又向丐幫衆人道：「你們以爲擒住了韓林兒，便能逼迫韓山童投降麼？掌棒龍頭大哥，那日你在道上接連受阻，以爲改行小道，便能避過麼？嘿嘿，就算避過了，這信送到韓山童手中，於你丐幫也沒好處。」

陳友諒心中一動，接過那封信來，只見封皮完好無缺，撕開封皮，抽出信箋，一瞥之下，臉色登時大變。本來一封向韓山童招降的信，已變成丐幫向明教投誠的降書，文字中卑躬屈膝，極盡謙抑，自罵入元以來所作所爲實屬萬惡不赦，自今而後，決定痛改前非，務懇明教寬洪大量，既往不咎，請收錄作爲下屬，俾爲驅趕元虜的馬前先行。

黃衫女子冷笑道：「不錯，這信我是瞧過啦，可不是我改的。我看了此信才知掌棒龍頭早已著了人家手腳，上了大當。我念著跟丐幫上一代的淵源，雅不願威名赫赫的天下第一大幫，到今日如此出醜露乖，這才截了下來。你們想想，此信由丐幫掌棒龍頭親手送到明教手中，丐幫今後還有顏面立足於江湖之上麼？」

傳功長老、執法長老、掌鉢龍頭、掌棒龍頭等先後接過信來，一看之下，無不驚怒，卻又不禁暗叫：「慚愧！」果如黃衫女子所言，這封卑辭奴言、沒半分骨氣的降書一落入明教之手，丐幫醜名揚於天下，所有丐幫弟子再難在人前直立。如此說來，黃衫女子截下這封書信，實是幫了丐幫一個大忙。然則偷換書信，卻又是何人？

黑衣少女小翠笑道：「你們想問：這封信是誰換的，是不是？」丐幫不答，但人人臉上均露出急欲知曉的神色。小翠道：「掌棒龍頭，你除下外袍，便知端的。」

掌棒龍頭早已滿臉脹得通紅，頸中青筋根根凸起，聽得此言，當即雙手拉住外袍兩邊衣襟一扯，噗噗數聲輕響過去，扣子盡數崩斷。他向後一甩，已將外袍丟下，喝道：「那便怎地？」只聽得他身後羣丐齊聲「咦」的驚呼，似乎瞧到了甚麼怪異物事。掌棒龍頭道：「甚麼？」轉過身來，只見六七人指著他的背脊。掌棒龍頭更是焦躁，雙手一陣亂扯，撕破內衫前襟，將貼肉的衣衫除下，露出一身虬纏糾結的肌肉，揮過內衫一瞧，只見衫上用靛青繪著一隻青色大蝙蝠，雙翼大張，猙獰可怖，口邊點著幾滴紅色血點。

傳功長老、執法長老等齊聲叫道：「青翼蝠王韋一笑！」

韋一笑從前少到中原，聲名不響，但近年來在江湖上神出鬼沒、大顯身手，威名之盛，已頗不下於白眉鷹王。張無忌心下暗喜：「若非韋蝠王這等來無影、去無蹤的輕功，原難戲弄得這掌棒龍頭全無知覺。」

掌棒龍頭一怔，提起那件內衫，劈臉向張無忌打來，罵道：「好啊，原來是你們這批魔崽子戲弄老夫。」張無忌衣袖輕拂，那內衫爲一股勁風帶得冉冉上升，掛在庭中一株銀杏樹椏枝之上，臨風飄揚，衫上那隻吸血大蝙蝠更顯得栩栩如生。張無忌笑道：「掌棒龍頭，敝教韋蝠王手下留情，你難道不知麼？他當日若要取你性命，你便怎樣？」掌棒龍頭一想，不由自主的打個寒噤。

陳友諒心知此事越鬧越臭，只有擱下不理，是爲上策，問那黃衫女子道：「請問姑娘高姓，不知跟我們有何淵源？」

黃衫女子冷笑道：「我跟你們有甚麼淵源？我只跟這根打狗棒有些淵源。」說著向醜女童手中的青竹棒一指。

羣丐早認出這是本幫幫主信物打狗棒，卻不明何以會落入旁人手中，各人的眼光都瞧著史火龍，但見他臉色慘白，不知所措。傳功長老問道：「幫主，這女孩拿著的打狗棒，是假的麼？」史火龍道：「我……我看多半是假的。」

黃衫女子道：「好，那麼你將眞的打狗棒取將出來，比對比對。」史火龍道：「打狗棒是丐幫至寶，怎能輕易示人？我也沒隨身攜帶，若有失落，豈不糟糕？」羣丐一聽，都覺這句話不成體統，身爲丐幫幫主，怎會怕打狗棒失落？

那女童高舉竹棒，大聲道：「大家來看。這打狗棒是本幫……本幫一代代傳下來的棒兒，怎麼會假？」羣丐聽她口稱「本幫」，暗自驚奇，走近細看，見這棒晶潤如玉，堅硬勝鐵，確是本幫幫主的信物打狗棒無疑。各人面面相覷，不明其理。

黃衫女子道：「素聞丐幫幫主以降龍十八掌及打狗棒法二大神功馳名天下。小虹，你先向史幫主討教討教降龍十八掌的功夫。小玲，你待小虹姊姊勝了之後，再向史幫主討教討教打狗棒法的功夫。」兩名手持長簫的少女應聲躍出，分站左右。

陳友諒怒道：「姑娘不肯見示姓名，已沒將丐幫改在眼中，更令兩名小婢向我們幫主挑戰，江湖上焉有這個道理？史幫主，待弟子先料理了這兩個丫鬟，再來領教這位姑娘的高招。咱們要瞧瞧到底是何方高人，如此輕視丐幫。」史火龍道：「他奶奶的，很好，就請陳長老下場。」陳友諒唰的一聲拔出長劍，緩步走到中庭。

那少女小虹道：「姑娘叫我討教降龍十八掌，你會這路掌法麼？使降龍十八掌是用劍的麼？」陳友諒喝道：「史幫主何等身分，怎能跟你小丫頭動手過招？降龍十八掌的神功，豈是你小丫頭輕易見得的？」說著又踏上一步。

黃衫女子向張無忌道：「張教主，我求你一件事。」張無忌道：「姑娘請說。」黃衫女子道：「請你將這姓陳的傢伙攆了開去，將那冒充史幫主的大騙子揪將出來。」

張無忌先前只一招便將史火龍擒住，覺得他武功實在平庸之極，再想起那日韓林兒一口濃痰吐去，史火龍竟沒能避開，心下早已起疑，又見他事事聽陳友諒指點，自己沒半點主意，憑他武功、識見，決不能爲丐幫之主，這時聽黃衫女子說他是「冒充幫主的大騙子」，前後一加印證，已自明白了六七成，一點頭，已欺到史火龍身前。

史火龍一招「沖天炮」打出，砰的一拳，打在張無忌胸口。張無忌哈哈大笑，說道：「降龍十八掌神功，是這般膿包嗎？」伸手抓住他胸口衣襟，將他提起。陳友諒自知非張無忌敵手，不等他動手，已自行退入人叢。

那醜女童突然放聲大哭，撲將上來，抓住史火龍亂撕亂打，叫道：「你害死我爹爹，害死我爹爹，你這惡賊！」史火龍給張無忌拿住後心穴道，動彈不得，他身裁高大，那女童的小拳頭只打到他肚子。張無忌手臂一拗，將他腦袋揿了下來。女童抓住他頭髮一扯，史火龍滿頭頭髮忽然盡皆跌落，露出油光晶亮的一個光頭。原來他竟是個禿頭，頭上戴的是假髮。亂抓之下，女童忽然又抓下了他一塊鼻子，卻無鮮血流出。

衆人驚奇已極，凝目細看，原來他鼻子低塌，那高鼻子也是假裝的。羣丐一陣大嘩，齊問：「你是誰？怎地來冒充史幫主？」

張無忌提起他身子重重一頓，只摔得他七葷八素，半晌說不出話來。張無忌微微一笑，自行退開，心想此人冒充史火龍，眞相既已大白，自有羣丐跟他算帳。

掌棒龍頭性如烈火，上前左右開弓，啪啪啪啪打了他七八個重重耳光。那假幫主雙頰紅腫，大叫：「不干我事，不干我事。是陳……陳長老叫我幹的。」執法長老心頭一凜，喝道：「陳友諒呢？」卻已不見陳友諒人影，料想他一見事情敗露，早逃之夭夭。執法長老道：「快追他回來！」數名七袋弟子應聲而出，追出門去。

掌棒龍頭罵道：「直娘賊！你是甚麼東西，要老子向你磕頭、叫你幫主。」提起蒲扇大的巴掌，又要往他臉上摑去。

執法長老忙伸手格開，說道：「馮兄弟不可魯莽。你一掌打死了他，甚麼事都查不出來了。」轉身向那黃衫女子抱拳行禮，恭恭敬敬的道：「若非姑娘拆穿此人奸謀，我們至今兀自蒙在鼓裏。姑娘芳名可能見示否，敝幫上下，同感大德。」

黃衫女子淡淡一笑，道：「小女子幽居深山，自來不與外人往還，姓名也沒甚麼用處。至於這一位小妹妹，你們之中難道沒人認得她嗎？」

羣丐瞧著這個女童，沒一人認得。傳功長老忽地心念一動，踏上一步，道：「她……她……她的相貌有點像史幫主夫人哪……莫非……莫非……」

黃衫女子道：「不錯，她姓史名紅石，是史火龍史幫主的獨生女兒。史幫主臨危之時，要他夫人抱了這孩子，攜帶打狗棒前來找我，爲他報仇雪恨。」

傳功長老驚道：「姑娘，你說史幫主已經歸天了？他……他老人家是怎麼死的？」

丐幫神功「降龍十八掌」，在北宋年間本爲廿八掌，當時幫主蕭峯武功蓋世，卻因契丹人身分遭驅除出幫，他去繁就簡，將廿八掌減了十掌，成爲降龍十八掌，由義弟靈鷲宮虛竹子代傳，由此世代傳承。到南宋末年，雖繼位幫主耶律齊得岳父郭靖傳授而學全，但此後丐幫歷任幫主，因根柢較欠，最多也只學到十四掌爲止。史火龍所學到的共十二掌，他在二十餘年之前，因苦練這門掌法時內力不濟，得了上半身癱瘓之症，雙臂不能轉動，自此攜同妻子，到各處深山尋覓靈藥治病，將丐幫幫務交與傳功、執法二長老，掌棒、掌缽二龍頭共同處理。

但二長老、二龍頭不相統屬，各管各的，幫中污衣、淨衣兩派又積不相能，以致偌大一個丐幫漸趨式微。待這假幫主最近突然現身，年輕的丐幫弟子從未見過幫主，而傳功長老等人和史火龍一別二十餘年，見這假幫主相貌甚似，又有誰想得到竟會是假冒的？

黃衫女子嘆了口氣，說道：「史幫主是喪生在混元霹靂手成崑的手下。」

張無忌「咦」了一聲，心想自己在光明頂上親眼見到成崑屍橫就地，怎麼會去殺死史火龍？那麼定是他在上光明頂之前幹的事了，問道：「請問姑娘，史幫主喪生已有多久了？」黃衫女子道：「去年十月初六，距今兩月有餘。」張無忌道：「這就奇了。不知姑娘何以得知是成崑那老賊下的毒手？」

黃衫女子道：「史夫人言道：史幫主和一名老者連對一十二掌，那老者嘔血而走。史幫主也為那老者掌力所傷。史幫主自知傷重不治，料想那老者三日之後，必定元氣恢復，重來尋釁，當即向夫人囑咐後事，說出仇人姓名，乃混元霹靂手成崑。史幫主雙臂癱瘓之症，其時已愈了九成，他曾得降龍十八掌中的十二掌眞傳，武功已是江湖上一流高手，但竭盡全力，十二掌使完，仍難逃敵人毒手。」女童史紅石聽到這裏，放聲大哭。

傳功長老臉現悲憤之色，將骯髒的衣袖為史紅石擦去淚水，說道：「小世妹，幫主之仇，即我幫上下數萬弟子之仇，咱們終當擒住那混元霹靂手成崑，碎屍萬段，以報幫主大恨。不知你媽媽眼下在那裏？」

史紅石指著黃衫女子，說道：「我媽媽在楊姊姊家裏養傷。」衆人直至此時，方知那黃衫美女姓楊，至於她是何等人物，仍猜不到半點端倪。

黃衫女子輕輕嘆了口氣，說道：「史夫人中了成崑一指『幻陰指』，傷勢不輕，長途跋涉來到舍下，已奄奄一息，今後是否能夠痊可，那也……那也難說。」

執法長老恨恨的道：「這成崑不知跟老幫主有何仇怨，竟爾下此毒手？」黃衫女子道：「據史夫人轉述史幫主遺言，他和這成崑素不相識，仇怨兩字，更無從說起。因此他老人家直到臨終，仍不明原由。據史夫人推測，多半是丐幫中人甚麼地方得罪了成崑，因而找到史幫主頭上。」執法長老沉吟道：「這成崑爲了躲避謝遜，數十年前便已在江湖上銷聲匿跡，不知所終，丐幫弟子怎能和他結仇？看來其中必有重大誤會。」

掌缽龍頭一直在旁靜聽，一言不發，這時突然抓起一柄彎刀，架在那假冒史火龍的禿子頸中，喝道：「你叫甚麼名字？爲甚麼膽敢假冒史幫主？快快說來，若有半字虛言，哼，哼！」說著彎刀一斜，將一張椅子劈爲兩半，隨即又架在那禿子頸中。

那禿子嚇得魂不附體，道：「我……我……小人名叫癩頭黿劉敖，本是山西解縣亂石岡山寨中的一名頭目，那天下山做沒本錢買賣，撞到了陳友諒陳長老，還有陳長老的師父……」張無忌插口問道：「陳長老的師父是誰？」那禿子劉敖道：「他師父是個老和尚，身子很瘦，武功可高得很了，叫甚麼法名，小人卻不知道。」

執法長老沉吟道：「陳友諒出身少林派，他師父是少林寺的高僧，法名圓眞，早就圓寂了。他……他還有甚麼師父？」張無忌道：「圓眞就是混元霹靂手成崑！」於是將成崑化名圓眞、混入少林寺拜神僧空見爲師等情由簡略說了，跟著又說圓眞如何偷襲光明頂，終於爲殷野王所擊斃，其後屍身卻又突然不見。

掌缽龍頭道：「多半成崑在光明頂上並沒死，他裝了假死，混亂中悄悄溜走了。」張無忌道：「正是。若不是他又去和史幫主動手，害死了這位大高手，誰也不知成崑尚在人世。」掌缽龍頭又問劉敖：「你遇到陳長老和他師父，卻又如何？」

劉敖身子發抖，顫聲道：「那天陳長老一腳將小人踢翻了，提劍要殺，小人忙磕頭求饒。陳長老對小人左瞧右瞧，忽然說道：『師父，這小賊挺像咱們前天所見的那個人哪！』他師父搖頭道：『嘿嘿，年紀不對，鼻子塌了，又是個禿頭。』陳長老笑道：『弟子有法子弄他像來。』於是叫小人跟著他們到解縣，住在客店之中。陳長老去弄了些石膏，裝高了小人鼻子，又叫我戴上假的白頭髮，喬扮成這等模樣……各位老爺，小人便有天大膽子，也不敢來戲弄諸位，只不過陳長老這麼說，小人只好跟著照做。操他娘的，小人狗命一條，全揑在他手裏，那……那是無可奈何。小人家中還有八十歲的老娘，衆位大爺饒命則個。」說著雙膝跪倒，磕頭便如搗蒜。

傳功長老怒道：「原來罪魁禍首竟是陳友諒這奸賊。他師徒二人野心勃勃，妄圖獨霸天下，是以害死了史幫主，命這小毛賊冒充，做他們傀儡，再想進一步挾制明教，籠絡少林、武當、峨嵋三大派。這奸計不可謂不毒，野心不可謂不大。宋青書呢？宋青書到那裏去了？」各人這些時候中只注視著丐幫幫主、黃衫女子、史紅石等人，沒防到宋青書竟也步著陳友諒後塵，不知何時溜之大吉了。

說到此時，印證各事，陳友諒的一番陰謀終於全盤暴露。

傳功長老向黃衫女子深深一揖，說道：「姑娘有大德於敝幫，丐幫不知何以爲報。」

黃衫女子淡淡一笑，說道：「我先人和貴幫上代淵源甚深，些些微勞，何足掛齒？

這位史家小妹妹，你們好好照顧。」躬身一禮，黃影一閃，已掠上屋頂。

傳功長老叫道：「姑娘且請留步。」

那四名黑衣少女、四名白衣少女一齊躍上屋頂，琴聲叮咚、簫聲嗚咽，片刻間琴簫之聲飄然遠引，曲未終而人已不見，倏然而來，倏然而去。眾人心下均感一陣悵惘。

傳功長老攜了史紅石的手，向張無忌道：「張教主，且請進廳內說話。」羣丐恭恭敬敬的站在一旁，請張無忌先行。張無忌走進廳內，和傳功長老等分賓主坐定，周芷若坐在他肩下。張無忌請問了傳功長老、執法長老諸人的姓名後，便道：「曹長老，我義父金毛獅王若在貴幫，便請出來相見，否則亦盼示知他老人家的下落。」

傳功長老嘆了口氣，道：「陳友諒這奸賊玩弄手段，累得丐幫愧對天下英雄。不瞞張教主說，謝大俠和這位周姑娘，確是我們在關外合力請來。我們在茶水裏放入了敝幫獨門迷藥，迷倒了謝大俠和周姑娘，就請他兩位大駕到了此間。陳友諒說，要著落在謝大俠身上追尋屠龍寶刀，而周姑娘呢，則是收伏武當派和明教的香餌。六日之前的晚間，謝大俠突然擊斃了看守他的敝幫弟子，脫身而去。所斃丐幫人眾，棺木尚停在後院未葬。張教主若是不信，可請移駕到後院審察。」

張無忌聽他言語誠懇，何況那晚丐幫弟子屍橫斗室，自己親眼目睹，便道：「曹長老既如此說，在下焉敢不信？」又問：「從盧龍一路向西，留有敝教聯絡的記號，在下查得卻非本教兄弟所作，不知此事跟貴幫是否有關？」

傳功長老道：「說不定是陳友諒那廝所作的手腳，說來慚愧，兄弟實無所知。」

張無忌點點頭，轉頭問史紅石道：「小妹妹，這位楊姊姊住在那裏？你從前識得她麼？」史紅石搖頭道：「我從前不識。爹爹死後，媽媽同我帶了爹爹的竹棒兒，坐車走了好幾天，就不坐車了，上山去。媽媽走不動了，歇一歇，在地下爬了一會，後來到了樹林外邊。媽媽大叫幾聲，一個穿黑衣的小姊姊從林中出來，後來楊姊姊出來，問了媽媽許多話，拿這棒兒去了半天。後來媽媽昏了過去。後來楊姊姊便帶了我，又帶了八個穿白衣裳、黑衣裳的小姊姊，坐了車子來啦。」她年紀幼小，說不出個所以然，問到地名日子，也是一概不知，從她口中竟探不到半點端倪。

傳功長老道：「貴教韓山童大爺的公子，尚在敝幫。」他轉頭吩咐了幾句，一名丐幫弟子匆匆進去。過不多時，只聽得韓林兒破口大罵的聲音從後堂傳出：「你們這些不得好死的臭叫化，又來欺騙老子！我們張教主身分何等尊貴，豈能駕臨到你們這臭叫化窩來？你乘早殺了老子，要我投降，想也休想！」丐幫衆長老聽了，均有尷尬之色。

張無忌敬重韓林兒的骨氣爲人，站起身來，搶上幾步，見他怒氣沖沖的從後壁大踏步走出來，便道：「韓大哥，我在這裏，這幾天委屈了你啦。」

韓林兒一怔，不勝之喜，當即跪下拜倒，說道：「教主，果然是你老人家來啦，這可想煞了小人。你快傳下號令，將這些臭叫化兒殺個乾淨。」張無忌含笑扶起，說道：「韓大哥，丐幫諸位長老也是中了旁人奸計，致生誤會。此刻已分解明白，大家成了好朋友。韓大哥瞧在兄弟面上，不必介意。」韓林兒站起身來，向傳功長老等怒目而視，本想痛罵幾句，一出心中怨氣，但教主既已如此吩咐，只得強自忍耐。

執法長老道：「張教主今日光降，實是敝幫莫大榮寵。快整治筵席！大夥兒一來竭誠歡迎張教主，二來向峨嵋派周掌門致歉，三來向韓大哥賠罪。」早有衆弟子答應了下去。張無忌心懸義父安危，有許多話要向周芷若詢問，實在無心飲食，當即抱拳說道：「諸位美意，甚是感謝。只是在下急於尋訪義父，只好日後再行叨擾，莫怪，莫怪。」

傳功長老等挽留再三。張無忌見其意誠，倘若就此便去，不免得罪了丐幫，只得留下與宴。席間丐幫諸高手又鄭重謝罪，並說已派丐幫中弟子四出尋訪謝遜下落，一有訊息，立即遣急足報與明教知道。張無忌謝了，與諸長老、龍頭席上訂交，痛飲而散。

張無忌、周芷若、韓林兒三人當晚便在盧龍一家小客店中歇宿。張無忌睡不著覺，獨自走到郊外一座小山岡上，背倚大樹，靜下心來，思量義父到底到了何處，要如何救他脫險，這是目前第一急務。尋思：「先前我只道成崑已死，許多疑惑不解之事，便沒往他身上想去。既知他尚在人世，不少疑竇當可有了線索。

「武林中人個個要找我義父，自是為了他那口『武林至尊』的屠龍寶刀。范右使曾說，他得知汝陽王和成崑處心積慮要滅了我教，便是因跟蹤成崑而起。那是二十多年前的事了。金剛門的阿二、阿三以金剛指力折斷俞三伯的四肢，其時爹爹和媽媽還沒成婚，我尚未出世。後來鶴筆翁打了我一掌玄冥神掌，想逼我說出義父的所在，用意都是在劫奪屠龍刀。汝陽王執掌兵馬大權，這些江湖上的行徑他未必知道。這一切勾當，多半是出於成崑的計謀。如此說來，俞三伯殘廢、我爹娘自盡、太師父和眾師伯叔為了救我而受盡辛苦、我幼時身中陰毒的苦處，都是成崑這廝所造的孽！

「他作惡決不會至此而止。此後則是他和趙敏二人聯手所幹的了，六大派高手被擒、綠柳山莊下毒等事，他也必有份。現今他又和陳友諒合謀，嘿嘿嘿，當眞了不起！成崑這惡賊投效汝陽王，志在滅我明教，決非只為了貪戀一場富貴……」一想到成崑和陳友諒的陰險狠辣，再加上一個趙敏，三人都是當世一等一的厲害腳色，這三人跟明教作對，自己雖有楊逍、范遙、外公、韋蝠王等好手相助，只怕也不是他們對手。想到這裏，不禁額頭汗水涔涔。

他越想越驚：「義父和芷若跟我分手只半天，便讓丐幫用迷藥擒了去。丐幫那些看守的弟子，只怕不是我義父殺的……啊喲，莫非是成崑下的手？那晚從窗中跳出來的，恐怕是成崑而不是義父。一路上我所見的明教聯絡記號，筆劃蒼勁有力，顯是有極深厚的內力。趙敏手下的好手中，玄冥二老不知我教聯絡方式，成崑那廝卻可能知道。他引我到冀北各地，多半是約好了玄冥二老，要圍攻於我，不知如何，他三人竟沒能聯手。難道是趙姑娘不許他們殺我？義父倘若落入了成崑手裏，那可糟糕之極了！

「成崑和陳友諒擒去義父，該當不是出於少林派之意。他們所以殺史火龍、命人假扮幫主，是爲了控制丐幫，繼而挾制武當派和明教，若不是汝陽王下的命令，便是出於成崑的私心，那麼義父極有可能是給囚禁在大都。我須得趕赴大都，設法聯繫楊左使等人，共同商議營救義父……」

突然間紅影閃動，一人迫到了趙敏身後，紅袖中伸出纖纖素手，五根手指向趙敏頭頂疾插而落。這一下兔起鶻落，迅捷無比，出手的正是新娘周芷若。

三十四　新婦素手裂紅裳

次日一早，張無忌、周芷若、韓林兒三人騎了丐幫那大財主所贈駿馬，沿官道西行。

韓林兒對教主十分恭謹，不敢並騎而行，遠遠跟在後面，沿途倒水奉茶，猶如奴僕般服侍張周二人。張無忌過意不去，說道：「韓大哥，你雖是我教下兄弟，但我敬你爲人，在公事上你聽我號令，日常相處，咱們平輩論交，便如兄弟朋友一般。」韓林兒甚爲惶恐，說道：「屬下對教主死心塌地的敬仰，平輩論交，如何克當？平時無緣多親近教主，今日得以小小盡心，服侍教主，實爲屬下平生之幸。」

周芷若微笑道：「我不是你教主，你卻不必對我這般恭敬。」韓林兒道：「周姑娘猶似天人一般，小人能跟你說幾句話，已是前生修來的福氣。言語粗魯，姑娘莫怪。」周芷若聽他說得誠懇，眼光中所流露的崇敬，實將自己當作了仙女天神。她自知容色清麗，青年男子遇到自己無不心搖神馳，但如韓林兒這般五體投地的拜倒，卻也是生平從所未遇，少女情懷，不禁欣喜。

張無忌問起她當日爲丐幫擒獲的經過。周芷若言道，那天他出了客店不久，店小二送了茶水進來，她和義父喝了幾口，突然覺得頭暈，義父說道：「小心，中了迷藥！」她想出去找兩碗淸水來喝了解毒，忽然有六七名丐幫弟子搶進房來，她不及抽劍抵禦，便即暈倒在地，和義父二人同時給送到盧龍，分別囚禁。

張無忌道：「我昨夜想了一會，倘若義父當眞爲成崑所擒，不妨上大都打探一下消息。京師是各路人物會聚之處，離此處又不遠，我想韋蝠王手中，多半會有若干線索。」周芷若抿嘴笑道：「你去大都啊，當眞是想見韋一笑麼？」張無忌明白她言中之意，不禁臉上一紅，說道：「也不一定找得到韋蝠王。若能遇上楊左使、范右使、彭和尚他們，也總能幫我出些主意。」周芷若微笑道：「有一位神機妙算、足智多謀的人兒，你到大都去找她，更能幫你出些好主意。楊左使、范右使、彭和尚他們，萬萬不及這位姑娘聰明。」

張無忌一直不敢跟她說起與趙敏相遇之事，這時聽她宛轉提及，不由得神色忸怩，說道：「你總是念念不忘趙姑娘，高興起來便損我兩句。」周芷若笑道：「念念不忘於她的，也不知是我呢，還是另有旁人。你自己作賊心虛，當我瞧不出你心中有鬼麼？」

張無忌心想自己與周芷若已有白頭之約，此後生死與共，兩情不貳，甚麼都不該瞞她，說道：「芷若，有一件事我該當與你說，請你別生氣。」周芷若道：「我該生氣便生氣，不該生氣便不生氣。」

張無忌登時話頭一窒，暗想自己曾對她發下重誓，決意殺了趙敏，爲表妹殷離報仇，但與趙敏相見後非但不殺，反而和她荒郊共宿，連騎並行，這番經過委實難以出口。他不善作僞，自覺羞慚，神色間便盡數顯了出來。

他沉吟之間，雙騎已奔近一處小鎭，眼見天色不早，便找一家小客店投宿。晚飯過後，他又爲周芷若在背心穴道上推拿一陣，雖然解穴的法門不合，但點穴後爲時已久，推拿後血脈運轉，給封住的穴道便即解開了。他暗想：「這點穴手法甚是奇妙，只怕不是丐幫諸長老下的手，否則昨日席間早該有人出來解穴。難道竟又是成崑？」便問：「你的穴道是給誰點中的？」周芷若道：「是個高高瘦瘦的老和尙，我本來不知他是誰，昨天聽你們席上所談，應該就是成崑了。」張無忌恨恨的道：「果然又是這惡廝！」

周芷若嫌客店中有股污穢霉氣，說道：「咱們到外面走走，活活血脈。」張無忌道：「好！」攜了她手，走到鎭外。

其時夕陽在山，西邊天上晚霞如血，兩人閒步一會，在一株大樹下坐了，但見太陽緩緩下山，周遭暮色漸漸逼來。張無忌鼓起勇氣，將彌勒廟中如何遇見趙敏、如何發現莫聲谷的屍體、如何和宋遠橋等相會、如何循著明教的火燄記號在冀北大兜圈子等情一一說了，說到最後，雙手握著周芷若的兩手，道：「芷若，你是我未過門的妻子，咱倆夫婦一體，我甚麼事也不瞞你。趙姑娘堅要再見我義父一面，說有幾句要緊的話問他。我當時便起了疑心，此刻回思，越想越害怕。」說到最後這幾句話，聲音也發顫了。

周芷若道：「你害怕甚麼？」張無忌只覺掌中的一雙小手寒冷如冰，也在輕輕發抖，便道：「我想起義父患有失心瘋之症，發作起來，人事不知。當年他瘋疾大發，竟要扼死我媽媽，他一對眼睛便是因此給我媽媽射瞎的。當我出生之時，義父又想殺死我爸爸媽媽，幸而聽到我的哭聲，這才神智清醒。我怕……我眞怕……」

周芷若道：「你怕甚麼？」張無忌嘆了口氣，道：「此話我本不該說，但我確是躭心，我表妹是……是……義父殺的。」周芷若跳起身來，顫聲道：「謝大俠仁俠仗義，對咱們後輩更是慈愛，怎會去殺殷姑娘？」張無忌道：「我不過憑空猜測，當然作不得準。就算我表妹眞爲義父所殺，那也是他老人家舊疾突發，猶如夢魘一般，決不是他老人家的本意。唉，這一切的帳，都該算在成崑那惡賊身上。」

周芷若沉思半晌，搖頭道：「不對，不對！咱們一齊中了『十香軟筋散』之毒，難道也是義父他老人家作的手腳？他又從何處得這毒藥？一個人心智突然胡塗，殺人倒也不奇，卻又怎會細心細致的在飲食之中下毒？」張無忌眼前猶如罩了一團濃霧，瞧不出半點光亮。周芷若冷冷的道：「無忌哥哥，你是千方百計，在想爲趙姑娘開脫洗刷。」

張無忌道：「倘若趙姑娘眞是兇手，她躲避義父尚自不及，何以執意要見義父，說有幾句要緊話問他？」周芷若冷笑道：「這位姑娘機變無雙，她要爲自己洗脫罪名，難道還想不出甚麼巧妙法兒麼？」她語聲突轉溫柔，偎倚在他身上，說道：「無忌哥哥，你是天下第一等的忠厚老實之人，說到聰明智謀，如何能是趙姑娘的對手？」

張無忌嘆了口氣，覺得她所言確甚有理，伸臂輕輕摟住她柔軟的身子，柔聲道：「芷若，我只覺世事煩惱不盡，即令親如義父，也教我起了疑心。世上諸般事務，我碰上了只感一團迷霧，當眞分辨不清，也處理不來。我只盼驅走韃子的大事一了，你我隱居深山，共享清福，再也不理這塵世之事了。」周芷若道：「你是明教的教主，倘若天如人願，眞能逐走了胡虜，那時天下大事都在你明教掌握之中，如何能容你去享清福？」

張無忌道：「我才幹不足以勝任教主，更不想當教主。何況我教上代教主留有遺訓大戒，我教教衆不得作官作府、爲帝爲皇，縱然驅除胡虜，明教也只能身處草野，護國保民，決不能自掌天下權柄。將來如天下太平，這一教之主，更非由一位英明智哲之士來擔當不可。」周芷若道：「明教上代當眞有這樣的規矩？如若將來的皇帝官府不好，難道明教又來殺官造反、重新幹過？我瞧這條規矩是要改一改的。你年紀尚輕，目下才幹不足，難道不會學麼？再說，我是峨嵋一派的掌門，肩頭擔子甚重。師父將這掌門人的鐵指環授我之時，命我務當光大本門，就算你能隱居山林，我卻沒這福氣呢。」

張無忌撫摸她手指上的鐵指環，道：「那日我見這指環落在陳友諒手中，心裏焦急得不得了，只怕你受了奸人的欺辱，恨不得插翅飛到你身邊。芷若，我沒能早日救你脫險，這些日子中，你可受了委屈啦。這鐵指環，他們怎麼又還了你？」

周芷若道：「是武當派的宋青書少俠拿來還我的。」

張無忌聽她提到宋青書的名字，突然想到她與宋青書並肩共席、在丐幫廳上飲酒的情景，問道：「宋青書對你很好，是不是？」周芷若聽他語聲有異，問道：「甚麼叫做『對我很好』？」張無忌道：「沒甚麼，我只隨便問問。宋師哥對你一往情深，不惜叛派逆父，弒叔謀祖，對你自然是很好的了。」

周芷若仰頭望著東邊初升的新月，幽幽的道：「你待我只要能有他一半的好，我就心滿意足了。」張無忌道：「我固然不及宋師哥這般痴情，對你確也是一片眞心，不過要我爲你做這些不孝不義之事，那也萬萬不能。」周芷若道：「爲了我，你是不能。爲趙姑娘，你偏能夠。你在那小島上立了重誓，定當殺此妖女，爲殷姑娘報仇。可是你一見她面，登時便將誓言忘得乾乾淨淨了。」

張無忌道：「芷若，只要我查明屠龍刀和倚天劍確是趙姑娘所盜，我表妹確是她害死的，我自不會饒她。但若她清白無辜，我總不能無端端的殺她。說不定我當日在小島上立誓，卻是錯了。」

周芷若不語。張無忌道：「我說錯了麼？」周芷若道：「不！我是想起在萬安寺的高塔之上，我也曾在師父跟前發過重誓。」張無忌登時想起荒島上周芷若所說，滅絕師太要她發的那幾句惡毒之極的重誓，說道：「芷若，那是作不得數的，當真作不得數的。你師父只道明教是爲非作惡的魔教，我是個奸邪無恥的淫賊，才逼你發此重誓。她老人家倘若得知眞相，定要教你免了此誓。」周芷若淚流滿面，泣道：「可是她……她老人家已經不知道啦。」說著撲在他懷裏，抽抽噎噎的哭個不休。

張無忌撫摸她柔髮，慰道：「你師父如地下有知，定不會怪你背誓。難道我眞是奸邪無恥的淫賊嗎？」周芷若抱著他腰，說道：「你現下還不是。可是你將來受了趙敏的蠱惑，說不定……說不定便奸邪無恥了。」張無忌伸指在她頰上輕輕一彈，笑道：「你把我瞧得忒也小了。你夫君是這樣的人麼？」

周芷若抬起頭來，臉頰上兀自帶著晶晶珠淚，眼中卻已全是笑意，說道：「也不羞，你已是我的夫君了麼？你再跟那趙敏小妖女鬼鬼祟祟，我才不要你呢。誰保得定你將來不會如那宋青書一般，爲了一個女子，便做出許多卑鄙無恥的勾當來。」

張無忌低下頭去，在她嘴唇上一吻，笑道：「誰叫你天仙下凡，咱們凡夫俗子，怎能把持得定？這是你爹爹媽媽不好，生得你太美，可害死咱們男人啦！」

突然之間，兩丈開外一株大樹後「嘿嘿」連聲，傳來兩下冷笑。張無忌正將周芷若摟在懷裏，一愕之間，只見一個人影連晃幾下，遠遠去了。

周芷若躍起身來，蒼白著臉，顫聲道：「是趙敏！她一直跟著咱們。」張無忌聽這兩下冷笑確是女子聲音，卻難以斷定是否趙敏，黑夜之中，又沒法分辨背影模樣，遲疑道：「眞是她麼？她跟著咱們幹麼？」周芷若怒道：「她喜歡你啊，還假惺惺的裝不知道呢！你們多半暗中約好了，這般裝神扮鬼的來耍弄我。」張無忌連叫冤枉。

周芷若俏立寒風之中，思前想後，不由得怔怔的掉下淚來。

張無忌左手輕輕摟住她肩頭，右手伸袖替她擦去淚水，柔聲道：「怎麼好端端地又流起淚來？若是我約趙姑娘來此，教我天誅地滅。你倒想想，要是我心中對她好，又知她人在左近，怎會跟你瘋瘋顚顚的說些親熱話兒？那不是故意氣她，讓她難堪麼？」

周芷若嘆道：「這話倒也不錯。無忌哥哥，我心中好生難以平定。」張無忌道：「爲甚麼？」周芷若道：「我總是忘不了對師父發過的重誓。又想這趙敏定然放不過我，不論武功智謀，我都跟她差得太遠。」張無忌道：「我自當盡心竭力，保護你周全。我怎容她傷我愛妻的一根毫髮？」周芷若道：「倘若我死在她手裏，那也罷了，只怪我自己命苦。怕的是你受了她迷惑，信了她的花言巧語，中了她的圈套機關，卻來殺我，那時我才死不瞑目呢。」

張無忌笑道：「那當真杞人憂天了。世上多少害過我、得罪過我的人，我都不殺，怎麼反而會殺你？」解開衣襟，露出胸口劍疤，笑道：「這一劍是你刺的！你越刺得我深，我越愛你。」周芷若伸出纖纖素手，輕輕撫摸他胸口傷痕，心中若不勝情，突然臉色蒼白，說道：「一報還一報，將來你便一劍將我刺死，我也不懊悔。」說著伸嘴吻他胸口傷疤。

張無忌伸臂將她摟在懷裏，柔聲道：「待咱們找到義父，便請他老人家替咱倆主婚，此後咱二人行坐不離，白頭偕老。只要你喜歡，再刺我幾劍都成，我重話兒也不說你一句。這麼著，你夠便宜了罷？」周芷若將臉頰貼上他火熱的胸膛，低聲道：「但願你大丈夫言而有信，不忘了今日的話。」

兩人偎倚良久，直至中宵，風露漸重，方回客店分別就寢。

次晨三人繼續西行，路上也沒發現趙敏的蹤跡。這天是大年初一，三人道上風塵僕僕，也沒心緒來慶賀新年，只周芷若買了幾條紅頭繩紮在頭髮上，給張無忌和韓林兒衣襟上掛一條紅布，算是添些喜氣。不一日來到大都，進城時已是傍晚，只見合城男女都在洒水掃地，將街道里巷掃得乾乾淨淨，每家門口都擺了香案。

張無忌等投了客店，問店夥城中有何大事。店小二道：「客官遠來不知，可卻也撞得眞巧，合該有眼福，明日是大遊皇城啊。」張無忌問道：「甚麼大遊皇城？」店小二道：「現下過了新年，明天是皇上大遊皇城的日子。皇上要到慶壽寺供香，數萬男男女女扮戲遊行，頭尾少說也有三四十里長，那才叫好看哩。客官今晚早些安息，明兒起個早，到玉德殿門外佔個座兒，要是你眼力好，皇上、皇后、貴妃、太子、公主，個個都能瞧見。你想想，咱們做小百姓的，若不是住在京師，那有親眼見到皇上的福氣？」

韓林兒聽得不耐煩起來，斥道：「認賊作父，無恥漢奸！韃子皇帝有甚麼好看？」店小二睁大了眼睛，指著他道：「你……你……你說這種話，不是造反麼？你不怕殺頭麼？」韓林兒道：「你是漢人，韃子害得咱們多慘，你居然皇上長、皇上短，還有半點骨氣麼？」那店小二見他兇霸霸的，轉身欲出。

周芷若手起一指，點中了他背上穴道，道：「此人出去，定然多口，只怕不久便有官兵前來拿人。京城裏的人，便有這麼無恥。」張無忌道：「無恥之人，到處都有，也不以京城中人爲然。」說著將那店小二踢入床底，笑道：「且餓他幾日，咱們走的時候再放他。」

過不多時，掌櫃的在外面大叫：「阿福，阿福，又在那裏嘮叨個沒完沒了啦！快給三號房客人打洗臉水！」韓林兒忍住好笑，拍桌叫道：「快送酒飯來，大爺們餓啦！」過了一會，另一名店小二送酒飯進來，自言自語：「阿福這小子想是去皇城瞧放煙花啦。這小子正經事不幹，便是貪玩。」

次日清晨，張無忌剛起床，便聽得門外一片喧嘩。走到門口，只見街上無數男女，個個衣衫光鮮，向北擁去，人人嘻嘻哈哈。炮仗之聲，四面八方的響個不停。周芷若也到了門口，道：「咱們也瞧瞧去。」張無忌道：「我跟汝陽王府的武士動過手，別給他們認了出來，既要去瞧，須得改扮一下。」和周芷若、韓林兒三人扮成了村漢村女模樣，用泥水塗黃了臉頰雙手，跟著街上眾人，擁向皇城。

其時方當卯末辰初，皇城內外已人山人海，幾無立足之地。張無忌雙臂前伸，輕輕推開人眾開道，到了延春門外一家大戶人家屋簷下，台階高起數尺，倒是個便於觀看的所在。站定不久，便聽得鑼聲噹噹，眾百姓齊呼：「來啦，來啦！」人人延頸而望。

鑼聲漸近漸響，來到近處，只見一百零八名長大漢子，一色青衣，左手各提一面徑長三尺的大鑼，右手鑼鎚齊起齊落。一百零八面大鑼噹的一聲同時響了出來，震耳欲聾。鑼隊過去，跟著是三百六十人的鼓隊，其後是漢人的細樂吹打、西域琵琶隊、蒙古號角隊，每一隊少則百餘人，多則四五百人。樂隊行完，兩面紅緞大旗高擎而至。一面旗上書著「安邦護國」，一面旗上書著「鎮邪伏魔」，旁附許多金光閃閃的梵文。大旗前後各有二百蒙古精兵衛護，長刀勝雪，鐵矛如雲，四百人騎的一色白馬。眾百姓見了這等威武氣概，都大聲歡呼。

張無忌暗自感嘆：「外省百姓對蒙古官兵無不恨之切骨，京師人士卻身為亡國奴而不知恥，想是數十年來日日見到蒙古朝廷的威風，竟忘了自己是亡國之身了。」

兩面大旗剛過去，突然間西首人叢中白光連閃，兩排飛刀直射出來，逕奔兩根旗桿。每排飛刀均是連串七柄，七把飛刀整整齊齊的插入旗桿。旗桿雖粗，但連受七把飛刀砍削，晃得幾晃，便即折斷，呼呼兩響，從半空中倒將下來。只聽得慘叫聲大作，十餘人讓旗桿壓住了。眾百姓大呼小叫，紛紛逃避，亂成一團。

這一下變起倉卒，張無忌等也大出意料之外。韓林兒大喜之下，正要喝采，驀地裏一隻軟綿綿的手掌伸了過來，按在口上，卻是周芷若及時制止他呼喝。

只見數百名蒙古兵各挺兵刃，在人叢中搜索搗亂之人。張無忌見發射這十四柄飛刀的手勁甚為凌厲，顯是武林好手所為，只因閒人阻隔，沒能瞧見放刀之人是誰。連他都沒見到，蒙古官兵自只亂鬨鬨的瞎搜一陣。過不多時，人叢中有七八名漢子給橫拖直曳的拉了出來，口中大叫：「冤枉……」蒙古兵刀矛齊下，立時將這些漢子當街殺死。

韓林兒甚為氣憤，說道：「放飛刀的人早走了，憑這些膿包官兵，也捉得到麼？卻來亂殺良民出氣。」周芷若低聲道：「韓大哥禁聲！咱們是來瞧大遊皇城，不是來大鬧皇城。」韓林兒道：「是。」不敢再說甚麼了。

亂了一陣，後邊樂聲又起，過來一隊隊吞刀吐火的雜耍、諸般西域秘技，只看得眾百姓喝采不迭，於適才血濺街心的慘劇，似乎已忘了個乾淨。其後是一隊隊的傀儡戲、耍缸玩碟的雜戲，更後是駿馬拖拉的綵車，每輛車上都有俊童美女扮飾的戲文，甚麼「唐三藏西天取經」、「唐明皇遊月宮」、「李存孝打虎」、「劉關張三戰呂布」、「張生月下會鶯鶯」等等，爭奇鬥勝，極盡精工。張無忌等三人一向生長於窮鄉僻壤，幾時見過這些繁華氣象，都暗稱今日大開眼界。

各綵車上插有錦旗，書明「臣湖廣行省左丞某某貢奉」、「臣江浙行省右丞某某貢奉」等字樣。越到後來，貢奉者的官爵愈大，綵車愈是華麗，扮飾戲文男女的身上，也越加珠光寶氣，髮釵頸鍊等竟也都是貴重的翡翠寶石。蒙古王公大臣爲討皇帝歡心，又各自誇耀豪富，都不惜工本的裝點貢奉綵車。

絲竹悠揚聲中，一輛裝扮著「劉智遠白兔記」戲文的綵車過去，忽然樂聲一變，音調古拙，綵車上一面白布旗子寫的是「周公流放管蔡」。車中一個中年漢子手捧朝笏，扮演周公，旁邊坐著一個穿天子衣冠的小孩，扮演成王。兩名大臣管叔、蔡叔交頭接耳，向周公指指點點。接著而來的一輛綵車，旗上寫的是「王莽假仁假義」，車中的王莽白粉塗面，雙手滿持金銀，向一羣寒酸人士施捨。其後是四面布旗，寫著四句詩道：「周公恐懼流言日，王莽謙恭下士時，若使當時便身死，千古忠佞有誰知。」

張無忌心中一動：「天下是非黑白，固非易知。周公是大聖人，當他流放管叔、蔡叔之時，人人說他圖謀篡位。王莽是大奸臣，但起初收買人心，舉世莫不歌功頌德。這兩個故事，當年在冰火島上義父都曾說給我聽過的。所謂路遙知馬力，日久見人心，世事眞僞，實非朝夕之際可辨。」又想：「這兩輛綵車與衆大不相同，其中顯然隱藏深意，主理之人，當是個胸有學識之人。」隨口將那四句詩唸了兩遍。

忽聽得幾聲破鑼響過，一輛綵車由兩匹瘦馬拉來。車子樸素無華，衆百姓遙遙望見，已鬨笑起來，都道：「這等破爛傢生，也來遊皇城，可不笑掉衆人的下巴麼？」

車子漸近，張無忌看得分明，不由得大吃一驚，車中一個大漢黃髮垂肩、雙目緊閉，盤膝坐在榻上，似足了金毛獅王謝遜。旁邊一個青衣美貌少女，手捧茶碗，殷勤服侍，相貌雖不如周芷若之清麗絕俗，但衣飾打扮，和她當日在萬安寺塔上時一般模樣。

韓林兒失聲道：「周姑娘，這人好像你啊。」周芷若哼了一聲，並不回答。張無忌回過頭去，見她臉色鐵青，胸口起伏不定，知她極是惱怒，伸手握住了她右手，一時猜不透這輛綵車是何用意。

只見那旦角笑嘻嘻的繞到淨角背後，伸出兩指，突然在假謝遜背上用力一戳。假謝遜「啊」的一聲大叫，倒撞下榻，假周芷若伸足將他踏住，提劍欲殺。衆百姓大聲喝采：「好啊，好啊，快殺了他！」跟著有六七名扮作丐幫幫衆的漢子上車，將假謝遜和假周芷若擒住。

張無忌此時更無懷疑，情知這車戲文定是趙敏命人扮演，料知他和周芷若要到大都來，是以這般羞辱周芷若一番。他俯身從地下拾起兩粒小石子，中指輕彈，嗤嗤連響，將車前的兩匹瘦馬右眼睛打瞎了。小石貫腦而入，兩馬幾聲哀嘶，倒地而斃。綵車翻了過來，車上的旦角、淨角和眾配角滾了一地，街上又是一陣大亂。

周芷若咬著下唇，輕聲道：「這妖女如此辱我，我……我……」說到這裏，聲音已哽咽了。張無忌只覺她纖手冰冷，身子顫抖，忙慰道：「芷若，這小渾蛋甚麼希奇百怪的花樣也想得出來，你別理會。只須我對你一片真心，旁人挑撥離間，我如何能信？」

說話之間，蒙古官兵已彈壓住眾百姓，拉開死馬，後面一輛輛綵車又絡繹而來。張無忌和周芷若只想著適才情事，也無心觀看車上戲文。綵車過完，只聽得梵唱陣陣，一隊隊身披大紅袈裟的番僧邁步而來。眾番僧過後，鐵甲鏘鏘，二千名鐵甲御林軍各持長矛，列隊而過，跟著是三千名弓箭手。弓箭手過盡，香煙繚繞，一尊尊神像坐在轎中，身穿錦衣的伕役抬著經過，甚麼土地、城隍、靈官、韋陀、財神、東嶽，以及諸般番神梵神：帝釋、大黑天、毗舍奴、四面佛等等，共是三百六十尊神像，最後一神是關聖帝君。眾百姓喃喃唸佛，有的便跪下膜拜。

神像過完，手持金瓜金鎚的儀仗隊開道，羽扇寶傘，一對對過去。眾百姓齊道：「皇上來啦，皇上來啦。」遠遠望見一座黃綢大轎，三十二名錦衣侍衛抬著而來。張無忌凝目瞧那蒙古皇帝，見他面目憔悴，委靡不振，一望而知是荒於酒色。皇太子騎馬隨侍，倒頗有英氣，背負鑲金嵌玉的長弓，不脫蒙古健兒本色。

韓林兒在張無忌耳邊低聲道：「教主，讓屬下撲上前去，一刀刺死了這韃子皇帝，也好爲天下百姓除一大害？」張無忌道：「不成，你去不得，韃子皇帝身旁護衛中必多高手，除非是我去。」張無忌左首一人忽道：「不妥，不妥。以暴易暴，未見其可也。」

張無忌、韓林兒、周芷若齊吃一驚，向這人看去，卻是個五十來歲的賣藥郎中，背負藥囊，右手拿著個虎撐。那人雙手拇指翹起，並列胸前，做了個明教的火燄手勢，低聲道：「彭瑩玉拜見教主。教主貴體無恙，萬千之喜。」

張無忌大喜，道：「啊，你是彭……」原來那人便是彭和尚，他化裝巧妙，站在身旁已久，張無忌等三人竟未察覺。彭瑩玉低聲道：「此間非說話之所。韃子皇帝除他不得。」張無忌素知他極有見識，點了點頭，不再言語，伸手抓住他左手輕搖數下。

皇帝和皇太子過後，又是三千名鐵甲御林軍，其後成千成萬的百姓跟著瞧熱鬧。街旁衆百姓都道：「瞧皇后娘娘、公主娘娘去。」人人向西擁去。周芷若道：「咱們也瞧瞧去。」四人擠入人叢，隨著衆百姓到了玉德殿外，只見七座重脊綵樓聳然而立，樓外御林軍手執藤條，驅趕閒人。百姓雖衆，但張無忌等四人既要擠前，自也輕而易舉，不久便到了綵樓之前。中間最高一座綵樓，皇帝居中而坐，旁邊兩位皇后，都是中年的胖婦人，全身包裹在珠玉寶石之中，說不盡的燦爛光華，頭上所戴后冠高高聳起，模樣怪異。皇太子坐於左邊下首，右邊下首坐著個二十來歲的女子，身穿錦袍，想必是公主了。

張無忌遊目瞧去，只見左首第二座綵樓中，一個少女身穿貂裘，頸垂珠鍊，巧笑嫣然，美目流盼，艷麗非凡，正是趙敏。公主和她相比，簡直是暗無顏色了。他呆呆的看了一會，若不是周芷若便在身旁，眞捨不得就此移開目光。綵樓居中坐著一位長鬚王爺，相貌威嚴，當是趙敏的父親汝陽王察罕特穆爾。趙敏之兄庫庫特穆爾在樓上來回閒行，鷹視虎步，甚是剽悍。

此時衆番僧正在綵樓前排演「天魔大陣」，五百人敲動法器，左右盤旋，縱高伏低，陣法變幻，極盡巧妙。衆百姓歡聲雷動，皆大讚嘆。

周芷若向趙敏凝望半晌，嘆了口氣，道：「回去罷！」

四人從人叢中擠了出來，回到客店。彭瑩玉向張無忌行參見之禮，各道別來情由。張無忌問起謝遜消息，彭瑩玉甫從淮泗來到大都，未知謝遜已回中原。他說起朱元璋、徐達、常遇春等年來攻城略地，屢立戰功，反將首領韓山童的聲威壓下去了，他見韓林兒在側，一言帶過，於此不再多說。另有一支兄弟起義軍徐壽輝在湖廣一帶也是好生興旺，此外有劉福通、芝麻李、彭君用、毛貴等人，此起彼伏，朝廷應付爲難。只台州一帶的方國珍、平江府的張士誠與明教對敵。

韓林兒道：「彭大師，適才咱們搶上綵樓，一刀將韃子皇帝砍了，豈不是一勞永逸？」彭瑩玉搖頭道：「這皇帝昏庸無道，正是咱們大大的幫手，豈可殺他？」韓林兒奇道：「韃子皇帝昏庸無道，害苦了老百姓，怎麼反而是咱們大大的幫手？」

彭瑩玉道：「韓兄弟有所不知。韃子皇帝任用番僧，朝政紊亂，又命賈魯開掘黃河，勞民傷財，弄得天怒人怨。咱們近年來打得韃子落花流水，你道咱們這些烏合之眾，當眞打得過縱橫天下的蒙古精兵麼？只因這胡塗皇帝不用好官。汝陽王善能用兵，韃子皇帝偏生處處防他，事事掣肘，生怕他立功太大，搶了他的皇位，因此不斷削減他兵權。朝中大將互相敵對，朝廷也不來解和，反而從中挑撥，儘派些只會吹牛拍馬的酒囊飯袋來領兵。蒙古兵再會打仗，也給這些混蛋將軍害死了，只能打一仗，敗一仗。這韃子皇帝，可不是咱們的大幫手麼？」這番話只聽得張無忌連連點頭稱是。

彭瑩玉又道：「咱們如殺了韃子皇帝，皇太子接位，瞧那皇太子的模樣，倒是個厲害腳色，就算新皇帝也是昏君，總比他的胡塗老子好些。倘若他起用一批能征慣戰的宿將來打咱們，那就糟了。」張無忌道：「幸得大師及時提醒，否則今日我們若然魯莽，只怕就壞了大事。」韓林兒連打自己嘴巴，罵道：「該死，該死！瞧你這小子以後還敢亂出胡塗主意麼？」登時把張無忌、周芷若、彭瑩玉惹得都笑了。

彭瑩玉又道：「教主是千金之體，肩上擔負著驅虜復國的重任，也不宜干冒大險，效那博浪之一擊。屬下見皇帝身旁的護衛中，高手著實不少，教主雖神勇絕倫，終須防寡不敵衆。萬一失手，如何是好？」張無忌拱手道：「謹領大師的金玉良言。」

周芷若嘆道：「彭大師這話當眞半點不錯，你怎能輕身冒險？要知待得咱們大事一成，坐在這綵樓龍椅之中的，便是你張教主了。」韓林兒拍手道：「那時候啊，教主做了皇帝，周姑娘做了皇后娘娘，楊左使和彭大師便是左右丞相，那才叫好呢！」周芷若雙頰暈紅，含羞低頭，但眉梢眼角間顯得不勝之喜。

張無忌連連搖手，道：「韓兄弟，這話不可再說。本教只圖拯救天下百姓於水火之中，功成身退，不貪富貴，那才是光明磊落的大丈夫，更不可違了聖火令上的嚴訓。」彭瑩玉道：「教主胸襟固非常人所及，只不過到了那時候，黃袍加身，你想推也推不掉的。當年陳橋兵變之時，趙匡胤何嘗想做皇帝呢？」張無忌只道：「不可，不可！我若有非份之想，教我天誅地滅，不得好死。」

周芷若聽他說得決絕，臉色微變，眼望窗外，不再言語了。

四人談了一會，用過酒飯，張無忌道：「我和彭大師到街上走走，打聽義父消息。」他想韓林兒性子直，見到甚麼不平之事，立時便會揮拳相向，闖出禍來，便道：「韓兄弟，你和芷若今晚別出去了，便在客店中歇歇。」韓林兒道：「是，教主諸多小心！」

張無忌和彭瑩玉出門後，言定一個向西，一個向東，二鼓前回到客店會合。

張無忌出店後向西行去，一路上聽到衆百姓紛紛談論，說的都是今日「遊皇城」的熱鬧豪闊。有人道：「南方明教造反，今日關帝菩薩遊行時眼中大放煞氣，反賊定能撲滅。」有人道：「明教有彌勒菩薩保祐，看來關聖帝君和彌勒佛將有一場大戰。」又有人道：「賈魯大人拉伕挖掘黃河，挖出一個獨眼石人，那石人背上刻有兩行字道：『莫道石人一隻眼，挑動黃河天下反』，這是運數使然，勉強不來的。」

張無忌對這些愚民之言也無意多聽，信步之間，越走越靜僻，驀地抬頭，竟到了那日與趙敏會飲的小酒店門外。他心中一驚：「怎地無意之間，又來到此處？我心中對趙姑娘竟如此撇不開、放不下嗎？」見店門半掩，門內靜悄悄地，似乎並無酒客。

他稍一遲疑，推門走進，見櫃枱邊一名店伴伏在桌上打盹。走進內堂，但見角落裏那張方桌上點著一枝明滅不定的蠟燭，桌旁朝內坐著一人。這張方桌正是他和趙敏兩次飲酒的所在，除了這位酒客之外，店堂內更無旁人。

那人聽到腳步聲，霍地站起，燭影搖晃，映在那人臉上，竟然便是趙敏。

她和張無忌都沒料到居然會在此地相見，不禁都「啊」的一聲叫了出來。

趙敏低聲道：「你……你怎麼會來？」語聲顫抖，顯然心中激動異常。張無忌道：「我閒步經過，便進來瞧瞧，那知道……」走到桌邊，見她對面另有一副杯筷，問道：

「還有人來麼？」趙敏臉上一紅，道：「沒有了。前兩次我跟你在這裏飲酒，你坐在我對面，因此……因此我叫店小二仍多放一副杯筷。」

張無忌心中感激，見桌上的四碟酒菜，便和第一次趙敏約他來飲酒時一般無異，心底體會到了她一番柔情深意，不由得伸出手去握住了她雙手，顫聲道：「趙姑娘！」趙敏黯然道：「只恨，只恨我生在蒙古王家，做了你的對頭……」

突然之間，窗外「嘿嘿」兩聲冷笑，一物飛進，啪的一聲，打滅了燭火，店堂中登時漆黑一團。張無忌和趙敏聽到這冷笑之聲，都知是周芷若所發，一時徬徨失措。耳聽得屋頂腳步聲細碎，周芷若如一陣風般去了。

趙敏低聲道：「你和她已有白首之約，是嗎？」張無忌道：「是，我原不該瞞你。」趙敏道：「那日我在樹後，聽到你跟她這般甜言蜜語，恨不得立時死了，恨不得自己從來沒生在這世上。那日我冷笑兩聲，她一報還一報，也來冷笑兩聲。可是……可是你卻沒跟我說過半句教我歡喜的話兒。」

張無忌心下歉仄，道：「趙姑娘，我不該到這兒來，不該再和你相見。我心已有所屬，決不應再惹你煩惱。你是金枝玉葉之身，從此將我這個江湖浪子忘記了罷。」

趙敏拿起他手來，撫著他手背上的疤痕，輕聲道：「這是我咬傷你的，你武功再高，醫道再精，也已去不了這個傷疤。你自己手背上的傷疤也去不了，能除去我心上的傷疤麼？」雙臂摟住他頭頸，在他唇上深深一吻。

張無忌但覺櫻唇柔軟，幽香撲鼻，一陣意亂情迷。突然間趙敏用力一口，將他上唇咬得出血，跟著在他肩頭一推，反身竄出窗子，叫道：「你這小淫賊，我恨你，我恨你！」

張無忌點燃了燭火，悄立小店之中，昏黃燭光下，眼望板桌上的酒壺酒杯、四碟沒動過的菜肴、相對而擺的筷子座位，回味著趙敏那既苦澀又甜美的一吻，自己對她委實難捨難分，不由得一陣悵惘，跟著便是劇烈傷痛。料想周芷若必定怨怪自己偷偷約了趙敏到此相會，這是冤枉了，勢必分辯爲難，但若今生須得與趙敏就此永別、不再相見，心中實千萬個不捨得，言念及此，只覺周芷若是否冤枉自己，也不如何要緊了。當即奔出小酒店，躍上屋頂一陣奔馳，卻已不見趙敏的蹤影，只得悵然回到客店。

只見韓林兒站在客店門口，正自焦急的東張西望，等候他回來。一問之下，韓林兒說周姑娘於半個時辰前曾回來過，拿了些東西，便氣忿忿的出去了。問她甚麼時候回來，她板著臉道：「不回來啦，我再也不回啦！」說著流下了眼淚。他待要相勸，周姑娘卻牽了坐騎，疾馳而去，也不知是往東往西、向南向北。

韓林兒急道：「教主，這怎麼是好？咱們快去尋周姑娘回來罷！」張無忌既著急，又自責，當即留下口信給彭瑩玉，便和韓林兒分頭追尋。他在大都城內各處找尋，連客店、寺觀、城郊村居也找過了，但直至天色大明，卻始終不見周芷若的影蹤，她竟似憑空消失了一般。

待得回到客店，彭瑩玉和韓林兒已先後回來，三人對望一眼，都搖了搖頭。張無忌心亂如麻：「現下不但義父不知所蹤，連芷若也離我而去，這該如何是好？」

彭瑩玉道：「教主，依屬下推測，周姑娘既身繫峨嵋派掌門的重任，離去後自當會返回峨嵋派。只須派遣教中兄弟前去打聽，必能尋訪得。教主無須過慮。」

張無忌道：「那也說得是。此刻第一要務是尋回謝法王，打探成崑、陳友諒兩人的行蹤。」心想：「義父必是陷身於中原某地，且必與成崑有關。倘若去找趙姑娘，求她相助，她足智多謀、神通廣大，或能得到些線索，比之我這般盲眼蒼蠅似地瞎闖亂撞好得多了。唉，張無忌，你心中想見趙敏，便胡亂找個理由出來。」轉念又想：「趙敏是否跟義父的失蹤有關？成崑會是奉她命令行事嗎？不會的。趙姑娘待我如此，絕非虛情假意，她知我對義父之情，決不會就此傷害義父。況且當日在彌勒廟中，她與丐幫是敵非友，未必會和成崑、陳友諒聯手。」想到此處，心中略寬，但思及趙敏詭計多端、心意難測，又自惴惴。

他無可奈何之中，便想與楊逍、范遙等教中素有智計之人商議。由彭瑩玉口中得知，韓山童、朱元璋等人近年來攻城掠地，在淮泗一帶闖下了好大的地盤，隱然已成爲明教在中原的總壇，於是傳出號令，命左右光明使、殷韋二王、五散人、五行旗掌旗使等教中首腦，齊赴韓山童據地的濠州相會。

次日清晨，張無忌囑咐彭瑩玉續留大都三日，打探謝遜的訊息，便偕同韓林兒南下前赴淮泗。一入山東境內，便見大隊蒙古敗兵，曳甲丟盔，蜂擁而來。張韓二人加緊趕路，到得魯皖邊界，已全是明教義軍的天下。義軍中有人認得韓林兒，急足報到元帥府。

將近濠州時，韓山童已率領朱元璋、徐達、常遇春，鄧愈、湯和等大將迎出三十里外。衆人久別重逢，俱各大喜。韓山童聽兒子說起遭丐幫擒囚，全仗教主相救脫困，更是一再稱謝。鑼鼓喧天，兵甲耀眼，一行人擁入濠州城中。

張無忌在城中歇息數日，左右光明使、殷韋二王、殷野王、鐵冠道人、說不得、周顛、五行旗諸掌旗使得到訊息，陸續自各地來會。

張無忌說起謝遜回歸中土、遭丐幫擒去又復失蹤等情由。衆人均認爲，謝遜既爲成崑所擒，爲今之計，只有即刻查訪謝法王、成崑和陳友諒的下落。但謝法王仇家甚多，既落入了對頭手中，武林中人又覬覦他的屠龍寶刀，因此謝法王已歸中土的訊息決計不可外洩。

張無忌當即派出五行旗下教衆，分頭赴各處打聽。豈知不但成崑的蹤跡難覓，連陳友諒也突然音訊杳然，不知去向，營救謝遜之事變成了全無頭緒。

這一日說不得前來稟報，說道洪水旗教眾在江浙行省的慶元路郊外，見到幾名身手矯捷的女子，悄悄跟蹤一查，發覺是峨嵋派的女弟子，原來峨嵋派的總山頭目前暫安於慶元路的定海，掌門人周芷若與數名大弟子在一所名叫「白衣庵」的觀音廟中暫居。由定海往東不遠，有一島名普渡山，是觀音菩薩的道場，因此附近觀音菩薩香火甚盛。峨嵋山本是普賢菩薩的道場，但女尼多拜觀音，在觀音庵中暫住亦甚自然。

張無忌得報後喜不自勝，便帶同楊逍、范遙、韋一笑、說不得四人，備了禮物，前往定海拜訪。

不一日來到白衣庵，峨嵋弟子通報進去，周芷若率同靜玄、靜空等幾名大弟子迎接出來。寒暄之後，周芷若得知仍查無謝遜蹤跡，淡淡的道：「張教主怎不親去大都問問郡主娘娘，求她容情放人？」張無忌忙道：「韋蝠王去問過趙姑娘，她說沒見到我義父。韋蝠王暗中在汝陽王府、萬安寺等處探查數次，又竊聽他們的談話，也沒發覺任何線索。」

周芷若道：「謝獅王慷慨豪俠，是一位令人敬佩的前輩高人，倘若命喪郡主娘娘之手，小女子說甚麼要爲他老人家報仇雪恨，張教主卻多半是不在乎了。」眼中淚珠瑩然，泫然欲泣。張無忌道：「若眞不幸如此，此仇不共戴天，說甚麼也要爲義父報仇！」

峨嵋派設了素齋，款待明教首腦。飯後，楊逍、范遙等料知教主和周芷若必有些私己話要說，便借故由靜玄等人陪著去海邊遊覽。

周芷若向張無忌望了一眼，說道：「張教主，我獨個兒修習內功，有些地方不甚明白，想請你指教。你肯教我麼？」張無忌訕訕的道：「怎麼忽然客氣起來啦？你要我教甚麼，我便教甚麼。」

周芷若帶他來到一間靜室之中，請問了一些修練內功的深奧訣竅，張無忌毫不藏私，詳盡告知，喜道：「芷若，你能問到這些關竅，足見內功修爲頗有長進。以後我天天教你，過得兩三年，你的內功就可和我並駕齊驅啦！」周芷若白了他一眼，幽幽的道：「你想騙人，也該揀些教人信得過的話來說。你教不了我一天兩天，便去大都那小酒店會趙姑娘啦，又怎能天天教我？」

張無忌道：「上次跟她相見，的的確確是無意中撞見的，我如再瞞了你去見趙姑娘，任你千刀萬剮，死而無怨。」周芷若臉上紅撲撲地，胸口起伏不定，喘氣道：「胡說八道甚麼？你明知我不會將你千刀萬剮。」張無忌笑道：「那麼你剁了我兩隻腳好不好？」周芷若低下了頭，眼淚撲簌簌的如珠而落。

張無忌坐到她身旁，摟住她肩頭，柔聲道：「怎麼又傷心啦？」周芷若只哭泣不語。張無忌問之再三，不料越問得緊，她越加傷心。

張無忌罰誓賭咒，說決不負心薄倖。周芷若雙手蒙著臉道：「我是怨自己命苦，不是怪你。」張無忌道：「咱們大家命苦。韃子在中國作威作福，誰都是多苦多難。以後咱倆結成夫妻，又將韃子趕了出去，那就只有歡喜，沒有傷心了。」

周芷若抬起頭來，說道：「無忌哥哥，我知道你對我一片眞心，只不過趙敏那小妖女想誘惑你，卻不是你三心兩意。可是……可是她聰明智慧，武功高強，容貌權勢，無不勝我十倍。我終究是爭她不過的，與其一生傷心，我……我寧願學師父一樣，削髮爲尼。唉，咱們峨嵋派的掌門，終究是沒一個嫁人的。」

張無忌道：「你始終不放心。這樣罷，咱們明日立時動身回到淮泗，我便跟你成親。」周芷若道：「義父還沒找到，再說，你說過匈奴未滅，何以家爲？終究……終究是不成的。」說著又流下淚來。

張無忌道：「義父自然要加緊找尋。到底幾時能趕走韃子，誰也沒法逆料。難道等到咱們成了老公公、老婆婆了，再來顫巍巍的拜堂成親麼？老公公、老婆婆拜天地不打緊，可是咱倆生不了孩兒，我張家可就斷子絕孫了。」周芷若紅著臉噗哧一笑，說道：「好好一個老實人，卻不知跟誰去學得這般貧嘴貧舌？」

這一個多月來的愁雲慘霧，便在兩人一笑之間，化作飛煙而散。

楊逍等回庵後，便和張無忌向周芷若告別，逕回濠州。張無忌向周芷若殷殷承諾，濠州諸事辦妥後，便來接她去完婚，又請峨嵋派幫同尋找謝遜。

與此同時，明教義軍與元兵大戰數場，雖均獲勝，損折也極慘重，此後三四個月內，義軍勢將忙於休養整頓、招募新兵，不克再與元軍大戰。楊逍、范遙等談起張無忌與周芷若的交情，得知兩人在謝遜主持下已經定婚。范遙等又知張無忌與趙敏之間干係頗不尋常，倘若明教教主娶了蒙古郡主為妻，於抗元復國的大業為害非小，眼見目下並無大事，俱勸張無忌早日與周芷若完婚。張無忌對周芷若原已有言在先，當即允可。楊逍擇定六月十五為黃道吉日，和韋一笑二人作為送禮使，奉了張無忌所備的聘禮，前往定海白衣庵，將吉期徵得周芷若允可。明教和峨嵋派兩處上下喜氣洋洋，都為婚事忙了起來。

此時明教威震天下，東路韓山童在淮泗一帶迭克大城，西路徐壽輝在鄂北豫南也連敗元兵。教主大婚的喜訊傳了出去，武林人士的賀禮便如潮水般湧到。崑崙、崆峒諸派與明教向有仇怨，但一來大都萬安寺中張無忌出手相救，已於各派有恩，二來周芷若是峨嵋掌門，是以各派掌門也都遣人送禮到賀。崆峒五老的賀禮尤重。

張三丰親書「佳兒佳婦」四字立軸，一部手抄的《太極拳經》，命宋遠橋、俞蓮舟、殷梨亭三大弟子到賀。其時楊不悔已與殷梨亭成婚，一同來到濠州。張無忌笑著上前請安，大聲叫道：「六師嬸！」楊不悔滿臉通紅，拉著他手，回首前塵，又是歡喜，又是傷感。

張無忌生怕陳友諒、宋青書奸心未息，乘機為害，當下派韋一笑為謝禮使，前赴武當，暗中將宋青書害死莫聲谷、又圖謀害張三丰之事，詳細跟韋一笑說了，囑咐他上武當山拜見張三丰後，便與俞岱巖、張松溪為伴，防備陳友諒的奸謀，須待宋遠橋等回歸武當，再行告辭。韋一笑狠狠的道：「自從遵奉教主的訓諭，韋一笑不敢再吸人血，這一次撞到了這兩個奸賊，非將他二人吸個血乾皮枯不可。」張無忌忙道：「謝法王落在何處，或可從陳友諒身上追查出來，咱們只可生擒，不能隨便殺了他。宋青書是我宋大師伯的獨生愛子，武當派未來的掌門，須得由武當派自行清理門戶，免傷我宋大師伯之情。」韋一笑答應了，拜別而去。

到得六月初十，峨嵋眾女俠攜帶禮物，來到濠州，周芷若自在濠州東南鍾離城的一座大宅中等候。丁敏君託人帶來賀禮，人卻未到。

六月十五正日，明教上下人眾個個換了新衣。拜天地的禮堂設在濠州第一大富紳的廳上，懸燈結綵，裝點得花團錦簇。張三丰那幅「佳兒佳婦」四字大立軸懸在居中。殷天正為男方主婚，常遇春為女方主婚。鐵冠道人為濠州總巡，部署教中弟子四下巡查，以防敵人混入搗亂。湯和、鄧愈統率義軍精兵，在城外駐紮防敵。

這日上午，少林派、華山派也派人送禮到賀。殷野王率領天鷹旗下教眾，帶領花轎、吹鼓手、贊禮生等到鍾離城迎親。

申時一刻，花轎抬著新娘來到男家。吉時已屆，號炮連聲鳴響。衆賀客齊到大廳，贊禮生朗聲贊禮，宋遠橋和殷梨亭陪著張無忌出來。絲竹之聲響起，衆人眼前一亮，只見八位峨嵋派青年女俠，陪著周芷若婀婀娜娜的步入大廳。周芷若身穿大紅錦袍，鳳冠霞帔，臉罩紅巾。男左女右，新郎新娘並肩而立。贊禮生朗聲喝道：「拜天！」

張無忌和周芷若正要在紅氈毹上拜倒，忽聽得大門外一人嬌聲喝道：「且慢！」青影閃動，一個青衣少女笑吟吟的站在庭中，卻是趙敏。

羣豪一見到是她，登時紛紛呼喝起來。明教和各大門派高手不少人吃過她的苦頭，沒料到她竟敢孤身闖入險地。性子莽撞些的便欲上前動手。

楊逍雙臂一張，也喝一聲：「且慢！」向衆人道：「今日是敝教教主和峨嵋派掌門大喜之日，趙姑娘光臨到賀，便是我們嘉賓。衆位且瞧峨嵋派和明教的薄面，將舊日樑子暫且放過一邊，不得對趙姑娘無禮。」他向說不得和彭瑩玉使個眼色，兩人已知其意，繞到後堂，即行出去查察，且看趙敏帶了多少高手同來。楊逍向趙敏道：「趙姑娘請這邊上坐觀禮，回頭在下再敬姑娘三杯水酒。」

趙敏微微一笑，說道：「我有幾句話跟張教主說，說畢便去，容日後再行叨擾。」楊逍道：「趙姑娘有甚麼話，待行禮之後再說不遲。」趙敏道：「行禮之後，已經遲了！」楊逍和范遙對望一眼，知她今日是存心前來攪局，無論如何要立時阻止，免得將一場喜慶大事鬧得尷尬狼狽，滿堂不歡。

楊逍踏上兩步，說道：「咱們今日賓主盡禮，趙姑娘務請自重。」他已打定了主意，趙敏若要搗亂，只有迅速出手點她穴道，制住她再說。

趙敏向范遙道：「苦大師，人家要對我動手，你幫不幫我？」范遙眉頭一皺，說道：「郡主，世上不如意事十居八九，既已如此，也勉強不來了！」

趙敏道：「我偏要勉強。」轉頭向張無忌道：「張無忌，你是明教教主，男子漢大丈夫，說過的話作不作數？」

張無忌眼見趙敏到來，心中早已怦怦亂跳，只盼楊逍能打開僵局，勸得她好好離去，聽她突然問到自己，只得答道：「我說過的話，自然作數。」趙敏道：「那日我救了你俞三伯和殷六叔之命，你答應爲我做三件事，不得有違，是也不是？」

張無忌道：「不錯。你要我借屠龍寶刀一瞧，你不但已瞧到了，還將寶刀盜了去。」這數十年來，江湖上人人關心這「武林至尊」屠龍刀的下落，忽聽得已入趙敏手中，登時羣情聳動。

趙敏道：「到底屠龍刀在何人手中，只金毛獅王謝大俠才知，你可親自去問他。」謝遜已返中原之事，羣豪多不知聞，聽她提及「金毛獅王」，滿堂喧嘩之聲登寂。

張無忌道：「我義父現下身在何處，我日夕掛念，甚盼姑娘示知。」趙敏微微一笑，說道：「我要你做三件事，言定只須不違武林中俠義之道，你就須得遵從。借屠龍刀一觀之事，雖做得不大道地，但這把刀我終究是見到了，後來寶刀被盜，也不能怪你。這第一件事，算你已經辦到。現下我有第二件事要辦。張無忌，當著天下衆位英雄豪傑之前，你可不能言而無信。」張無忌道：「你要我辦甚麼事？」

楊逍插口道：「趙姑娘，你有甚麼事要奉託敝教教主，既有約定在先，只要不背武林道義，別說張教主可以應允，便敝教上下，也當盡心竭力。此刻是張教主和新夫人參拜天地的良辰吉時，別事暫且擱開，請勿多言阻撓。」說到後來，口氣已頗嚴厲。

趙敏卻神色自若，竟似沒將這位威震江湖的明教光明左使放在心上，懶洋洋的道：「我這件事可更加要緊，片刻也延擱不得。」走上幾步，到了張無忌身前，提高腳跟，在他耳邊輕聲道：「這第二件事，是要你今天不得與周姑娘拜堂成親。」張無忌一呆，道：「甚麼？」趙敏道：「這就是第二件事。至於第三件，以後我想到了再跟你說。」

她這幾句話雖說得甚輕，但周芷若和站得較近的宋遠橋、俞蓮舟、殷梨亭，以及陪伴新娘的峨嵋八女卻都聽見了，各人都不禁色爲之變。峨嵋八女在衣袖中暗暗捏緊了拳頭，倘若趙敏再口出不遜之言，辱及峨嵋掌門，免不了要給她吃些苦頭。

張無忌搖頭道：「此事恕難從命。」趙敏道：「你答允過的話不作數麼？」張無忌道：「咱們言明在先，不得違背俠義之道。我和周姑娘既有夫婦之約，倘若依你所言，便違背了這個『義』字。」趙敏冷笑道：「你若與她成婚，才眞是不孝不義。大都遊皇城之時，難道你沒見到你義父如何遭人暗算？」張無忌怒火上升，大聲道：「趙姑娘，今日我敬你是客，讓你三分，若再胡說八道，得罪莫怪！」趙敏道：「這第二件事，你是不肯依我的了？」

張無忌想起她以郡主之尊，不惜拋頭露面，在羣豪之前求懇自己別要行禮成婚，原是出於對自己的一片痴心，不由得心軟，柔聲道：「趙姑娘，事已如此，你還是一切……一切看開些罷。我張無忌是村野匹夫，不配……不配……」

趙敏道：「好，你瞧瞧這是甚麼？」張開右手，伸到他面前。

張無忌一看之下，大吃一驚，全身發抖，顫聲道：「這……這是我……」

趙敏迅速合攏手掌，將那物揣入了懷裏，說道：「我這第二件事，你依不依從，全由得你。」說著轉身便向大門外走去。

她掌中有甚麼東西，何以令張無忌一見之下竟這等驚惶失措，誰也沒法瞧見。周芷若雙目讓紅巾遮住了，只聽得張無忌和趙敏的對答，更絲毫見不到外間的物事。

張無忌急道：「趙……趙姑娘，且請留步。」趙敏道：「你要就隨我來，不要就快些和新娘子拜堂成親。男兒漢狐疑不決，別遺終身之恨！」她口中朗聲說著這幾句話，腳下並不停留，直向大門外走去。張無忌急叫：「趙姑娘且慢，一切從長計議！」眼見她反而加快腳步，忙搶上前去，叫道：「好，就依你，今日便不成婚。」趙敏停步道：「那你跟我來。」

張無忌回過頭來，見周芷若亭亭而立，心中歉仄無已，待要向她解釋幾句，卻見趙敏又向外走去，眼前之事緊急萬分，須得當機立斷，一咬牙，便追向趙敏身後。

張無忌剛追到大門邊，突然間身旁紅影閃動，一人迫到了趙敏身後，紅袖中伸出纖纖素手，五根手指向趙敏頭頂疾插而落。這一下兔起鶻落，迅捷無比，出手的正是新娘周芷若。

張無忌心念一動：「這一招好厲害！芷若從何處學得如此精妙的武功？」眼見她手掌已將趙敏頂門罩住，五指插落，立是破腦之禍，不及細想，竄上前去便扣周芷若的脈門。周芷若左手手肘倏地撞來，波的一聲輕響，正中他胸口。張無忌體內九陽神功立時發動，卸去了這一撞勁力，但已感胸腹間氣血翻湧，腳下微一踉蹌。

范遙眼見危急，心念舊主，不忍任她頂破腦裂，伸掌向周芷若肩頭推去。周芷若左手微揮，輕輕拂出，范遙手腕一陣酸麻，這一掌便推不出去。

但這麼一阻，趙敏已向前搶了半步，避開了腦門要害，只感肩頭一陣劇痛，周芷若右手五指已插入她右肩近頸之處。張無忌「啊」的一聲，伸掌向周芷若推去。

周芷若頭上所罩紅布並未揭去，聽風辨形，左掌迴轉，便斬他手腕。張無忌絕不想和她動手，只是見她招數太過凌厲，一招間便能要了趙敏性命，迫於無奈，只有招架勸阻。周芷若上身不動，下身不移，雙手連施八下險招。張無忌使出乾坤大挪移心法，這才擋住。八攻八守，在電光石火般的一瞬之間便即過去。大廳上羣豪屏氣凝息，無不驚得呆了。

趙敏肩受重傷，摔倒在地，五個傷孔中血如泉湧，登時便染紅了半邊衣裳。

周芷若霍地住手不攻，說道：「張無忌，你受這妖女迷惑，竟要捨我而去麼？」張無忌道：「芷若，請你諒解我的苦衷。咱倆婚姻之約，張無忌決不反悔，只稍遲數日……」周芷若冷冷的道：「你去了便休再回來，只盼你日後不要反悔！」

趙敏咬牙站起，一言不發的向外便走，肩頭鮮血，點滴濺開，滿地都是。

羣豪雖見過江湖上不少異事，但今日親見二女爭夫，血濺華堂，新娘子頭遮紅巾，而以神奇之極的武功毀傷情敵，無不神眩心驚，誰也說不出話來。

張無忌一頓足，說道：「義父於我恩重如山，芷若，芷若，盼你體諒。」說著向趙敏追了出去。

殷天正、楊逍、宋遠橋、俞蓮舟、殷梨亭等不明其中原因，誰也不敢攔阻。

周芷若霍地伸手扯下遮臉紅巾，朗聲說道：「各位親眼所見，是他負我，非我負他。自今而後，周芷若和姓張的恩斷義絕。」說著揭下頭頂珠冠，伸手抓去，手掌中抓了一把珍珠，拋開鳳冠，雙手一搓，滿掌珍珠盡數成爲粉末，簌簌而落，說道：「我周芷若不雪今日之辱，有如此珠！」殷天正、宋遠橋、楊逍等均欲勸慰，要她候張無忌歸來，問明再說，卻見周芷若雙手一扯，嗤的一響，一件繡滿金花的大紅長袍撕成兩片，拋在地下，隨即飛身而起，在半空中輕輕一個轉折，上了屋頂。

楊逍、殷天正等一齊追上，只見她輕飄飄的有如一朵紅雲，向東而去，輕功之佳，竟似不下於青翼蝠王韋一笑。楊逍等料知追趕不上，怔了半晌，回入廳來。

一場喜慶大事讓趙敏這麼一鬧，轉眼間風流雲散，明教上下固臉上無光，前來道賀的羣豪也十分沒趣。衆人紛紛猜測，不知趙敏拿了甚麼要緊物事給張無忌看了，以致令他急急追出，聽他言中含意，似乎此事和謝遜有重大關連，但其中眞相卻誰也不知。

峨嵋衆女低聲商議幾句，便即氣憤憤的告辭。殷天正連聲致歉，說務當率領無忌前來定海白衣庵鄭重謝罪，再辦婚事，千萬不可傷了兩家和氣。峨嵋衆女不置可否，當即分頭前去尋覓周芷若，羣雌粥粥，痛斥男子漢薄倖無良。

原來趙敏握在掌中給張無忌看的，乃是一束淡黃色頭髮。張無忌一見，立時認出是謝遜的頭髮。謝遜上代有色目血統，面貌形相與中華人士無異，一頭長髮卻是淡黃色。張無忌心想謝遜的頭髮旣遭趙敏割下一截，自必已入她掌握之中。自己如和周芷若拜了天地，她一怒之下，不是去殺了謝遜，便是於他不利，可是當著羣豪之前，卻又不能向周芷若解釋苦衷。衆賀客之中，除了明教和武當派、峨嵋派諸人之外，幾乎人人欲得謝遜而甘心，不是報復昔日他大肆殺戮之仇，便是意圖奪取屠龍寶刀。是以他一見趙敏奔出，明知萬分對不起周芷若，終以義父性命爲重，不及解釋，便跟著追去。

他出了大門，只見趙敏發足疾奔，肩頭鮮血沿著大街一路滴將過去。他吸一口氣，竄出數丈，攔在她身前，說道：「趙姑娘，你別逼我做不義之人，受天下英雄唾罵。」

趙敏肩頭受傷頗重，初時憑著一口眞氣支持，勉力而行，待得聽了這幾句話，說道：「你……你……」眞氣一洩，登時摔倒。張無忌俯身道：「你先跟我說，我義父在那裏？」趙敏道：「你帶著我去救他，我給……給你……指路。」張無忌道：「他老人家性命可是無恙？」趙敏有氣沒力的道：「你義父……義父在成崑手裏。」

張無忌聽到「成崑」兩字，雖早已料到，但當眞證實，仍不禁心膽俱裂。趙敏道：「你一個人不成，叫……叫楊逍他們同去……」說著伸手指向西方，突然間腦袋向後一仰，暈了過去。

張無忌想像義父此刻的苦楚危難，五內如焚，當即抱起趙敏，匆匆撕下衣襟，替她裹了傷口，招手命街旁一個明教教徒過來，囑咐道：「你快去稟報楊左使，命他急速率領衆人，向西趕來，說我有要事吩咐。」那教徒答應了，飛奔著前去稟報。

張無忌心想早到一刻好一刻，世事難料，說不定只半刻之間的延擱，便救不到義父性命，抱著趙敏，快步走到城門邊，命守門士卒牽過一匹健馬，飛身而上，向西急馳。

馳了數里，只覺懷中趙敏的身子漸漸寒冷，伸手搭她脈搏，但覺跳動微弱，他驚慌起來，揭開她裹著傷口的衣襟，只見五個指孔深及肩骨，傷口旁肌肉盡呈紫黑，顯是中了一門極惡毒的奇門外功。

他大是驚疑：「芷若是峨嵋弟子，如何會使這般陰毒武功？她出招凌厲狠辣，更勝於滅絕師太，那是甚麼緣故？」眼見若不急救，趙敏登時便要毒發身死，他一身新郎裝束，身邊如何會帶有療毒的藥物？微一沉吟，躍下馬背，抱著她往左首山上竄去，四下張望，尋找去毒的草藥，但一時之間，連最尋常的草藥也沒法找到。

他一顆心怦怦亂跳，轉過幾個山坳，口中不住喃喃禱祝。突然間眼睛一亮，只見右前方一條小瀑布旁生著四五朵紅色小花，這是「佛座小紅蓮」，頗有去毒之效。雖說此時正當仲夏，百花盛放，但這紅花恰能在此處覓到，也當眞天幸。他心中大喜，抱著趙敏越過兩道山澗，摘下紅花嚼爛了，一半餵入趙敏口中，一半敷在她肩頭，這才抱起她，向西疾奔。

奔出三十餘里，趙敏嚶嚀一聲，醒了過來，低聲道：「我……我可還活著麼？」張無忌見「佛座小紅蓮」生效，心中大喜，笑道：「你覺得怎樣？」趙敏道：「肩上癢得很。唉，周姑娘這一手功夫當眞厲害。」

張無忌將她輕輕放下，再看她肩頭時，只見黑氣絲毫不淡，她脈搏卻已不如先前微弱。張無忌略一沉吟，知道「佛座小紅蓮」藥性太緩，不足以拔毒，於是俯口到她肩頭，將傷口中毒血一口口的吸將出來，吐在地下，腥臭之氣，沖鼻欲嘔。趙敏星眸迴斜，伸手撫摸著他頭髮，嘆道：「無忌哥哥，這中間的原委，你終於想到了嗎？」

張無忌吸完了毒血，到山溪中漱了口，回來坐在她身畔，問道：「甚麼原委？」趙敏道：「周姑娘是名門正派的弟子，怎地會這等陰毒的邪門武功？」張無忌道：「我也覺奇怪，不知是誰教她的。」趙敏嫣然一笑，道：「定是魔教的小淫賊教的了。」

張無忌笑道：「魔教中魔頭雖多，誰也不會這門武功，只有青翼蝠王吸人頸血，張無忌吸人肩血，差相彷彿。」隨即又問：「我早料到義父落入了成崑手中，卻始終查不到半點消息。義父此刻到底在那裏？」

趙敏道：「我帶你去設法營救便是。在甚麼地方，卻是布袋和尚說不得。我一說，你飛奔前去，便拋下我不管了。」張無忌嘆道：「我總不見得如此無情無義罷？」

趙敏道：「爲了你義父，你肯拋下你如花似玉的新娘子，何況是我？」說著慢慢斜倚在他身上，說道：「今日躭誤了你的洞房花燭，你怪我不怪？」

不知如何，張無忌此刻心中甚感喜樂，除了掛念謝遜安危之外，比之將要與周芷若拜堂成親那時更加平安舒暢，到底是甚麼原因，卻也說不上來，然而要他承認歡喜趙敏攪壞了喜事，可又說不出口，只得道：「我自然怪你。日後你與那一位英雄瀟洒的郡馬爺拜堂之時，我也來大大搗亂一場，決不讓你太太平平的做新娘子。」

趙敏蒼白的臉上一紅，笑道：「你來搗亂，我一劍殺了你。」張無忌忽然嘆了口氣，黯然不語。趙敏道：「你嘆甚麼氣？」張無忌道：「不知道那位郡馬爺前生做了甚麼大善事，修來這樣的好福氣。」趙敏笑道：「你現下再修，也還來得及。」張無忌心中怦然一動，問道：「甚麼？」趙敏臉一紅，不再接口了。

說到這裏，兩人誰也不好意思往下深談，休息一會，張無忌再爲她敷藥，抱起她又向西行。趙敏靠在他肩頭，粉頰和他左臉相貼，張無忌鼻中聞到的是粉香脂香，手中抱著的是軟玉溫香，不由得意馬心猿，神魂飄盪，倘若不是急於要去營救義父，眞的要放慢腳步，在這荒山野嶺中就這麼無止無休的永遠走下去了。

兩人這一晚便在濠州西郊荒山中露宿一夜，次日到了一處市鎮，在小藥店中買了些清毒療傷的藥物，給趙敏內服外敷，再買了兩匹健馬。趙敏毒傷一時難以拔淨，身子虛弱，無力單獨騎馬，只好靠在張無忌身上，兩人時時換馬，同鞍而乘。如此行了五日，已到河南江北行省境內，又向北行，數日後過了許州，將到新鄭。

這日正行之間，忽見前面塵頭大起，有百餘騎疾馳而來，只聽得鐵甲鏘鏘，正是蒙古的騎兵。張無忌將馬勒在一旁，讓開了道。蒙古騎兵隊馳過，數十丈後又是一隊騎者，這羣人行列不整，或前或後，行得疏疏落落，張無忌一瞥之下，見人羣中竟有「神箭八雄」在內，暗叫：「不好！」忙轉過了頭。

這二十餘人見他衣飾華貴，懷中抱著個青年女子，兩人的臉都向著道旁，也均不以爲意，神箭八雄亦無一人知覺，待這一批人過完，張無忌拉過馬頭，正要向前再行，忽聽得蹄聲輕捷，三乘馬如飛衝到。中間是匹白馬，馬上乘客錦袍金冠，兩旁各是一匹栗馬，鞍上赫然是鹿杖客、鶴筆翁玄冥二老。

張無忌待要轉身，鹿杖客已見到了二人，叫道：「郡主娘娘休慌，救駕的來了。」鶴筆翁當即縱聲長嘯。「神箭八雄」等聽到嘯聲，圈轉馬頭，將兩人圍在中間。

張無忌一怔，向懷中的趙敏望去，似說：「你安排下伏兵，向我襲擊嗎？」卻見她神色憂急，登知錯怪了她，心中立時舒坦。只聽趙敏說道：「哥哥，沒想到在這裏見到你，爹爹好罷？」張無忌聽她叫出「哥哥」兩字，才留神白馬鞍上那個錦袍青年，認得他是趙敏之兄庫庫特穆爾，漢名叫作王保保。張無忌曾在大都見過他兩次，只因此刻全神貫注於玄冥二老身上，沒去留心旁人。

王保保乍見嬌妹，不禁又驚又喜，他雖在萬安寺中見過張無忌，但當時事態匆匆，沒記得他相貌，皺眉道：「妹子，你……你……」趙敏道：「哥哥，我中了敵人暗算，身受毒傷不輕，幸蒙這位張公子救援，否則今天見不到哥哥了。」

鹿杖客將嘴湊到王保保耳邊，低聲道：「小王爺，那便是魔教的教主張無忌。」

王保保登時想起，當日在大都萬安寺中，救出反元羣雄的便就是他，只道趙敏受他挾制，在他脅迫之下，方出此言，右手一揮，玄冥二老已欺到張無忌左右五尺之處，神箭八雄中的四雄也各彎弓搭箭，對準他後心。

王保保朗聲道：「張教主，你武功再強，總是雙拳難敵四手，快放下我妹子，今日咱們兩下各不相犯，我王保保言而有信，不須多疑。」

張無忌心想：「趙姑娘毒傷甚重，隨著我千里奔波，不易痊可，既與她兄長相遇，還是讓她隨兄而去，於她身子有益。」便道：「趙姑娘，令兄要接你回去，咱們便此別過，只請示知我義父所在，我自去設法相救。咱們後會有期。」說到這裏，不禁黯然神傷，明知和她漢蒙異族，官民殊途，雙方仇怨甚深，但臨別之際，實不勝戀戀之情。

不料趙敏說道：「我始終沒跟你說謝大俠的所在，自有深意，我只答應帶你前去找他，卻不能告訴你地方。」張無忌一怔，道：「你重傷未愈，跟著我長途跋涉，大是不宜，還是與令兄同歸的爲是。」趙敏滿臉執拗之色，道：「你若撇下我，便不知謝大俠的所在。我身子一天好一天，路上走走，反而好得快，回到王府去，可悶也悶死了我。」

張無忌向王保保道：「小王爺，你勸勸令妹罷。」王保保大奇，心念一轉，冷笑道：「嘿嘿，你裝模作樣，弄甚麼鬼？你手掌按在我妹子死穴之上，她自然只好遵你吩咐，嘴裏胡說八道。」張無忌一躍而起，縱身下地。

神箭八雄中有二人只道他要出手向王保保襲擊，颼颼兩箭，向他射來，風聲勁急。張無忌左手一引一帶，使出乾坤大挪移神功，兩枝狼牙箭回轉頭去，勁風更厲，啪啪兩響，將發箭二人手中的長弓劈斷。若非那二人閃避得快，還得身受重傷。雙箭餘勢不衰，疾插入地，箭尾鵰翎兀自顫動不已。衆人無不駭然。

張無忌離得趙敏遠遠地，說道：「趙姑娘，你先回府養好傷勢，我等再謀良晤。」趙敏搖頭道：「王府中的醫生那裏有你醫道高明？你送佛送上西天罷。」

王保保見張無忌遠離妹子，但妹子仍執意與他同行，不由得又驚詫，又氣惱，向玄冥二老道：「有煩兩位保護舍妹，咱們走！」玄冥二老應道：「是！」走到趙敏馬旁。

趙敏朗聲道：「鹿鶴二位先生，我有要事須隨同張教主前去辦理，正嫌勢孤力弱，你二位隨我同去罷。」玄冥二老向王保保望了一眼，鹿杖客道：「魔教的大魔頭行事邪僻，郡主不宜和他多所交往，還是跟小王爺一起回府的爲是。」趙敏秀眉微蹙，道：「兩位現下只聽我哥哥的話，不聽我話了麼？」鹿杖客陪笑道：「小王爺是出於愛護郡主的好意。」趙敏哼了一聲，向王保保道：「哥哥，我行走江湖，早得爹爹允可，你不用為我擔憂，我自己會當心的。你見到爹爹時，代我問候請安。」

王保保知父親向來寵愛嬌女，原也不敢過份逼迫，但若任由她孤身一人隨魔教教主而去，無論如何不能放心，見她伏在馬鞍之上，嬌弱無力，卻提韁便欲往西，當即張開雙臂攔住，說道：「好妹子，爹爹隨後便來，你稍待片刻，稟明了爹爹再走不遲。」

趙敏笑道：「爹爹一到，我便走不成了。哥哥，我不管你的事，你也別來管我。」

王保保再向張無忌打量，見他長身玉立，英氣勃勃，聽著妹子的語氣，顯已鍾情於他，心想明教造反作亂，乃是大大的叛逆、朝廷的對頭，妹子竟受此魔頭蠱惑，為禍非小，左手一揮，喝道：「先將這魔頭拿下了！」

鹿杖客揮動鹿杖，鶴筆翁舞起鶴筆，化作一片黃光，兩團黑氣，齊向張無忌身上罩下。趙敏深知玄冥二老厲害，張無忌武功雖強，但以一敵二，手中又無兵刃，生怕傷到了他，叫道：「玄冥二老，你們要是傷了張教主，我稟明爹爹，可不能相饒。」

王保保怒道：「亂臣賊子，人人得而誅之。玄冥二老，你們殺了這小魔頭，父王和我均有重酬。」他頓了一頓，又道：「鹿先生，小王加贈四名美女，定教你稱心如意。」

他兄妹二人一個下令要殺，一個下令不得損傷，倒使玄冥二老左右做人難了。鹿杖客向師弟使個眼色，低聲道：「捉活的。」張無忌突然展開聖火令上所載武功，上身微斜，右臂彎過，從莫名其妙的方位轉了過來，啪的一聲，重重打了鹿杖客一個耳光，喝道：「你倒捉捉看！」鹿杖客突然吃了這個大虧，又驚又怒，但他究是一流高手，心神不亂，將一根鹿頭杖使得風雨不透。張無忌欲待再使偷襲，一時之間卻也無法可施。

趙敏馬韁一提，縱馬便行。王保保馬鞭揮出，唰的一鞭，打上她坐騎的左眼。那馬吃痛，長聲嘶鳴，前足提起。趙敏傷後虛弱，險些從鞍上摔下，怒道：「哥哥，你定要攔我麼？」王保保道：「好妹子，你聽我話，回家後哥哥慢慢跟你賠罪。」

趙敏道：「哥哥，你若阻止了我，有一個人不免死於非命。張教主從此恨我入骨，你妹子……你妹子也就難以活命了。」王保保道：「妹子說那裏話來？汝陽王府中高手如雲，自能保護你周全。這小魔頭別說出手傷你，便想要再見你一面，也未必能夠。」趙敏嘆道：「我就怕不能再見他。那我……我就不能活了。」他兄妹二人情誼甚篤，向來無話不說，趙敏情急之下，竟毫不隱瞞，將傾心於張無忌的心意坦然說了出來。

王保保怒道：「妹子你忒也胡塗，你是蒙古王族，堂堂的金枝玉葉，怎能向蠻子賤狗垂青？若讓爹爹得知，豈不氣壞了他老人家？」左手一揮，又有三名好手上前夾攻。張無忌和玄冥二老此時各運神功，數丈方圓之內勁風如刀，那三名好手怎插得下手去？

趙敏叫道：「張公子，你要救義父，須得先救我。」

王保保見妹子意不可回，心下焦急，伸臂將她抱過，放在身前鞍上，雙腿一夾，縱馬便行。趙敏的武功本較兄長爲高，但重傷後全無力氣，只有張口大呼：「張公子救我，張公子救我！」

張無忌呼呼兩掌，使上了十成勁力，將玄冥二老逼得倒退三步，展開輕功，向王保保馬後追來。玄冥二老和其餘三名好手大驚，隨後急追。張無忌每當五人追近，便反手向後拍出數掌，九陽神功威力奇大，每掌拍出，玄冥二老便須閃避，不敢直攖其鋒。如此連阻三阻，張無忌追及奔馬，縱身躍起，抓住王保保後頸。這一抓之中暗藏拿穴手法，王保保上身登時酸痳，雙臂放開了趙敏，身子已給張無忌提起，向鹿杖客投去。鹿杖客忙張臂接住，張無忌已抱起趙敏，躍離馬背，向左首山坡上奔去。

鶴筆翁和其餘好手大聲呼喝，隨後追來。可是這山峯高達數百丈，登高追逐，最是考較輕功，玄冥二老內力極強，輕功卻非一流，反是另外四五人追在鶴筆翁之前。張無忌在山上拾起幾塊石頭，連珠擲出，登時有人中石，骨碌碌的滾下山來。餘人暗自吃驚，雖在小王爺監視之下不敢停步，腳下卻放得緩了。

眼見張無忌抱著趙敏越奔越高，再也追趕不上。王保保破口大罵，連叫：「放箭，放箭！」自己也彎弓搭箭，颼的一箭向張無忌後心射去。他弓力甚勁，但終於相距太遠，箭尖離張無忌後心尚有丈餘，羽箭便即掉落。

趙敏抱著張無忌頭頸，知衆人已追趕不上，一顆心才算落地，嘆道：「總算我有先見之明，沒告知你謝大俠的所在，否則你這沒良心的小魔頭焉肯出力救我。」張無忌轉過一個山坳，腳下仍絲毫不緩，說道：「你跟我說了我義父所在，自己回府養傷，豈不兩全其美？又何苦既得罪了兄長，又陪著我吃苦？」趙敏道：「我既決意跟著你吃苦，這個兄長嘛，遲早總是要得罪的。你跟周姑娘拜了天地，那我還算甚麼？我只怕你不許我跟著你，別的我甚麼都不在乎。」

張無忌雖知她對自己甚好，但有時念及，總想這不過是少女懷春，一時意動，沒料到她竟糞土富貴，棄尊榮如敝屣，一往情深若此；低頭見她蒼白憔悴的臉上情意盈盈，眼波流動，說不盡的嬌媚無限，忍不住俯下頭去，在她微微顫動的櫻唇上一吻。

一吻之下，趙敏滿臉通紅，激動之餘，竟爾暈去。張無忌深明醫理，料知無妨，心中卻又加深了一層感激，突然想起：「芷若待我，那有這般好！」

趙敏暈去一陣，便即醒轉，見他若有所思，問道：「你在想甚麼？定是想周姑娘了？」張無忌也不隱瞞，點了點頭，說道：「我想到很對她不起。」趙敏道：「你後悔不後悔？」張無忌道：「當時我要跟她拜堂成親，想到你時，不由得好生傷心；此刻想到了她，卻又對她好生抱歉。」

趙敏微笑道：「那你心中對我愛得多些，是不是？」張無忌道：「老實跟你說罷，我對你是又愛又恨，對芷若是又敬又怕。」趙敏笑道：「哈哈！我寧可你對我又愛又怕，對她是又敬又恨。」張無忌笑道：「現下又不同了。我對你是又恨又怕，恨的是你拆散了我美滿姻緣，怕的是你不肯賠我。」趙敏道：「賠甚麼？」張無忌笑道：「今日要你以身相代，賠還我的洞房花燭。」趙敏滿臉飛紅，忙道：「不，不！那要將來跟我爹爹說好……等我向哥哥賠禮疏通，這才……這才……」張無忌道：「要是你爹爹一定不肯呢？」趙敏嘆道：「那時我嫁魔隨魔，只好跟著你這小魔頭，自己也做個小魔婆了。」

張無忌板起了臉，喝道：「大膽妖女，跟著張無忌這淫賊造反作亂，該當何罪？」趙敏也板起了臉，正色道：「罰你二人在世上做對快活夫妻，白頭偕老，死後打入十八層地獄，萬劫不得超生。」兩人說到這裏，一齊哈哈大笑。

忽聽得前面一人朗聲道：「郡主娘娘，小僧奉王爺之命，迎接郡主回府。」只見山後轉出二十餘名番僧，都身穿紅袍。張無忌認得這些番僧的衣飾，那晚在萬安寺高塔之下，他們曾出手攔截自己，武功著實了得，幸好韋一笑去汝陽王府放火，才將他們引開，否則要救六大派羣豪，委實不易。

當先一名番僧雙手合什，躬身說道：「郡主身上有傷，王爺極是躭心，吩咐小僧，迎接郡主芳駕。」說著舉了舉手上的一隻白鴿。趙敏知道是兄長以白鴿傳訊，通知了父親，是以爲這羣番僧迎頭截住，問道：「我爹爹在那裏？」那番僧道：「王爺便在山下相候，急欲瞧瞧郡主傷勢如何。」

張無忌情知多言無益，大踏步便往前闖去，喝道：「要命的，快快讓道，否則莫怪我手下無情。」兩名番僧並肩踏上一步，各出右掌當胸推到。張無忌左掌揮出，一引一帶，將兩僧的掌力撞了回去。兩名番僧齊聲叫道：「阿米阿米哄，阿米阿米哄！」似是唸咒，又似罵人。趙敏不懂他們的咒語，叫道：「你才阿米阿米哄！」

兩名番僧登登登退了三步，其後兩名番僧各出右掌，分別伸掌抵住一僧背心，將他們推了回來。兩名番僧招式不變，又是一招「排山掌」擊至。張無忌要以乾坤大挪移心法將二僧勁力化開，不料手指剛觸及二僧掌緣，竟爾牢牢黏住。兩名番僧大叫：「阿米阿米哄，阿米阿米哄！」張無忌連掙兩下，都沒能掙脫，只得運起九陽神功反擊過去。

這一次卻沒將兩名番僧推動，但見二僧身後二十二名番僧已排成兩列，各出右掌，抵住前人後心。張無忌猛然想起：「曾聽太師父言道，天竺武功中有一門併體連功之法。這二十四個番僧集力和我對掌，我內力再強，終究敵不過二十四人合力。」他生怕更有追兵到來，一聲清嘯，手上已加了三成力，突然往斜裏推出，跟著身子向左閃開，這一來，二十四名番僧的勁力已不能聯成一條直線，前面六名番僧收不住腳步，直衝過來。張無忌雙手連揮，啪啪啪啪啪啪六響過去，六名番僧摔倒在地，口噴鮮血。其後的第七、第八名番僧跟著衝到，揮掌擊至。

張無忌右掌拍出，與二僧雙掌相接，微一凝力，正要運勁斜推，忽聽得背後腳步輕響，有人揮掌拍來。他左掌向後拍出，待要將這掌化開，可是他的乾坤大挪移心法全恃九陽神功爲根，此時全力對付身前十八名番僧合力，拍向身後這一掌已只不過平時的二成功力。但覺一股陰寒之氣從掌中直傳過來，霎時間全身發顫，身形一晃，俯身撲倒。原來正是鹿杖客以玄冥神掌忽施偷襲。

趙敏驚呼：「鹿先生，住手！」撲上去遮住張無忌身子，喝道：「那一個敢再動手？」鹿杖客本想補上一掌，就此結果了這個生平第一勁敵的性命，但見郡主如此相護，只得罷手退開。他縱聲長嘯，示意已然得手，招呼同伴趕來，說道：「郡主娘娘，王爺只盼郡主回府，並無他意。此人是大逆不道的反叛，郡主何苦如此？」

趙敏心中氣苦，本想狠狠申斥他一番，但轉念一想，莫要激動他怒氣，竟爾傷了張無忌性命，當下忍住了口邊言語，扶起張無忌。

過不多時，鑾鈴聲響，三騎馬從山道上馳來，一是鶴筆翁，一是王保保，最後一人竟是汝陽王親自到了。三人馳到近處，翻身下馬，汝陽王皺眉道：「敏敏，你怎麼了？幹麼不聽哥哥的話，在這裏胡鬧？」

趙敏眼淚奪眶而出，叫道：「爹，你叫人這樣欺侮女兒。」汝陽王上前幾步，伸手要去拉她。趙敏右手翻轉，白光閃動，已從懷中取出一柄匕首，抵在自己胸口，叫道：

「爹，你不依我，女兒今日死在你面前。」汝陽王嚇得退後兩步，顫聲道：「有話好說，快別這樣！你……你要怎樣？」

趙敏伸左手拉開自己右肩衣衫，扯下繃帶，露出五個指孔，其時毒質已去，傷口未愈，血肉模糊，更是可怖。汝陽王見她傷得這樣厲害，心疼愛女，連聲道：「怎樣了？怎樣了？幹麼傷得這等厲害？」

趙敏指著鹿杖客道：「這人心存不良，意欲奸淫女兒，我抵死不從，他……他……便抓得我這樣，求爹爹……爹爹作主。」鹿杖客只嚇得魂飛天外，忙道：「小人斗膽也不敢，豈……豈有此事？」汝陽王向他怒目瞪視，哼了一聲，道：「好大的膽子！韓姬之事，我已寬恩不加追究，卻又冒犯起我女兒來了。拿下！」

這時他隨侍的武士已先後趕到，聽得王爺喝令拿人，雖知鹿杖客武功了得，還是有四名武士欺近身去。鹿杖客又驚又怒，心想他父女骨肉至親，郡主惱我傷她情郎，竟來反咬我一口，常言道「疏不間親」，郡主又詭計多端，我怎爭得過她？揮掌將四名武士逼退，嘆道：「師弟，咱們走罷！」

鶴筆翁尚自遲疑。趙敏叫道：「鶴先生，你是好人，不像你師兄是好色之徒，快將你師兄拿下，我爹爹升你做個大官，重重有賞。」玄冥二老武功卓絕，只因熱中於功名利祿，這才以一代高手身分，投身王府以供驅策。鶴筆翁素知師兄好色貪淫，聽了趙敏之言，倒也信了七八成，升官之賞又令他怦然心動，一時猶豫難決。

鹿杖客臉色慘然，顫聲道：「師弟，你要升官發財，便來拿我罷。」鶴筆翁嘆道：「師哥，咱們走罷！」和鹿杖客並肩而行。

玄冥二老威震京師，汝陽王府中衆武士對之敬若天神，誰敢出來阻擋？汝陽王連聲呼喝，衆武士只虛張聲勢、裝模作樣的叫嚷一番，眼見玄冥二老揚長下山去了。

汝陽王道：「敏敏，你既已受傷，快跟我回去調治。」趙敏指著張無忌道：「這位張公子見鹿杖客欺侮我，路見不平，出手相助，哥哥不明究裏，反說他是甚麼叛逆反賊。爹爹，我有一件大事要跟張公子去辦，事成之後，再同他來一起叩見爹爹。」

汝陽王聽她言中之意，竟是要委身下嫁此人，聽兒子說這人竟是明教教主，他這次離京南下，便是爲了調兵遣將，對付淮泗和豫鄂一帶的明教反賊，如何能讓女兒隨此人而去？問道：「你哥哥說，這人是魔教的教主，這沒假罷？」

趙敏道：「哥哥就愛說笑。爹爹，你瞧他有多大年紀，怎能做反叛的頭腦？」

汝陽王打量張無忌，見他不過二十二三歲年紀，受傷後臉色憔悴，失去英挺秀拔之氣，更加不像是個統率數十萬大軍的大首領。但他素知女兒狡譎多智，又想明教爲禍邦國，此人就算不是教主，多半也是魔教中的要緊人物，須縱他不得，便道：「將他帶到城裏，細細盤問。只要不是魔教中人，我自有升賞。」他這樣說，已顧到了女兒面子，免得她當著這許多人面前恃寵撒嬌。

四名武士答應了，便走近身來。趙敏哭道：「爹爹，你眞要逼死女兒麼？」匕首向胸口刺進半寸，鮮血登時染紅衣衫。汝陽王驚道：「敏敏，千萬不可胡鬧。」趙敏哭道：「爹爹，女兒不孝，已私下和張公子結成夫婦。你就放女兒去罷。否則我立時便死在你面前。」汝陽王左手不住拉扯自己鬍子，滿額都是冷汗。他命將統兵、交鋒破敵，都是一言立決，但今日遇上了愛女這等尷尬事，竟束手無策。

王保保道：「妹子，你和張公子都已受傷，且暫同爹爹回去，請名醫調理，然後由爹爹主持婚配。爹爹得了個乘龍快婿，我也有一位英雄妹夫，豈不是好？」他這番話說得好聽，趙敏卻早知是緩兵之計，張無忌一落入他們手中，焉有命在？一時三刻之間便給處死了，便道：「爹爹，女兒嫁鷄隨鷄、嫁犬隨犬，是死是活，我都隨定張公子了。眼下只兩條路，你肯饒女兒一命，就此罷休。你要女兒死，原也不費吹灰之力。」

汝陽王怒道：「敏敏，你可要想明白。你跟了這反賊去，從此不能再是我女兒了。」

趙敏柔腸百轉，原也捨不得爹爹哥哥，想起平時父兄對自己的疼愛憐惜，心中有如刀割，但自己只要稍一遲疑，登時便送了張無忌性命，眼下只有先救情郎，日後再求父兄原諒，便道：「爹爹，哥哥，這都是敏敏不好，你……你們饒了我罷！」

汝陽王見女兒意不可回，深悔平日溺愛太過，放縱她行走江湖，以致做出這等事來，素知她從小任性，倘加威逼，她定然刺胸自殺，不由得長嘆一聲，淚水潸潸而下，哽咽道：「敏敏，你多加保重。爹爹去了……你……你一切小心。」

趙敏點了點頭，不敢再向父親多望一眼。

汝陽王轉身緩緩走下山去，左右牽過坐騎，他恍如不聞不見，並不上馬，走出十餘丈，他突然回身，說道：「敏敏，你的傷不礙事麼？身上帶得有錢麼？」趙敏含淚點了點頭。汝陽王對左右道：「把我的兩匹馬去給郡主。」左右衛士答應了，將馬牽到趙敏身旁，擁著汝陽王走下山去。六名番僧委頓在地，沒法站起，餘下的番僧兩個服侍一個，扶著跟在後面。

過不多時，衆人走得乾乾淨淨，只剩下張無忌和趙敏兩人。

那胖道人颼的一劍，逕向張無忌咽喉刺去，出招甚是狠辣迅捷。張無忌「啊」的一聲驚呼，竟似不知閃避，上身向前一撞，反將頭頸送到劍尖上去。

三十五　屠獅有會孰爲殃

鹿杖客那一掌偷襲，適逢張無忌正以全力帶動十八名番僧聯手合力的內勁，後背藩籬盡撤，失了護體眞氣，玄冥寒毒侵入，受傷著實不輕。他盤膝而坐，以九陽眞氣在體內轉了三轉，嘔出兩口瘀血，才稍去胸口閉塞之感，睜開眼來，只見趙敏滿臉擔憂。

張無忌柔聲道：「趙姑娘，這可苦了你啦。」趙敏道：「這當兒你還是叫我『趙姑娘』麼？我不是朝廷的人了，也不是郡主了，你……你心裏，還當我是個小妖女麼？」

張無忌慢慢站起，說道：「我問你一句話，你得據實說來。我表妹殷離臉上的劍傷，到底是不是你割的？」趙敏道：「不是！」張無忌又問：「她是不是你給抛入海裏的？」趙敏大聲道：「決不是！」張無忌道：「那麼是誰下的毒手？」趙敏道：「我手邊無憑無據，不能跟你說。你內傷未愈，多問徒亂心意。倘若你查明實據，殷姑娘確是爲我所害，不用你下手，我立時在你面前自刎謝罪。」

張無忌聽她說得斬釘截鐵，不由得不信，沉吟半晌，道：「多半是波斯明教那艘船上暗中伏有高手，施展邪法，半夜裏將咱們一起迷倒，害了我表妹，盜去了倚天劍和屠龍刀。救出義父之後，可須得到波斯走一遭，去向小昭問個明白。」

趙敏抿嘴一笑，說道：「你巴不得想見小昭，便杜撰些緣由出來。小昭是大大好人，我也想見她，當面好好謝謝她。」張無忌奇道：「謝甚麼？」

趙敏道：「謝她對我說了眞話。那天小昭跟我們分別時，悄悄把我拉在一旁，對我說：『趙姑娘，我就要去波斯了，今後再也不能照料教主。他武功雖高，但心地太好，容易上人家的當，請你以後好好照顧他。我知你是教主的心上人，他寧可性命不在，也要迴護你平安周全。』聽她這麼說，我自然開心得很。從來沒人跟我這樣說過，我盼望是這樣，但不知能不能是眞。小昭是第一個這樣說的，我心裏當然感激她。我問她：『你怎知道？』她說：『我自然知道。我冷眼旁觀，早看了出來。我一心一意想做教主的小丫頭，永遠在他身邊服侍他，就算他娶了你做夫人，我也是這般待他。』」

張無忌聽到這裏，不禁心中酸楚，眼前出現了小昭那嬌小玲瓏、甜美可愛的倩影：「不知她在波斯是否一切平安？」趙敏又道：「那天晚上，我中了十香軟筋散之毒……」張無忌奇道：「怎麼你中了十香軟筋散之毒？」

趙敏道：「我若不中毒，怎會給人拿去了倚天劍，還被拋入大海？」張無忌再問：「你也給人拋入海裏？」趙敏點了點頭，道：「那晚我給海水一激，又喝了幾口水，嘔了好多毒水出來，頭腦才清醒了些，幸好我水性不壞，沒給淹死，但心裏卻一片混亂。也不知漂流了多久，幸好遇上一艘漁船打魚經過，把我救了起來。我迷迷糊糊中也沒法要他們送我回荒島，待得漁船泊岸，才知已回到了大陸。我問船上漁人是否知道那荒島的所在，他們也回答不出。後來我大病一場，等到勉強起得了身，便立即回到王府，派出水師，到沿海各個小島去找尋你們。」

張無忌聽了，又憐惜，又感激，一時說不出話來。

趙敏微微一笑，說道：「咱們早些養好了傷，快去少林寺是正經。」張無忌奇道：「去少林寺幹麼？」趙敏道：「救謝大俠啊。」張無忌一凜，問道：「義父確是給關在少林寺麼？」

趙敏道：「這中間的原委曲折，我也不知。但謝大俠身在少林寺內，卻是千眞萬確。我跟你說，我手下有一死士，在少林寺出家，是他捨了一條性命，帶出來的訊息。」張無忌問道：「爲甚麼捨了一條性命？」趙敏道：「我那部屬爲了向我證明，設法剪下了謝大俠的一束黃髮。可是少林寺監守謝大俠十分嚴密，我那部屬取了頭髮後出寺，終於給發覺了，身中兩掌，掙扎著將頭髮送到我手裏，不久便死了。」

張無忌道：「嘿！好厲害！」這「好厲害」三字，也不知是讚趙敏的本事了得、成崑的手段毒辣，還是說當時局勢的險惡。他心中煩惱，牽動內息，忍不住又吐了一口血。明教雖也曾派人至少林寺打探，但終因少林寺嚴密封鎖消息，以致查無所獲。

趙敏急道：「早知你傷得如此要緊，又這等沉不住氣，我便不跟你說了。」張無忌坐下地來，靠在山石之上，待要寧神靜息，但關心則亂，始終無法鎮定，說道：「少林神僧空見，是讓我義父用七傷拳打死的。少林僧俗上下，二十餘年來誓報此仇，何況那成崑便在少林寺出家。我義父落入了他們手中，那裏還有命在？」

趙敏道：「你不用著急，有一件東西卻可救得謝大俠性命。」張無忌忙問：「甚麼東西？」趙敏道：「屠龍寶刀。」張無忌一轉念間，便即明白，屠龍刀號稱「武林至尊」，少林派數百年來領袖武林，對這把寶刀自欲得之而甘心，他們為了得刀，必不肯輕易加害謝遜，只是對他大加折辱，定然難免。

趙敏又道：「我想救謝大俠之事，還是你我二人暗中下手的為是。明教英雄雖衆，但如大舉進襲少林，雙方損折必多。少林派倘若眼見抵擋不住明教進攻，其勢已留不住謝大俠，說不定便出下策，下手將他害了。」

張無忌聽她想得周到，心下感激，道：「敏妹，你說的是。」

趙敏第一次聽他叫自己為「敏妹」，心中說不出的甜蜜，但一轉念間，想到父母之恩、兄妹之情，從此盡付東流，又不禁神傷。張無忌猜到她心意，卻也無從勸慰，只是想：「她此生已然託付於我，我不知如何方能報答她的深情厚意？芷若和我有婚姻之約，我卻又如何能夠相負？唉！眼前之事，終是設法救出義父要緊，這等兒女之情，且自放在一旁。」勉力站起，說道：「咱們走罷！」

趙敏見他臉色灰白，知他受傷著實不輕，秀眉微蹙，沉吟道：「我爹爹愛我憐我，倒是不妨，就只怕哥哥不肯相饒。不出兩個時辰，只要哥哥能設法暫時離開爹爹，又會派人來捉拿咱倆回去。」張無忌點了點頭，想起王保保行事果決，是個厲害人物，料來不肯如此輕易罷手，目下兩人都身受重傷，倘若西去少林，委實步步荊棘，一時徬徨無策。趙敏道：「咱們急須離開此處險地，到了山下，再定行止。」

張無忌點點頭，蹣跚著去牽過坐騎，待要上馬，只感胸口一陣劇痛，竟跨不上去。趙敏右臂用力，咬著牙力推，將他送上馬背，但這麼一用力，胸口為匕首刺傷的傷口又流出不少鮮血。她掙扎著也上了馬背，坐在他身後。本來是張無忌扶她，現下反而變成要她伸手相扶。二人喘息半晌，這才縱馬前行，另一匹馬跟在其後。

二人共騎下得山來，索性往大路上走去，折而東行，以免和王保保撞面。行得片刻，便走上了一道小路。兩人稍稍寬心，料想王保保遣人追拿，也不易尋到這條偏僻小路上來，只要挨到天黑，入了深山，便有轉機。

正行之間，忽聽得身後馬蹄聲響，兩匹馬急馳而來。趙敏花容失色，抱著張無忌的腰，說道：「我哥哥來得好快，咱們苦命，終於難脫他毒手。無忌哥哥，讓我跟他回府，設法求懇爹爹，咱們徐圖後會。天長地久，終不相負。」張無忌苦笑道：「令兄未必便肯放過了我。」剛說了這句話，身後兩乘馬相距已不過數十丈。

趙敏拉馬讓在道旁，拔出匕首，心意已決，若有迴旋餘地，自當以計脫身，要是哥哥決意殺害張無忌，兩人便死在一塊。但見那兩乘馬奔到身旁，卻不停留，馬上乘者是兩名蒙古士兵，經過二人身旁，只匆匆一瞥，便即越過前行。

趙敏心中剛說：「謝天謝地，原來只是兩個尋常小兵，不是爲追尋我等而來。」卻見兩名元兵已勒慢了馬，商量了幾句，忽然圈轉馬頭，馳到二人身旁。一名滿腮鬍子的元兵喝道：「兀那兩名蠻子，這兩匹好馬是那裏偷來的？」

趙敏聽他口氣，便知他見了父親所贈駿馬，起意眼紅。汝陽王這兩匹馬神駿之極，兼之金鐙銀勒，華貴非凡。蒙古人愛馬如命，見了焉有不動心之理？趙敏心想：「兩匹馬雖是爹爹所賜，但這兩個惡賊若要恃強相奪，也只有給了他們。」打蒙古話道：「你們是那位將軍麾下？竟敢對我如此無禮？」那蒙古兵一怔，問道：「小姐是誰？」他見兩人衣飾華貴，胯下兩匹馬更非同小可，再聽她蒙古話說得流利，倒也不敢放肆。

趙敏道：「我是花兒不赤將軍的女兒，這是我哥哥。我二人路上遇盜，身上受了傷。」兩名蒙古兵互望一眼，放聲大笑。那鬍子兵大聲道：「一不做，二不休，索性殺了這兩個娃娃再說。」抽出腰刀，縱馬過來。趙敏驚道：「你們幹甚麼？我告知將軍，教你二人四馬分屍而死。」「四馬分屍」是蒙古軍中重刑，犯法者四肢縛於四匹馬上，一聲令下，長鞭揮處，四馬齊奔，登時將犯人撕爲四截，是最殘忍的刑罰。

那鬍子兵獰笑道：「花兒不赤打不過明教叛軍，卻亂斬部屬，拿我們小兵出氣。昨日大軍譁變，早將你父親砍爲肉醬。在這兒撞到你這兩隻小狗，那就再好不過。」說著舉刀當頭砍下。趙敏一提韁繩，縱馬避過。那兵正待追殺，另一個元兵叫道：「別殺這花朵兒似的小姑娘，咱哥兒倆先圖個風流快活。」那鬍子兵道：「妙極，妙極！」

趙敏心念微動，便即縱身下馬，向道旁逃去。

兩名蒙古兵一齊下馬追來。趙敏「啊喲」一聲，摔倒在地。那鬍子兵撲將上去，伸手按她背心。趙敏手肘迴撞，正中他胸口要穴，那鬍子兵哼也不哼，滾倒在旁。另一元兵沒看清他已中暗算，跟著撲上，趙敏依樣葫蘆，又撞中了他穴道。這兩下撞穴，她平時自是不費吹灰之力，此刻卻累得氣喘吁吁，滿頭都是冷汗，全身似欲虛脫。

她支撐著起來，扶張無忌下馬，拔匕首在手，喝道：「你這兩個犯上作亂的狗賊，還要性命不要？」兩名元兵穴道受撞，上半身痲木不仁，雙手動彈不得，下肢略有知覺，卻也酸痛難當，只道趙敏跟著便要取他二人性命，不料想聽她言中之意竟有一線生機，忙道：「姑娘饒命！花兒不赤將軍並非小人下手加害。」趙敏道：「好，若依得我一事，便饒了你二人狗命。」兩名元兵不理是何難事，當即答應：「依得！依得！」

趙敏指著自己坐騎，道：「你二人騎了這兩匹馬，向東急行，一日一夜之內，必須馳出三百里地，越快越好，不得有誤。」二人面面相覷，做夢也想不到她的吩咐竟是如此一樁美差，料來她說的必是反話。那翳子兵道：「姑娘，小人便有天大膽子，也不敢再要姑娘的坐騎……」趙敏截住他話頭，說道：「事機緊迫，快快上馬。路上若有人問起，你只須說這兩匹馬是市上買的，千萬不可提及我二人形貌，知道了麼？」

那二名蒙古兵仍將信將疑，但禁不住趙敏連聲催促，心想此舉縱然有詐，也勝於當場讓她用匕首刺死，於是告了罪，一步步挨將過去，翻身上鞍。蒙古人自幼生長於馬背之上，騎馬比走路還容易，雖手足僵硬，仍能控馬行路。二兵生怕趙敏一時胡塗，隨即翻悔，待坐騎行出數丈，雙腿急夾，縱馬疾馳而去。

張無忌道：「這主意挺高，你哥哥手下見到這兩匹駿馬，定料我二人已向東去。咱們此刻卻又向何方而行？」趙敏道：「自是向西南方去了。」

二人上了蒙古兵留下的坐騎，在荒野間不依道路，逕向西南。

這一路盡是崎嶇亂石，荆棘叢生，只刺得兩匹馬腿上鮮血淋漓，一跛一躓，一個時辰只行得二十來里。天色將黑，忽見山坳中一縷炊煙裊裊升起。張無忌喜道：「前面有人家，咱們便去借宿。」行到近處，見大樹掩映間露出黃牆一角，原來是座廟宇。

趙敏扶張無忌下得馬來，將兩匹馬的馬頭朝向西方，在地下拾起一根荊枝，在馬臀上鞭打數下。兩匹馬長聲嘶叫，快奔而去。她到處布伏疑陣，但求引開王保保的追兵。

二人相將扶持，挨到廟前，見大門上匾額寫著「護國寺」三字。趙敏提起門環，敲了三下，隔了半晌沒人答應，又敲了三下。

忽聽得門內一個陰惻惻的聲音道：「是人是鬼？來挺屍麼？」格格聲響，大門緩緩開了，木門後出現一個人影。其時暮色蒼茫，那人又身子背光，看不清他面貌，但見他光頭僧衣，是個和尚。

張無忌道：「在下兄妹二人途中遇盜，身受重傷，求在寶剎借宿一宵，請大師慈悲。」那人哼的一聲，冷冷的道：「出家人素來不與人方便，你們去罷。」便欲關門。趙敏忙道：「與人方便，自己方便，於你未必沒有好處。」那和尚道：「甚麼好處？」趙敏伸手到耳邊摘下一對鑲珠的耳環，遞過去交在他手中。

那和尚見每隻耳環上都鑲有小指頭大小的一粒珍珠，再打量二人，說道：「好罷，與人方便，自己方便。」側身讓在一旁。趙敏扶著張無忌走了進去。那和尚引著二人穿過大殿和院子，來到東首廂房，說道：「就在這兒住罷。」

房中無燈無火，黑洞洞地，趙敏在床上一摸，床上只一張草蓆，更無別物。

只聽得外面一個洪亮的聲音叫道：「郝四弟，你領誰進來了？」那和尚道：「兩個借宿的客人。」說著跨步出門。趙敏道：「師傅，請你布施兩碗飯，一碟素菜。」那和尚道：「出家人吃十方，不布施！」說著揚長而去。趙敏恨恨的道：「這和尚可惡！無忌哥哥，你肚子很餓了罷？咱們得弄些吃的才成。」

突然間院子中腳步聲響，共有七八人走來，火光閃動，房門推開，兩名僧人高舉燭台，照射兩人。張無忌一瞥之下，高高矮矮共是八名僧人，有的粗眉巨眼，有的滿臉橫肉，竟沒一個善相之人。

一個滿臉皺紋的老僧道：「你們身上還有多少金銀珠寶，一起都拿出來。」趙敏道：「幹甚麼？」老僧笑道：「兩位施主有緣來此，正好撞到小廟要大做法事，重修山門，再裝金身。兩位身上的金銀珠寶，一起布施出來。倘若吝嗇不肯，得罪了菩薩，那就麻煩了。」趙敏怒道：「那不是強盜行逕麼？」那老僧道：「罪過，罪過。我們八兄弟殺人放火，原是做的強盜勾當，最近放下屠刀，立地成佛，馬馬虎虎做了和尚。兩位施主有緣，肥羊自己送上門來，唉，可要累得我們出家人六根又不能清淨了。」

張無忌和趙敏大吃一驚，沒想到這八個和尚乃大盜改裝，這老僧既直言不諱，自是存心要殺人了，否則決不致自吐隱事。

另一名僧人獰笑道：「女施主不用害怕，我們八個和尚強盜正少一位押廟夫人，你生得這般花容月貌，當真觀世音菩薩下凡，如來佛見了也要動心。妙極！妙極！」

趙敏從懷裏掏出七八錠黃金、一串珠鍊，放在桌上，說道：「財物珠寶，盡在於此。我兄妹也是武林中人，各位須顧全江湖上義氣。」那老僧笑道：「兩位是武林中人，那再好也沒有了，不知是那一派的門下？」趙敏道：「我們是少林子弟。」少林派是武林中第一大派，她只盼這八人便算不是出身少林旁系，親友之中或也有人與少林派有些淵源。

那老僧一怔，隨即目現兇光，說道：「是少林子弟嗎？當眞不巧了！你們兩個娃娃只好怪自己投錯了門派。」伸手便拉她手腕。趙敏一縮手，老僧拉了個空。

張無忌見眼前情勢危急之極，自己與趙敏身上傷重，萬難抵敵，這幾年來會過多少武林中的成名人物，難道今日反喪生於八個三四流的小盜手中？不管怎樣，總不能眼睜睜的看著趙敏受辱，便道：「敏妹，你躲在我身後，我來料理這八名小賊。」

趙敏空有滿腹智計，此刻也束手無策，問道：「你們是甚麼人？」

那老僧道：「我們是少林寺逐出來的叛徒，遇到別派的江湖朋友，倒還手下留情，但若碰到少林子弟，就非殺不可。小姑娘，這位兄弟本要留你做個押廟夫人，現下知道你是少林門下，我們只有先姦後殺，留不得活口了。」

張無忌低沉嗓子道：「好哇！你們是圓眞門下，是也不是？」那老僧咦的一聲，道：「這倒奇了，你怎知道？」趙敏接口道：「咱們正是要上少林寺去，會見陳友諒大哥，推舉圓眞大師作少林寺方丈。」那老僧道：「善哉，善哉！我佛如來，普渡衆生。」趙敏道：「是啊，咱們正好齊心合力，共成善舉。」

她此言一出，八名僧人同時哈哈大笑。

原來這八個和尙確是圓眞和陳友諒一黨，由陳友諒引入，拜在圓眞門下。圓眞先前挑動六大派圍攻光明頂，未竟其功，其後與趙敏設計擒拿空聞、空智等人，又爲張無忌壞了事，他便想在少林寺中生事，自己圖謀出任方丈，近年來四處收羅人才。只是少林寺戒律精嚴，每收一名弟子，均須由執掌戒律的監寺詳加盤問，查明出身來歷，圓眞難以爲所欲爲。陳友諒於是另設計謀，招引各路幫會豪傑、江洋大盜在寺外拜師，作爲圓眞的弟子，卻不身入少林，只待時機到來，共舉大事。圓眞的武功何等深湛，只一出手，便令江湖豪士羣相懾服，這些武林人物素慕少林名門正派的威望，又見到圓眞神功絕技，自是皆願拜師。有少數不願背叛本門的，圓眞立即下手除卻，是以他奸謀經營已久，卻不敗露。那老僧口稱「我佛如來，普渡衆生」，是他們相認的暗號，若是本黨中人，須答以「花開見佛，心即靈山」，互相便知。趙敏聽到老僧口氣中露出是圓眞弟子，便推算到圓眞圖謀方丈之位的心意，可是他們約定的暗號，卻又如何得知？

一名矮胖僧人道：「富大哥，這小妮子說甚麼推舉我師作少林寺方丈，這訊息從何處得來？事關重大，不可不問個明白。」這八人雖落髮作了和尚，相互間仍以「大哥」「二哥」相稱，不脫昔時綠林習氣。

張無忌一聽到他八人的笑聲，便知要糟，苦於重傷後真氣無法凝聚，只得努力收束心神，強行聚氣，只覺熱烘烘的真氣東一團、西一塊，始終難依脈絡運行。眼見那老僧猶如鳥爪的五根手指向趙敏抓去，趙敏無力擋架，縮身避向裏床，張無忌心下焦急，但此際也惟有盤膝運功，只盼能恢復得二三成功力，便能打發這八名惡賊了。

那矮胖僧人見他在這當口兀自大模大樣的運氣打坐，怒喝：「這小子不知死活，老子先送他上西天去，免得在這裏礙手礙腳！」說著右臂抬起，骨骼格格作響，呼的一拳，猛力打向張無忌胸口。趙敏眼見危急，尖聲驚呼，卻見那矮胖僧人一拳打過，右臂軟軟垂下，雙目圓睜，卻站著全不動彈。那老僧大驚，伸手拉他，那胖僧應手而倒，竟已死去。餘下各僧又驚又怒，紛紛喝道：「這小子有妖法，有邪術！」

原來那胖僧運勁於臂，猛擊張無忌胸口，正打在「膻中穴」上。張無忌的九陽神功攻敵不足，護身有餘，不但將敵人打來的拳勁反彈回去，更因對方這麼一擊，引動了他體內九陽真氣，勁上加勁，力中貫力，那胖僧立即斃命。

那老僧卻道張無忌胸口裝有毒箭、毒刺之類物事，以致那胖僧中了劇毒，當即出掌，擊向他露在袖外的右臂，準擬先打折他手臂，再行慢慢收拾。這一招剛猛的掌力撞到張無忌臂上，引動他體內九陽眞氣反激而出。那老僧登時倒撞出去，其勢如箭，喀喇一聲大響，衝破窗格，撞在庭中一株大槐樹上，腦漿迸裂。

餘僧大聲呼叫聲中，一僧雙拳搗向張無忌太陽穴，一僧以「雙龍搶珠」伸指挖他眼珠，另一僧飛起右足，踢向他丹田。張無忌低頭避開雙眼，讓他兩指戳在額頭，但聽得砰砰、啊喲、噗噗數聲連響，三僧先後震死。第三僧飛足猛踢，力道強勁，右腿竟硬生生的震斷。張無忌丹田處受了這一腿，眞氣鼓盪，右半邊身子中各處脈絡竟有貫穿模樣，心下暗喜：「可惜這惡僧震死得太早，要是他在我丹田上多踢幾腳，反能助我早復功力。看來我受傷雖重，恢復倒不難，只須有十天到半月將息，便能盡復舊觀。」

八僧中死了五僧，餘下三名惡僧嚇得魂飛天外，爭先恐後的搶出門去，直奔到廟門之外，不見張無忌追趕出來，這才站定了商議。一個道：「這小子定有邪法。」另一個道：「我看不是邪法，這小子內功厲害，反激出來傷人。」第三人道：「不錯，咱們好歹要給死去了的兄弟報仇。」三人商議了半晌，一人忽道：「這小子定是受傷甚重，否則何以不追將出來？」另一人喜道：「不錯，多半他不會走動，五個兄弟以拳腳打他，他能以內功反激，咱們用兵刃砍他刺他，難道他當眞有銅筋鐵骨不成？」

三僧商量定當，一人挺了柄長矛，一人提刀，一人持劍，走回院子。

三僧往撞破了的窗格子中張望，只見那青年男子仍盤膝而坐，模樣極是疲累，身子搖搖晃晃，似乎隨時便要摔倒。那少女拿著一塊手帕給他額頭拭汗。三僧互使眼色，終究不敢便此衝入。一僧叫道：「臭小子，有種的便出來，跟老爺鬥三百回合。」另一僧罵道：「這小子有甚麼本事，便只會使妖法害人。那是下三濫的把戲，卑鄙下流，無恥之尤！」三僧見張無忌既不答話，又不下床，膽子越來越大，辱罵的言語也越來越髒，佛門弟子中口出惡言的，只怕極少有人能勝得過這三位大和尚了。

張無忌和趙敏聽了也不生氣，他二人最躭心的不是三僧再來尋仇，而是怕他們嚇得一去不回。此間離嵩山少林寺不遠，這三僧若去告知了成崑，那就大事去矣。張無忌之傷不到十天以外，萬難痊可，用不著成崑親至，只消來得一兩個二流高手，例如陳友諒之類的人物，便也無法抵擋。因此見三僧去而復回，反而暗暗歡喜。張無忌連受五僧襲擊，體內九陽眞氣有若干處所漸行凝聚，雖仍難以發勁傷敵，心下已不若先前驚惶。

突然間砰的一聲，一僧飛腳踢開房門，搶了進來，青光閃處，紅纓抖動，手中挺著一柄長矛。趙敏叫聲：「啊喲！」急將手中匕首遞給張無忌。張無忌搖頭不接，暗暗叫苦：「我手上半點勁力也無，縱有兵刃，如何卻敵？我血肉之軀，卻不能抵擋兵器。」動念未已，敵人長矛捲起一個槍花，紅纓散開，矛頭已向胸口刺到。

這一矛來得快，趙敏的念頭卻也轉得快，伸手到張無忌懷中摸出一枚聖火令，對準矛頭來路，擋在張無忌胸口，噹的一響，矛頭正好戳在聖火令上。以倚天劍之利，尚不能削斷聖火令，矛頭刺將上去，自是絲毫無損。這一刺之勁激動張無忌體內九陽神功，反彈出去，但聽得「啊……」的一下長聲慘叫，矛桿直插入那僧人胸口。

這僧人尚未摔倒，第二名僧人的單刀已砍向張無忌頭頂。趙敏深恐一枚聖火令擋不住單刀刃鋒，雙手各持一枚，急速在張無忌頭頂一放。這當口果真間不容髮，又是噹的一響，單刀反彈，刀背將那惡僧的額骨撞得粉碎，但趙敏的左手小指卻也給刀鋒切去了一片，危急之際，竟自未感疼痛。

第三名僧人持劍剛進門口，便見兩名同伴幾乎同時殞命，他大叫一聲，向外便奔。趙敏叫道：「不能讓他逃走了。」右手聖火令從窗子擲將出去，準頭極佳，卻全無力量，沒碰到那人身子便已落地。張無忌抱住她身子，叫道：「再擲！」以胸口稍行凝聚的眞氣從她背心傳入。趙敏左手的聖火令再度擲出。那僧人只須再奔兩步，便躲到了照壁之後，但聖火令去勢奇快，正中背心，登時狂噴鮮血而死。

張無忌和趙敏聖火令一脫手，同時昏暈，相擁跌下床來。這時廂房內死了六僧，庭中死了二僧，張趙二人昏倒血泊之中。荒山小廟，冷月清風，頃刻間更無半點聲息。

過了良久，趙敏先行醒轉，迷迷糊糊之中先伸手一探張無忌鼻息，只覺呼吸雖弱，卻悠長平穩。她支撐著站起，無力將他扶上床去，只得將他身子拉好，抬起他頭，枕在一名死僧身上。她坐在死人堆裏不住喘氣。又過半晌，張無忌睜開眼來，叫道：「敏妹，你……你在那裏？」趙敏嫣然一笑，清冷的月光從窗中照將進來，兩人看到對方臉上都是鮮血，本來神情可怖，但劫後餘生，卻覺說不出的俊美可愛，各自張臂相擁。

這番劇戰，先前殺那七僧，張無忌沒花半分力氣，借力打力，反而無損有益，但最後以聖火令飛擲第八名惡僧，二人卻都大傷元氣。這時二人均已無力動彈，只有躺在死人堆中，靜候力氣恢復。趙敏包紮了左手小指傷處，迷迷糊糊的又睡著了。

直到次日中午，二人方始先後醒轉。張無忌打坐運氣，調息大半個時辰，精神略振，撐身站起，肚裏已咕咕直叫，摸到廚下，見一鍋飯一半已成黑炭，另一半也焦臭難聞，滿滿盛了一碗，拿到房中。趙敏笑道：「你我今日這等狼狽，只可天知地知，你知我知，實不足為外人道也。」兩人相對大笑，伸手抓取焦飯而食，只覺滋味之美，似猶勝山珍海味。一碗飯沒吃完，忽聽得遠處傳來馬蹄和山石相擊之聲。

嗆啷一聲，盛著焦飯的瓦碗掉在地下，打得粉碎。趙敏和張無忌面面相覷，兩顆心怦怦跳動，耳聽得馳來的共是兩乘，到了廟門前戛然而止，接著門環四響，有人打門，稍停片刻，又是門環四響。張無忌低聲道：「怎麼辦？」只聽得門外有人叫道：「上官三哥，是我秦老五啊。」趙敏道：「他們就要破門而入。咱們且裝死人，隨機應變。」

兩人伏在死人堆裏，臉孔向下。剛伏好身子，便聽得砰的一聲巨響，廟門為人猛力撞開，從撞門的聲勢中聽來，來人膂力不小。趙敏心念一動，道：「你伏在門邊，擋住二人退路。」張無忌點點頭，爬到門檻之旁。

緊跟著便聽得兩聲驚呼，喇喇聲響，進廟的兩人拔出了兵刃，顯已見到庭中的兩具屍首。一人低聲道：「小心，防備敵人暗算。」另一人大聲喝道：「好朋友，鬼鬼祟祟的躲著算是甚麼英雄？有種的出來跟老子決一死戰。」這人嗓音粗豪，中氣充沛，諒必是那推門的大力士了。他連喝數聲，四下裏沒半點聲息，說道：「賊子早去遠了。」另一個嗓音嘶啞的人道：「四處查一查，莫中了敵人詭計。」那秦老五道：「壽老弟，你往東邊搜，我往西邊搜。」那姓壽的似乎害怕，說道：「只怕敵人人多，咱們可別落單。」秦老五未置可否。

那姓壽的突然咦的一聲，指著東廂房道：「裏……裏面還有死人！」兩人走到門邊，見小小一間房中，死屍橫七豎八的躺了一地。秦老五道：「這廟……廟裏的八位兄弟，一齊喪命，不知是甚麼人下的毒手？」姓壽的道：「秦五哥，咱們急速回寺，稟……稟……稟報師父。」秦老五沉吟道：「師父叮囑咱們，須得趕快送出請帖，趕著在重陽節開『屠獅英雄會』，要是誤了事，可吃罪不起。」

張無忌聽到「屠獅英雄會」五字，微一沉吟，不禁驚、喜、慚、怒，百感齊生，心想：「他師父大撒請帖，開甚麼屠獅英雄會，自是召集天下英雄，要當衆殺害義父，這麼說來，在重陽節之前，義父性命倒是無礙。我不能保護義父周全，害得他老人家落入奸人手中，苦受折辱，不孝不義，莫此爲甚。」他越想越怒，恨不得立時手刃這兩名奸人，但又怕二人見機逃走，自己卻無力追逐，唯有待他二人進房，然後截住退路，依樣葫蘆，以九陽眞氣反震之力鋤奸。

不料這二人見房中盡是死屍，不願進房，只站在庭中商量。那姓壽的道：「這等大事，須得快去稟告師父。」秦老五道：「這樣罷，咱倆分頭行事，我去送請帖，你回寺稟告師父。」姓壽的又擔心在道上遇到敵人，躊躇未答。秦老五惱起來，說道：「那麼任你挑選，你愛送請帖，那也由得你。」姓壽的沉吟片刻，終覺還是回山較爲安全，說道：「聽憑秦五哥吩咐，我回山稟告便是。」二人當即轉身出去。

趙敏身子一動，低聲呻吟了兩下。秦壽二人吃了一驚，回過頭來，見趙敏又動了兩動，這時看得清楚，卻是個女子。

秦老五奇道：「這女子是誰？」走進房去。姓壽的膽子雖小，但一來見她是女子，二來已重傷垂死，也就不加忌憚，跟著進房。秦老五便伸手去扳趙敏肩頭。張無忌一聲咳嗽，坐起身來，盤膝運氣，雙目似閉非閉。秦壽二人突然見他坐起，臉上全是血漬，神態可怖，一齊大驚。那姓壽的叫道：「不好，這是屍變。這殭……殭屍陰魂不散！」

秦老五叫道：「殭屍作怪，姓秦的可不來怕你。」舉刀猛往張無忌頭頂砍落。張無忌手中早握好了兩枚聖火令，當即往頭頂一放，噹的一響，刀刃砍在聖火令上，反彈回去，將秦老五撞得腦漿迸裂，立時斃命。

那姓壽的手中握著一柄鬼頭刀，手臂發抖，想要往張無忌身上砍去，卻那裏敢？張無忌只等他砍劈過來，便可以九陽眞氣反撞。趙敏見那人久久不動，心下焦躁：「這膽小鬼魂飛魄散，不敢動手，要是他抛刀逃走，咱們可奈何他不得。」只見他牙關相擊，格格作響，突然間啪的一聲，鬼頭刀掉在地下。

張無忌道：「你有種便來砍我一刀，打我一拳。」那人道：「小……小的沒種，不敢跟老爺動手。」張無忌道：「那麼你踢我一腳試試。」那人道：「小的……小的更加不敢。」張無忌怒道：「你如此膿包，待會只有死得更慘，快向我砍上兩刀。我若見你手勁不差，說不定反饒了你性命。」那人道：「是，是！」俯身拾起鬼頭刀，曾見秦老五頭骨破碎的慘狀，心想這殭屍法力高強，我還是苦苦哀求饒命的爲是，跪倒磕頭道：「老爺饒命！你身遭枉死，跟小人可毫不相干，你別向小……小人索命。」

趙敏聽他竟以爲張無忌是死人，心中有氣，哼了一聲，道：「武林中居然有這等沒出息的奴才。」那人道：「是，是！小的沒出息，沒出息，眞是奴才，眞是奴才！」

他不敢出手，張無忌倒無計可施，突然間心念一動，喝道：「過來。」那人忙道：

「是！」向前爬了幾步，仍然跪著。張無忌伸出雙手，將兩根拇指按在他眼珠之上，喝道：「我先挖出你的眼珠。」那人大驚，不及多想，忙伸手用力將張無忌雙臂推開。張無忌只求他這麼一推，當即借用他的力道，手臂下滑，點了他乳下「神封」、「步廊」兩處穴道。那人全身酸麻，撲倒在地，大聲求懇：「老爺饒命，老爺饒命。原來老爺不是殭屍，那……那更加要饒命了。」他這時伏在張無忌身前，已瞧清對方乃是活人。

趙敏知張無忌這一下乃借力點穴，但借來的力道實在太小，只能暫時令那人手足酸軟，卻未失行動之力，不到半個時辰，封閉了的穴道自行解開，屆時又有一番麻煩，又想有許多事要向他查明，不能便取他性命，說道：「你已給這位爺台點中了死穴，你吸一口氣，左胸肋角是否隱隱生疼？」那人依言吸氣，果覺左胸幾根肋骨處頗爲疼痛，其實這是一時氣血閉塞的應有之象，那人不知，更大聲哀求。

趙敏道：「要饒你性命嗎？可須得給你用金針解開死穴才成。那未免太也麻煩了。」那人磕頭道：「姑娘無論如何得麻煩這麼一次。姑娘救得小人之命，小人做牛做馬，也供姑娘驅使。」趙敏嫣然一笑，道：「似你這等江湖人物，我倒是第一次看見。好罷，你去拾一塊磚頭來。」那人忙應道：「是，是！」蹣跚著走出，到院子中去撿磚頭。

張無忌低聲問道：「要磚頭幹甚麼？」趙敏微笑道：「山人自有妙計。」

那人拿了一塊磚頭，恭恭敬敬的走進房來。趙敏在頭髮上拔下一隻金釵，將釵尖對準了他肩頭「缺盆穴」，說道：「我先用金針解開你上身脈絡，免得死穴之氣上衝入腦，那就無救了。但不知那位爺台肯不肯饒你性命？」那人眼望張無忌，滿是哀懇之色。張無忌便點了點頭。那人大喜，道：「這位大爺答允了，請姑娘快快下手。」趙敏道：「嗯，你怕不怕痛？」那人道：「小人只怕死，不怕痛。」

趙敏道：「很好！你用磚頭在金釵尾上敲擊一下。」那人心想金釵揷入肩頭，這是皮肉之傷，毫不皺眉，提起磚頭便往釵尾擊落。金釵刺入「缺盆穴」，那人並不疼痛，反有一陣舒適之感，對趙敏更增幾分信心，不絕口的道謝。趙敏命他拔出金釵，又在他魂門、魄戶、天柱、庫房等七八處穴道上分別刺過。張無忌微微一笑，道：「好了，好了！」站起身來，心知那人穴道上受了這些攢刺，倘若逃出廟去，竭力奔跑，這幾下刺穴立即發作，便制了他死命。

趙敏道：「你去打兩盆水，給我們洗臉，然後去做飯。你如要死，不妨在飯菜之中下些毒藥，咱三人同歸於盡。」那人道：「小的不敢，小的不敢！」

這麼一來，張無忌和趙敏倒多了一個侍僕。趙敏問他姓名，原來那人姓壽，名叫南山，有個外號叫作「萬壽無疆」，卻是江湖上朋友取笑他臨陣畏縮、一輩子不會給人打死之意。他雖隨著一干綠林好漢拜在圓眞門下，圓眞卻嫌他根骨太差，人品猥葸，只差他跑腿辦事，從來沒傳授過甚麼武功。壽南山給刺中了穴道，力氣不失，任由趙敏差來差去，極是賣力。他將九具屍首拖到後園中埋葬了，提水洗淨廟中血漬。妙在此人武功不成，烹調手段倒算得是第三流好手，做幾碗菜肴，張無忌和趙敏吃來大加讚賞。

待得諸事定當，張趙二人盤問那「屠獅英雄會」的詳情。壽南山倒毫不隱瞞，只可惜旁人瞧他不起，許多事都沒跟他說。他只知少林寺方丈空聞大師派圓眞主持這次大會，由空聞和空智兩位神僧出面，廣撒英雄帖，邀請天下各門派、各幫會的英雄好漢，於重陽節齊集少林寺會商要事。

張無忌要過那英雄帖一看，見是邀請雲南點蒼派浮塵子、古松子、歸藏子等諸劍客的請柬。點蒼諸劍成名已久，但隱居滇南，疏於露面，少和中原武林人士交往。少林派連他們也邀到了，可見這次大會賓客之衆，規模之盛。少林派領袖武林，空聞、空智親自出面邀請，料得接柬之人均將擱置要事，前來赴會。

張無忌見請柬上只寥寥數字，但書「敬請於重陽佳節，光臨少林，與天下英雄樽酒共盡十日之歡。同參佛祖，會商武林大事。」並無「屠獅」字樣，便問：「幹麼秦老五說這會叫作『屠獅英雄會』？」

壽南山臉有得色，說道：「張爺有所不知，我師父擒獲一個鼎鼎大名的人物，叫作金毛獅王謝遜。我們少林派這番要在天下英雄之前大大露臉，當衆宰殺這隻金毛獅子，因此這個大會嘛，便叫作『屠獅英雄會』。」張無忌強忍怒氣，又問：「這金毛獅王是何等人物，你可看見了麼？你師父如何將他擒來？這人現下關在那裏？」

壽南山道：「這金毛獅王哪，嘿嘿，那可當眞厲害無比，足足有小人兩個那麼高，手膀比小人的大腿還粗，不說別的，單是他一對晶光閃閃的眼睛向著你這麼一瞪，你登時便魄飛魂散，不用動手，便得磕頭求饒……」

張無忌和趙敏對望一眼，只聽他又道：「我師父跟他鬥了七日七夜，不分勝敗，後來我師父怒了，使出威震天下的『擒龍伏虎功』來，這才將他收服。現下這金毛獅王關在我們寺中大雄寶殿的一隻大鐵籠中，身上縛了七八根純鋼打就的鍊條……」

張無忌越聽越怒，喝道：「我問你話，便該據實而言，這般胡說八道，瞧我不要了你的狗命！金毛獅王謝大俠雙目失明，說甚麼雙眼晶光閃閃？」壽南山的牛皮當場給人戳穿，忙道：「是，是！想必是小人看錯了。」張無忌道：「到底你有沒有見到他老人家？謝大俠是怎麼一副相貌，你且說說看。」壽南山實在未見過謝遜，知道再吹牛皮，不免有性命之憂，忙道：「小人不敢相欺，其實是聽師兄們說的。」

張無忌只想查明謝遜被囚的所在，但反覆探詢，壽南山確是不知，料想這是機密大事，這小腳色原也無從得悉，只索罷了。好在重陽節距今二月有餘，時日從容，待傷勢全愈後前去相救，儘來得及。

三人在護國寺中過了數日，倒也安然無事，少林寺中並未派人前來有何勾當差遣。

到得第八日上，趙敏之傷已痊愈了七八成，張無忌體內眞氣逐步貫通，四肢漸漸有力，其時若有敵人到來，稍加抵擋或逃跑已非難事。那壽南山盡心竭力的服侍，不敢稍有異志。趙敏笑道：「萬壽無疆，你這胚子學武是不成的，做個管家倒是上等人材。」壽南山喜道：「姑娘說得好。小人便給姑娘做管家好嗎？」趙敏笑道：「那可不敢當！」

張無忌和趙敏每日吃著壽南山精心烹調的美食，護國寺中別有一番溫馨天地。又過十來日，兩人體力盡復，張無忌便和趙敏商議如何營救謝遜。

趙敏道：「本來最好的法子是眞的點了『萬壽無疆』死穴，派他回去少林寺打探。但這人太過膿包，多半會露出馬腳，反而壞了大事。這樣罷，咱們便到少室山下相機行事。只是咱二人的打扮卻得變一變。」張無忌道：「喬裝作甚麼？剃了光頭，做和尚、尼姑嗎？」趙敏臉上微微一紅，啐道：「呸！虧你想得出！一個小和尚，帶著個小尼姑，整天晃來晃去，成甚麼樣子？」張無忌笑道：「那麼咱倆扮成一對鄉下夫妻，到少室山腳下種田砍柴去。」趙敏一笑，道：「兄妹不成麼？扮成了夫妻，給周姑娘瞧見，我這左邊肩上又得多五個手指窟窿。」

張無忌也是一笑，不便再說下去，細細向壽南山問明少林寺中各處房舍的情形，便道：「你身上受點的死穴，都已解了，這就去罷。」趙敏正色道：「只是你這一生必須居於南方，只要一見冰雪，立刻送命。你急速南行，住的地方越熱越好，若受了一點點風寒，有甚麼傷風咳嗽，那可危險得緊。」

壽南山信以爲眞，拜別二人，出廟便向南行。這一生果然長居嶺南，小心保養，不敢傷風，直至明朝永樂年間方死，雖非當眞「萬壽無疆」，卻也是得享遐齡。

張趙二人待他走遠，小心淸除了廟內一切居住過的痕跡，走出二十餘里，向農家買了男女莊稼人的衣衫，到荒野處換上，將原來衣衫掘地埋了，向西北過了登封，慢慢走到少室山下。

到得離少林寺七八里處，途中已三次遇到寺中僧人。趙敏道：「不能再向前行了。」見山道旁兩間茅舍，門前有一片菜地，一個老農正在澆菜，便道：「向他借宿去。」

張無忌走上前去，行了個禮，說道：「老丈，借光，咱兄妹倆行得倦了，討碗水喝。」那老農恍若不聞，不理不睬，只舀著一瓢瓢糞水往菜根上潑去。張無忌又說了一遍，那老農仍是不理。呀的一聲，柴扉推開，走出一個白髮婆婆，笑道：「我老伴耳聾口啞，客官有甚麼事？」張無忌道：「我妹子走不動了，想討碗水喝。」那婆婆道：「請進來罷。」

二人跟著入內，見屋內收拾得甚是整潔，板桌木櫈，抹得乾乾淨淨，老婆婆的一套粗布衣裙也洗得一塵不染。趙敏心中歡喜，喝過了水，取出一錠銀子，笑道：「婆婆，我哥哥帶我去外婆家，我路上腳抽筋，走不動了，今兒晚想在婆婆家借宿一宵，等明兒清早再趕路。」那婆婆道：「借宿一宵不妨，也不用甚麼銀子。只是我們但有一間房，一張床，我和老伴就算讓了出來，你兄妹倆也不能一床睡啊。嘿嘿，小姑娘，你跟婆婆說老實話，是不是背父私奔，跟情哥哥逃了出來啊？」

趙敏給她說中了眞情，不由得滿臉通紅，暗想這婆婆眼力好厲害，聽她說話口氣不似尋常農家老婦，向她多打量了幾眼，見她雖弓腰曲背，但雙目炯炯有神，說不定竟身有武藝。趙敏情知張無忌還勉強像個尋常農夫，自己的容貌舉止、說話神態，決計不似農女，便悄聲說道：「婆婆既已猜到，我也不能相瞞。這個曾哥哥，是我自幼的相好，我爹爹嫌他家裏貧窮，不肯答允婚事。我媽媽見我尋死覓活的，便作主叫我跟了他……他出來。我媽媽說，過得三年兩載，我們有了……有了娃娃，再回家去，爹爹就是不肯，也只好肯了。」她說這番話時滿臉飛紅，不時偷偷向張無忌望上幾眼，目光中深孕情意，又道：「我家在大都是有面子的人家，爹爹又是做官的。我們要是給人抓住了，阿牛哥非給我爹爹打死不可。婆婆，我跟你說是說了，你可千萬別跟人說。」

那婆婆呵呵而笑，連連點頭，說道：「我年輕時節，也是個風流人物。你放心，我把我的房讓給你小夫妻。此處地方偏僻，你家裏人一定找不到，就算有人跟你們爲難，婆婆也不能袖手旁觀。」她見趙敏溫柔美麗，一上來便將自己的隱私說與她聽，心下便大有好感，決意出力相助，玉成她倆好事。

趙敏聽了她這幾句話，更知她是武林人物，此處距少林寺甚近，不知她與成崑是友是敵，當眞要處處小心，不能露出半分破綻，於是盈盈拜倒，說道：「婆婆肯給我二人作主，那眞多謝了。阿牛哥，快來謝過婆婆。」張無忌依言過來，作揖道謝。

那婆婆笑咪咪的點頭，當即讓了自己的房出來，在堂上用木板另行搭了張床，墊些稻草，鋪上一張草薦。兩人來到房中，張無忌低聲道：「澆菜那老農本領更大，你瞧出來了麼？」趙敏道：「啊，我倒看不出。」張無忌道：「他肩挑糞水，行得極慢，可是兩隻糞桶竟沒半點晃動，那是很高的內力修爲。」趙敏道：「比起你來怎麼樣？」張無忌笑道：「我來試試，也不知成不成。」說著一把將她抱起，扛在肩頭，作挑擔之狀。趙敏格格笑道：「啊喲！你將我當作了糞桶麼？」

那婆婆在房外聽得他二人親熱笑謔之聲，先前心頭存著的些微疑心，立時盡去。

當晚二人和那老農夫婦同桌共餐，有鷄有肉。張無忌和趙敏故意偷偷捏一捏手，碰一碰肘，便如一對熱戀私奔的情侶，蜜裏調油，片刻分捨不得。初時還不過有意做作，到後來竟純出自然。那婆婆瞧在眼裏，不住微笑，那老農卻如不見，只管低頭吃飯。

飯後張無忌和趙敏入房，閂上了門。兩人在飯桌上這般眞眞假假的調笑，不由得都動了情。趙敏俏臉紅暈，低聲道：「我們這是假的，可作不得眞。」張無忌一把將她摟在懷裏，吻了吻她，低聲道：「倘若是假的，三年兩載，又怎能生得個娃娃，抱回家去給你爹爹瞧瞧？」趙敏羞道：「呸，原來你躲在一旁，把我的話都偷聽去啦。」

張無忌雖和她言笑不禁，但總是想到自己和周芷若已有婚姻之約，雖然心中隱隱盼望將來一雙兩好，總須和周芷若成婚之後，再說得上趙敏之事。此刻溫香在抱，不免意亂情迷，但終於強自克制，只親親她的櫻唇粉頰，便將她扶上床去，自行躺在床前板櫈上，調息用功，九陽眞氣運轉十二周天，便即睡去。

趙敏卻臉熱心跳，翻來覆去的難以入睡，直至深宵，正矇矇矓矓間，忽聽得腳步聲響，自遠而近，有人迅速異常的搶到門前。她伸手去推張無忌，恰好張無忌也已聞聲醒覺，伸手過來推她，雙手相觸，互相握住了。

只聽得門外一個清朗的聲音說道：「杜氏賢伉儷請了，故人夜訪，得嫌無禮否？」過了半晌，那婆婆在屋內說道：「是西涼三劍麼？我夫婦從川北遠避到此，算是怕了你玉眞觀了。咱們不過一件小事上結了樑子，又不是當眞有甚麼深仇大怨。事隔多年，玉眞觀何必仍如此苦苦相逼？常言道得好：殺人不過頭點地。」門外那人哈哈一笑，說道：「你二位如當眞怕了，向我們磕三個響頭，玉眞觀既往不咎，前事一筆勾銷。」只聽板門呀的一聲開了，那婆婆道：「你們訊息也眞靈通，居然追到了這裏。」

其時滿月初虧，銀光瀉地，張無忌和趙敏從窗縫中望出去，只見門外站著三個黃冠道人。中間一人短鬚戟張，又矮又胖，說道：「賢伉儷是磕頭賠罪呢，還是雙鉤、鏈子槍上一決生死？」那婆婆尚未回答，那聾啞老頭已大踏步而出，站在門前，雙手叉腰，冷冷的瞧著三個道人。那婆婆跟著出來，站在丈夫身旁。

那短鬚道人道：「杜老先生幹麼一言不發，不屑跟西涼三劍交談麼？」那婆婆道：「拙夫耳朵聾了，聽不到三位言語。」短鬚道人咦的一聲，道：「杜老先生聽風辨器之術乃武林一絕，怎地耳朵聾了？可惜，可惜。」他身旁那個更胖的道人唰的一聲，抽出長劍，道：「杜百當、易三娘，你們怎地不拿兵刃？」

那婆婆易三娘道：「馬道長，你仍這般性急。兩位邵道長，幾年不見，你們可也頭髮花白了。嘿嘿，一些兒小事也這麼看不開，卻又何苦？」雙手突舉，每隻手掌中青光閃爍，各有三柄不到半尺長的短刀，雙手共有六柄。聾啞老頭杜百當跟著揚手，雙掌中也是六柄短刀，他左手刀滾到右手，右手刀滾到左手，便似手指交叉一般，純熟無比。

三個道人都是一怔，武林中可從來沒見過這般兵器，說是飛刀罷，但飛刀卻決計沒這般使法的。杜百當向以雙鉤威震川北，他妻子易三娘善使鏈子槍，此刻夫婦倆竟捨棄了浸潤數十年的拿手兵器不用，那麼這十二柄短刀上必有極厲害、極怪異的招數。

那胖道人馬法通長劍一振，肅然吟道：「三才劍陣天地人。」短鬚道人邵鶴接口道：「電逐星馳出玉眞。」三名道人腳步錯開，登時將杜氏二老圍在垓心。

張無忌見三名道人忽左忽右，穿來插去，陣法不似三才，三柄長劍織成一道光網，卻不向對方遞招。待那三道走到七八步時，張無忌已瞧出其中之理，尋思：「這三名道人好生狡猾，口中叫明這是三才劍陣，其實暗藏正反五行。倘若敵人信以為真，按天地人三才方位去破解，立時陷身五行，難逃殺傷。他三個人而排五行劍陣，每個人要管到一個以上的生剋變化，這輕功和劍法上的造詣，可也相當不凡了。」

杜氏夫婦背靠著背，四隻手銀光閃閃，十二柄短刀交換舞動，兩人不但雙手短刀交互轉換，而且杜百當的短刀交到了妻子手裏，易三娘的短刀交到了丈夫手裏，但每一柄刀決不脫手拋擲，始終老老實實的遞來遞去。

趙敏瞧得奇怪，低聲問道：「他們在變甚麼戲法？」張無忌皺眉不答，又看一會，忽道：「啊，我明白了，他是怕我義父的獅子吼。」趙敏道：「甚麼獅子吼？」張無忌連連點頭，忽地冷笑道：「哼，就憑這點兒功夫，也想屠獅伏虎麼？」趙敏莫名其妙，問道：「你打甚麼啞謎？自言自語的，叫人聽得老大納悶？」張無忌低聲道：「這五個都是我義父的仇人。那老頭怕我義父的獅子吼，故意刺聾了自己耳朵……」只聽得噹噹噹噹，密如聯珠般的一陣響聲過去，五人已交上了手。

西涼三劍連攻五次，均為杜氏夫婦擋開。兩人手中十二柄短刀盤旋往復，月光下聯成了三道光環，繞在身旁，守得嚴密無比。西涼三劍久攻不逞，當即轉為守禦。杜百當猱身而進，短刀疾取那瘦小道人邵雁小腹。武學中有言道：「一寸長，一寸強。一寸短，一寸險。」短刀長不逾七寸，當眞是險到了極處，他唰唰唰三刀，全是進攻殺著，絕不防及自身。馬法通和邵鶴長劍刺去，均爲易三娘揮短刀架開，才知他夫婦練就了這套刀法，一攻一守，配合緊密，攻者專攻而守者專守，不須兼顧。邵雁爲他三刀連戳，給逼得手忙腳亂，接連退避。杜百當撲入他懷中，刀刀不離要害，越來越險。

邵鶴一聲長嘯，劍招亦變，與馬法通兩把長劍從旁插入，組成一道劍網，將杜百當攔到了三尺以外。三劍聯防，眞是水也潑不進去。

張無忌在趙敏耳邊道：「這兩套刀法劍法，都是練來對付我義父的。你瞧他們守多攻少，守長於攻，再打一天一晚也分不了勝負。」果然杜百當數攻不入，棄攻轉守。趙敏低聲道：「金毛獅王武功卓絕，這五個傢伙單靠守禦，怎能取勝？」

但見五人刀來劍往，連變七八般招數，兀自難分勝敗。馬法通突然喝道：「住手！」托地跳出圈子。杜百當也向後退開，銀髯飄動，自具一股威勢。

馬法通道：「賢伉儷這套刀法，練來是屠獅用的？」易三娘咦的一聲，道：「你眼光倒厲害。」馬法通道：「賢伉儷跟謝遜有殺子之仇，這等大仇，自然非報不可。既已探得對頭在少林寺中，何以不及早求個了斷？」易三娘側目斜睨，道：「這是我們的家事，不勞道長掛懷。」

馬法通道：「玉眞觀和賢夫婦的樑子，正如易三娘所說，原是小事一樁，豈値得如此性命相搏？咱們不如化敵爲友，聯手去找謝遜如何？」易三娘道：「玉眞觀跟謝遜也有樑子？」馬法通道：「樑子倒沒有，嘿嘿。」易三娘道：「旣跟謝遜並沒仇怨，何以苦心孤詣的練這套劍法？咱們雙方招數殊途同歸，都是用來剋制七傷拳的。」馬法通道：「易三娘好眼力！眞人面前不說假話，玉眞觀只是想借屠龍刀一觀。」

易三娘點了點頭，伸指在杜百當掌心飛快的寫了幾個字。杜百當也伸指在她掌心寫字。夫婦倆以指代舌，談了一會。易三娘道：「咱夫婦只求報仇，便送了性命，也所甘願，於屠龍刀決無染指之意。」馬法通喜道：「那好極了。咱們五人聯手鬬少林，賢夫婦殺人報仇，玉眞觀得一柄寶刀。齊心合力，易成大功。雙方各遂所願，不傷和氣。」

當下五個人擊掌爲盟，立了毒誓。杜氏夫婦便請三道進屋，詳議報仇奪刀之策。

西涼三劍進屋坐定，見隔房門板緊閉，不免多瞧幾眼。易三娘笑道：「三位不必起疑，那是大都來的一對小夫妻，私奔離家，女的好似玉女一般，男的卻是個粗魯漢子，都是不會半點武功的。」馬法通道：「三娘莫怪，非是我不信賢夫婦之能，只是咱們所圖謀的事實在太也重大，頗遭天下豪傑之忌，倘若走漏了消息，只怕……」易三娘笑道：「咱們鬬了半天，這小兩口子兀自睡得死豬一般。馬道長小心謹愼，親眼瞧一瞧也好。」說著便去推門。那門卻在裏面上了門。

張無忌心想正好從這五人身上，去尋營救義父的頭緒，此刻不忙打發他們，當即抱起趙敏，和衣睡倒在床，匆匆忙忙的除下鞋子，拉棉被蓋在身上。只聽得啪的一聲響，門閂已爲邵鶴使內勁震斷。易三娘手持燭台，走了進來，西涼三劍跟隨其後。

張無忌見到燭光，睡眼惺忪的望著易三娘，一臉茫然。馬法通颼的一劍，往他咽喉刺去，出招又狠又疾。張無忌「啊」的一聲驚呼，上身向前一撞，反將頭頸送到劍尖上去。馬法通縮手迴劍，心想此人果然半點不會武功，若是武學之士，膽子再大，也決不敢不避此劍。趙敏唔的一聲，仍未醒轉，一張俏臉紅撲撲地，燭光映照下嬌艷動人。邵鶴道：「易三娘說的不錯，出去罷！」五人帶上了房門，回到廳上。

張無忌跳下床來，穿上了鞋子。只聽馬法通道：「賢伉儷可是拿準了，謝遜確是在少林寺中？」易三娘道：「那是千眞萬確。少林寺已送出了英雄帖，重陽節在寺中開屠獅大會，倘若他們沒擒到謝遜，當著普天下英雄之面，這個大人怎丟得起？」

馬法通嗯了一聲，又道：「少林派的空見神僧死在謝遜拳下，少林僧俗弟子，自是非報仇不可。賢伉儷只須在重陽節進得寺去，睜開眼來瞧著仇人引頸就戮，不須花半分力氣，便報了血仇。杜老先生何必毀了一對耳朵，又甘冒得罪少林派的奇險？」

易三娘冷笑道：「拙夫刺毀雙耳，那是五年前的事了。再說，我老夫妻的獨生愛兒無辜爲謝遜惡賊害死，我夫婦跟他仇深似海，報復這等殺子之仇，焉能假手旁人？我們一遇上姓謝這惡賊，老婆子第一步便刺聾自己雙耳。我夫婦但求與他同歸於盡。嘿嘿，自從我愛兒爲他所害，我老夫婦於人世早已一無所戀。得罪少林派也好，得罪武當派也好，大不了千刀萬剮，何足道哉？」

張無忌隔房聽著她這番話，只覺怨毒之深，直令人驚心動魄，心想：「義父當年受了成崑的荼毒，一口怨氣發洩在許多無辜之人身上。這對杜氏夫婦看來原非歹人，只是心傷愛子慘死，這才處心積慮的要殺我義父報仇。這等仇怨要說調處罷，那是萬萬不能，我只有救出義父，遠而避之，免得更增罪孽。」

這時只聽得鄰室五人半點聲息也無，從板壁縫中張去，見杜氏夫婦和馬法通三人手指上蘸了茶水，在板桌上寫字，心道：「這五人當眞小心，雖然信得過我和敏妹並非江湖中人，猶恐洩漏了機密。唉，我義父在江湖間怨家極衆，覬覦屠龍刀的人更多，不等重陽節到便要提前下手的，只怕不計其數。這等人若非苦心孤詣，便是藝高手辣，少林寺只要稍有疏忽，義父便遭大禍。須得儘早救了他出來才好。」

這五個人以指寫字，密議不休。

張無忌自行在板櫈上睡了，也不去理會。次晨起身，見西涼三劍已然不在。張無忌對易三娘道：「婆婆，昨晚三位道爺手裏拿著明晃晃的刀子，幹甚麼來啊？我起初還道是捉拿我們來著，嚇得不得了，後來才知不是。」

易三娘聽他管長劍叫作刀子，暗暗好笑，淡淡的道：「他們走錯了路，喝了碗茶便走了。曾小哥，吃過中飯後，我們要挑三擔柴到寺裏去賣，你幫著挑一擔成不成？寺裏的和尚問起，我說你是我們兒子。這可不是佔你便宜，只免得寺裏疑心。你媳婦花朵兒般的人物，可別出去走動。」她雖似和張無忌商量，實則下了號令，不容他不允。

張無忌一聽，便已明白：「她只道我眞是個莊稼人，要我陪著混進少林寺去察看動靜，那再好也沒有。」便道：「婆婆怎麼說，小子便怎麼幹，只求你收留我兩口兒。我兩人東逃西奔，提心吊膽的，沒一天平安。」

到得午後，張無忌隨著杜氏夫婦，各自挑了一擔乾柴，往少林寺走去。他頭戴斗笠，腰揷短斧，赤足穿一雙麻鞋，三個人中，獨有他挑的一擔柴最大。趙敏站在門邊，微笑著目送他遠去。杜氏夫婦故意走得甚慢，氣喘吁吁的，到了少林寺外的山亭之中，便放下柴擔歇力。山亭中有兩名僧人坐著閒談，見到三人也不以爲意。

易三娘除下包頭的粗布，抹了抹汗，又伸手過去給張無忌抹汗，說道：「乖孩子，累了麼？」張無忌初時有些不好意思，但聽她言語之中頗蓄深情，不像是故意做作，不禁望了她一眼。只見她淚水在眼眶中轉來轉去，知她是念及自己給謝遜所殺了的那個孩子，但見她情致纏綿的凝視自己，似乎盼望自己答話，不由得心下不忍，便道：「媽，我不累。你老人家累了。」他一聲「媽」叫出口，想起自己母親，不禁傷感。易三娘聽他叫了一聲「媽」，淚水忍不住流了下來，假意用包頭巾擦汗，擦的卻是淚水。

杜百當站起身來，挑了擔柴，左手一揮，便走出了山亭，他雖聽不見兩人的對答，也知老妻觸景生情，懷念亡兒，說不定露出破綻，給那兩個僧人瞧破機關。

張無忌走將過去，在易三娘柴擔上取下兩綑乾柴，放在自己柴擔上，道：「媽，咱們走罷。」易三娘見他如此體貼，心想：「我那孩兒今日若在世上，比這少年年紀大得多了，我孫兒也抱了幾個啦。」一時怔怔的不能移步，見張無忌挑擔走出山亭，這才跟著走出，心情激動，腳下不禁有些蹣跚。張無忌回過身來，伸手相扶，心想：「要是我媽媽此刻尚在人世，我能這麼扶她一把……」

一名僧人道：「這少年倒很孝順，可算難得。」另一名僧人道：「婆婆，你這柴是挑到寺裏去賣的麼？這幾日方丈下了法旨，不讓外人進寺，你別去了罷。」

易三娘好生失望，心想：「少林寺果然防範周密，可不易混進去了。」杜百當走出數丈後，見他二人不即跟來，便停步相候。

另一名僧人道：「這一家鄉下人母慈子孝，咱們就行個方便。師弟，你帶他們從後門進香積廚去，監寺知道了，便說是來慣賣柴的鄉人，料也無妨。」那僧人道：「是，監寺不讓外人入寺，那是防備閒雜人等。這些忠厚老實的鄉下人，何必斷了他們生計？」領著三人轉到後門進寺，將三擔乾柴挑到柴房，自有管香積廚的僧人算了柴錢。

易三娘道：「我們有上好的大白菜，我叫阿牛明兒送幾斤來，那是不用錢的，送給師傅們嚐新。」引她來的那僧人笑道：「從明兒起，你不能再來了。監寺知道，怪罪下來，我們可擔代不起。」

管香積廚的僧人向張無忌打量了幾眼，忽道：「重陽前後，寺裏要多上千餘位客人，挑水破柴，說甚麼也忙不過來。這個兄弟倒生得健壯，你來幫忙兩個月，算五錢銀子一個月的工錢給你如何？」

易三娘大喜，忙道：「那再好也沒有了，阿牛在家裏也沒甚麼要緊事做，就在寺裏聽師傅們差遣打雜，賺幾兩銀子幫補幫補，也是好的。」

張無忌一想不妥：「少林寺中不少人識得我，偶爾來廚房走走，那還罷了，在寺中一住兩月，非給人認了出來不可。」說道：「媽，我媳婦兒……」

易三娘心想這等天賜良機，當眞可遇而不可求，忙道：「你媳婦兒好好在家中，還怕你媽虧待了她嗎？你在這兒，聽師傅們話，不可偷懶，媽和你媳婦過得幾天，便來探你。這麼大的小子，離開媽一天也不成，你還要媽餵奶把尿不成？」說著伸手理了理他頭髮，眼光中充滿慈愛之色。

那管香積廚的僧人已煩惱多日，料想重陽大會前後，天下英雄聚會，這飯菜茶水實難對付。監寺雖增撥了不少人手到香積廚來先行習練，但這些和尚不是習於參禪淸修，便是鑽研武功，廚房的粗笨雜務誰都不肯去幹，讓監寺委派到了那是無可奈何，但在廚房中大模大樣，瞪眼的多，做事的少。此時倒還罷了，一待賓客雲集，那就糟糕之極。他見張無忌誠樸勤懇，一心一意想留他下來，不住勸說。

張無忌心想：「我日間只在廚房，料來也見不到寺中高手，晚上相機尋訪義父下落，倒也方便。」但仍故意裝著躊躇，待那引他入寺的僧人也從旁相勸，這才勉強答允，說道：「師父，最好你一個月給我六錢銀子，我五錢銀子給我媽，一錢銀子給我媳婦買花布……」管香積廚的僧人呵呵笑道：「咱們一言爲定，六錢就六錢。」

易三娘又叮囑了幾句，這才同了杜百當慢慢下山。張無忌追將出去，道：「媽，我媳婦兒請你多照看。」易三娘道：「我理會得，你放心便是。」

張無忌在廚房中劈柴搬炭、燒火挑水，忙個不亦樂乎，他故意在搬炭之時滿臉塗得黑黑地，再加上頭髮蓬鬆，水缸中一照，當眞誰也認不出來了。當晚他便與衆火工一起睡在香積廚旁的小屋中。他知少林寺中臥虎藏龍，往往火工之中也有身懷絕技之人，是以處處小心，連話也不敢多說半句。

如此過了七八日，易三娘帶著趙敏來探望了他兩次。他做事勤力，從早到晚，甚麼粗工都做，管香積廚的僧人固然歡喜，旁的火工也均與他相處和睦。他不敢探問，只豎起耳朵，從各人閒談之中尋找線索，心想定然有人送飯去給義父，只須著落在送飯的人身上，便可訪到義父被囚的所在，但數日間竟瞧不出半點端倪，聽不到絲毫訊息。

到第九日晚間，他睡到半夜，忽聽得半里外隱隱有呼喝之聲，於是悄悄起身，見四下無人知覺，展開輕功，循聲趕去，聽聲音來自寺左的樹林之中，縱身躍上一株大樹，查明樹後草中無人隱伏，這才一株樹一株樹的躍過，逐漸移近。

這時林中兵刃相交，已有數人鬥在一起。他隱身樹後，但見刀光縱橫，劍影閃動，六個人分成兩邊相鬥。那三個使劍的便是西涼三劍，布開正反五行的「假三才陣」，守得甚是緊密，在旁相攻的是三名僧人，各使戒刀，破陣直進。拆了二三十招，噗的一聲響，西涼三劍中邵雁中刀倒地。假三才陣一破，餘下二人更加不是對手，更拆數招，一人「啊」的一聲慘呼，遭砍斃命，聽聲音是那矮胖子馬法通。餘下一人右臂帶傷，兀自死戰。一名僧人低聲喝道：「且住！」三把戒刀將他團團圍住，卻不再攻。

一個蒼老的聲音厲聲道：「你西涼玉眞觀和我少林派向來無怨無仇，何故黃夜來犯？」西涼三劍中餘下那人乃是邵鶴，慘然道：「我師兄弟三人既然敗陣，只怨自己學藝不精，更有甚麼好問的？」那蒼老的聲音冷笑道：「你們是爲謝遜而來，還是爲了想得屠龍刀？嘿嘿，沒聽說謝遜曾殺過玉眞觀中人，諒必是爲了寶刀啦。只憑這麼點兒玩藝，就想來闖少林寺麼？少林派領袖武林千餘年，沒想到竟給人如此小看了。」

邵鶴乘他說得高興，唰的一劍，中鋒直進。那僧人急忙閃避，終於慢了一步，劍中左肩。旁邊二僧雙刀齊下，邵鶴登時身首異處。

三名僧人一言不發，提起西涼三劍的屍身，快步便向寺中走去。張無忌正想跟隨前去瞧個究竟，忽聽得右前方長草之中有人輕輕呼吸，暗道：「好險！原來尚有埋伏。」當下靜伏不動，過了小半個時辰，才聽得草中有人輕輕擊掌二下，遠處有人擊掌相應，只見前後左右六名僧人長身而起，或持禪杖，或挺刀劍，散作扇形回入寺中。

張無忌待那六僧走遠，才回到小屋，同睡的衆火工兀自沉睡不醒。他心下暗歎：「若非親眼得見，怎知在這片刻之間，三條好漢已死於非命。」自經此役，他知少林寺防範周密，迥非尋常，更多了一分小心。

又過數日，已是八月中旬，離重陽節一天近一天。他想：「我在香積廚中幹這粗活，終難探知義父所在，今晚須得冒險往各處查察。」這晚他睡到三更時分，悄悄出來，縱身上了屋頂，躲在屋脊之後，身形甫定，便見兩條人影自南而北，輕飄飄掠過，僧袍鼓風，戒刀映月，正是寺中的巡查僧人。

待二僧過去，向前縱了數丈，瓦面上腳步輕響，又有二僧縱躍而過，但見羣僧此來彼去，穿梭相似，巡查嚴密無比，只怕皇宮內院也有所不及。他見了這等情景，料知若再前往，定讓發覺，只得廢然而返。

捱過三日，這一晚忽然下起大雨來。張無忌大喜，暗道：「天助我也！」那雨越下越大，四下裏一片漆黑，他閃身走向前殿，心想：「羅漢堂、達摩堂、般若院、方丈精舍四處，最是少林寺的根本要地，我逐一探將過去。」只少林寺中屋宇重重，實不知何處是羅漢堂、何處是般若院。他躲躲閃閃的曲折而行，來到一片竹林，見前面一間小舍，窗中透出燈光。這時他早全身濕透，黃豆大的雨點打在臉上手上，一滴滴的反彈出去。他欺到小舍窗下，聽得裏面有人說話，正是方丈空聞大師的聲音。

只聽他說道：「爲了這金毛獅王，一月來少林派已殺了二十三人，多造殺孽，實非我佛慈悲之意。明教光明左使楊逍、右使范遙、白眉鷹王殷天正、青翼蝠王韋一笑，先後遣使來寺，求我放了謝遜……」張無忌聽到此處，心下喜慰：「原來我外公和楊左使等已得訊息，曾派人來過。」只聽空聞續道：「本寺雖加推托，但明教豈肯就此罷休？那張教主武功出神入化，始終不見現身，只怕暗中更有圖謀。我和空智師弟等蒙他相救，欠過人家恩情，倘若他親自來求，我等如何對答？此事當眞難處。師弟、師姪，你二位有何高見？」

一個蒼老陰沉的聲音輕輕咳嗽一聲，張無忌聽在耳裏，心頭大震，立知便是改名圓眞的成崑。這人張無忌從未和他對面交談，但當日光明頂上隔著布袋聽他述說往事，隔著巖石聽他呼喝，他的口音卻聽得熟了，在這一瞬之間，驀地裏想起了小昭，只感到一陣甜蜜，一陣酸楚。

只聽圓眞說道：「謝遜由三位太師叔看守，自萬無一失。此次英雄大會關涉我少林派千百年的興衰榮辱，魔教的一些小恩小怨，方丈師叔也不必掛懷。何況萬安寺之事，是魔教暗中勾結了朝廷來和六大門派爲難，方丈師叔難道不知麼？」

空聞奇道：「怎地是明教勾結朝廷？」圓眞道：「明教張教主本要和峨嵋派掌門人周姑娘結親，成婚之日，汝陽王的郡主突然攜同那姓張的小子出走，此事轟傳江湖，方丈師叔必有所聞。」空聞道：「不錯，聽說過這回事。」

空智沉吟道：「如此說來，張無忌和那郡主確是暗中勾結，由郡主出面擒了六大門派中的首領人物，再由張無忌賣好救人。」圓眞道：「十有八九，便是如此。」空聞卻道：「我見那張教主仁厚俠義，似乎不是這等樣人，咱們可不能錯怪了好人。」圓眞道：「方丈師叔明鑒，常言道：知人知面不知心。那謝遜是張無忌的義父，又是魔教四大護教法王之一，魔教自會不顧一切的圖謀相救，到得屠獅大會，一切自有分曉。」

接著三人商議如何接待賓客、如何抵擋敵人劫奪謝遜，又盤算各門派中有那些好手。圓眞力圖挑動各派互鬥，待得數敗俱傷之後，少林派再出而收卞莊刺虎之利，壓服各派，名正言順的掌管屠龍刀，成爲武林至尊，殺了謝遜祭奠空見。空聞力持鄭重，既不願多傷人命，得罪武林同道，又似對明教不敢輕侮。

空智卻似意在兩可，說道：「第一要緊之事，說來說去，還是如何迫使謝遜在重陽節前吐露屠龍刀所在，否則這次屠獅大會變得無聲無息，反而折了本派威望。」空聞道：「師弟所言極是。咱們須得在會中揚刀立威，說道這武林至尊的屠龍寶刀已歸本派掌管，本派執於正道，號令天下，爲國爲民造福。」空智道：「好，就是如此。圓眞，你再設法去向謝遜勸說，只要他交出寶刀，咱們便饒他一命。」圓眞道：「是！謹遵兩位師叔吩咐。」腳步聲輕響，圓眞走了出來。

張無忌心下大喜，但知這三位少林僧武功極高，只要稍有響動，立時便給查覺，倘若三僧一齊出手，自己只怕難勝，最多不過自謀脫身，要救義父，卻千難萬難了。當下屏息不動。

只見圓眞瘦長的身形向北而行，手中撐著一把油紙傘，急雨打在傘上淅瀝作響。張無忌待他走出十數丈，才輕輕移步，跟隨其後。

倚天屠龍記(大字版) / 金庸作. -- 二版.
-- 臺北市：遠流, 2017.10
冊； 公分. -- (大字版金庸作品集；31–38)

ISBN 978-957-32-8103-0 (全套：平裝).

857.9 106016644